太阳很红，小草很青

高海平 著

北方文艺出版社

图书在版编目(CIP)数据

太阳很红,小草很青 / 高海平著. -- 哈尔滨：北方文艺出版社，2021.1

ISBN 978-7-5317-4864-9

Ⅰ.①太… Ⅱ.①高… Ⅲ.①散文集-中国-当代 Ⅳ.①I267

中国版本图书馆 CIP 数据核字(2020)第 170959 号

太阳很红，小草很青
TAIYANG HENHONG XIAOCAO HENQING

作 者 / 高海平

责任编辑 / 李正刚　　　　　　　　封面设计 / 尚书堂·叫兽

出版发行 / 北方文艺出版社　　　　网 址 / www.bfwy.com
邮 编 / 150008　　　　　　　　　　经 销 / 新华书店
地 址 / 哈尔滨市南岗区宣庆小区 1 号楼
发行电话 / (0451) 86825533

印 刷 / 成都兴怡包装装潢有限公司　　开 本 / 880×1230　1/32
字 数 / 220 千　　　　　　　　　　印 张 / 9
版 次 / 2021 年 1 月第 1 版　　　　印 次 / 2021 年 1 月第 1 次印刷

书 号 / ISBN 978-7-5317-4864-9　　定 价 / 59.00 元

目录
CONTENTS

遍地风流

1

/
目
录
/

3

遍地风流

Chapter 1

那条路

　　路是用脚走出的人生轨迹。孩子自呱呱坠地开始，大人就热切盼望着他（她）能够早日抬腿迈步，能够独立行走。由蹒跚到自由，到健步如飞，一往直前，义无反顾……身后留了一串长长的足迹。走在田埂上，走在平原上，走在曲径通幽的山路上。每一次行走都是一次发现，都是一次成长，都是一次启迪。

　　人为什么要行走？必须要行走，没有理由。世上本来没有路，走的人多了便成了路。自己的路还得自己走，别人无法替代。雄狮虎豹的生存离不开山林、草原，即使被人为地圈入笼中，也会怀念曾经任意驰骋的疆域。人也如此，只有万水千山走遍，才能成为应该成为的你。回首往事，会惊奇地发现，走过的路总是蜿蜒曲折的，有时是在攀爬，有时是在翻越。路虽然难走，却没有人主动选择放弃。长久留在记忆里的是那些一次次的远足，那些让你的身体感到疲惫、让你的脚受尽折磨的路。脚只对没有到过的地方产生兴趣，心中犹疑不定，脚步也会带着你走啊走。路在脚下就这样延伸，铺展。路的前方永远有个移动的点，那就是你。

　　登高山，背起行囊出发。汗水洒满了脚下的石阶，膝关节一阵阵疼痛，依然要咬紧牙关，不言放弃。坐上火车去拉萨，高原

遍地风流

缺氧也不怕，雪山、圣湖，还有布达拉。有过犹豫，有过彷徨，高处的风景和远方的诗意始终诱惑着脚步，诱惑着本就驿动的心。很多时候，我们何尝不是由一个又一个的目标驱动着前行，足迹就这样布满了行程。

最容易忽略不计的是那些寻常之路，比如那座早晚出入的城市，那个以家和单位为原点所辐射的逼仄的活动空间。不曾想起，也不会忘记。这段寻常之路成了远足的出发点和能量的储备站。

道由白云尽，春与青溪长。路永无止境地伸向远方。即使踏遍青山人未老，你的行程也是有限的。不能因为无法达到目标就放弃行走，或者改弦易辙。这是违背初衷的，是令人鄙夷和不屑的行为。当然，每个人都难免要走弯路，还不止一次两次，甚至有多次。要把这样的行走看作人生路上的迂回和磨炼，为的是更好的前行。

这些能够在大地之上看得见、寻觅到的路其实并不是最主要的，真正支撑人生的是看不见然而一直隐藏在心里的路。这条路的宽度和广度以及长度取决于每个人自身的修为和阅历。日常的行走是增加修为和阅历的重要砝码，但不是唯一的，甚至不是最重要的。最重要的是在物质与精神领域的开疆拓土，纵横捭阖，像海洋一样辽阔无垠，天空一样风云诡谲。这才是真正的人生之路。

我们用文字孜孜书写着人生，书写着纷纭复杂的世界。从自己的角度切入，从自己的点滴写起，沿着足迹逐渐地深入掘进，像开矿，像探险。用文字寻找人性的灵光，精神的源头。文学之路同样充满艰辛和险阻，它追随着生活之路，生命之路。即使无法相伴相生，至少应该一直在路上。

那抹绿

我写故乡的文字中，砍柴的情节多次出现，还有独立篇章写砍柴的。砍柴是少年时代的必修作业，故乡的山山水水不是因为喜欢才走遍，是因为砍柴走遍才喜欢。一代代故乡人曾经对那片山野挥斧运斤，故乡就这样渐渐地荒芜了，凄凉了。

农耕时代的故乡，刀耕火种痕迹很重。进门一把火，指的是做饭那把火，燃料就是柴火，煤炭烧得少。庄户人家是用柴火把日子慢慢烧红的。放羊拾柴火——捎带，孩子们放学后上山砍柴——天经地义，成年人闲时也会抡圆了斧头或镢头砍柴，连根刨出。荆条疙瘩顶炭，寡妇老婆顶汉，意思是耐用能干。刨出硕大的柴根，愉悦就会掩盖柴火的悲戚。柴火在炉膛中的悲壮哭泣，也会误认为是家里要来客人，火发出的欢快笑声。柴火是山野身上的毛发，强行褪毛甚至拔毛，会伤了土地的元气。这不是我等少年所能体会和认识到的，大人也不以为然，只管一再埋怨，为何山上的树木越来越少了，拾柴越来越艰难了。羊群也不得不赶到古河道一带才能吃饱肚子。日积月累的浩叹，并没能止住手中的家伙。

5

　　记忆中，只有对故乡山野蹂躏般的践踏，很少有康复性的挽救。"植树造林，绿化祖国"的标语在路边的墙体上刷过。大人们到大队林场植过树，这是集体行动。剩下就是在自家院墙外边、自留地畔栽树，院内一般栽几棵果树，没有在荒芜的山坡上栽过树。孩子们没有跟大人们一起给生产队植树的经历。

　　倒是上初中时，有了为故乡山坡添绿的机会。学校离家几里地，那时候，给附近村子修梯田、挑粪土、收庄稼的所谓"开门办学"，隔三岔五就要进行。干活时总要到学校所在的村子农户家借工具，铁锨、锄头、笼担、绳索，混熟了村民们那一张张脸。哪家几口人，几个孩子，女孩漂亮不漂亮，了如指掌。

　　泰山庙后山植树，是我们当年开门办学所留下的最辉煌的一笔，足以值得炫耀的财富。泰山庙，只有三月二十八赶庙会时热闹几天，平常没有活动，烧香叩头也只有个别人悄悄去做。后山那片山坡土壤肥沃，学校为何选择在这里植树，我们并不清楚。只是记得学生们在山坡上干得很起劲，生产队劳动早就练就了一身力气。挖坑、栽树、填土、浇水，一棵棵绿色的松树屹立在了山坡上，活脱脱蜡笔在纸上画出一般。植树活动，跟所有的开门办学活动一样，过去就过去了，丝毫没有在心底泛起涟漪。

　　很多年过去了，有次回故乡路过泰山庙后山时，看见山坡上一片翠绿，正是当年我们栽种的松树，已经长大成林。惊喜之余，对这片松林能够存活到现在颇感意外。它怎么能像世外高人一般遗世孤立？乡人们见缝就钻的锋利斧头怎么就放过了它们？这是一个奇迹。

我曾就此现象进行了思考，得出了能够说服自己的观点。砍柴只是我们那个时代少年生活的标配。时光走了四十年，如今的孩子们不是在外求学，就是走在求学的路上，视野早已越过千山万水落在遥远的他乡。大人们忙着挣钱，发家致富。不再有人提斧上山，村子里已看不见谁家门前高高码起的柴火堆了。倒是停放着农用机械，比如手扶拖拉机、播种机、脱粒机等。放羊人好像也懒了，只拿一根鞭子。

　　泰山庙后山的那片松林，激活了故乡山野的绿色欲望，其存在不仅仅是一种标本，坚强旺盛的绿色基因已经植入了那片沃土。我的故乡离绿色王国还会远吗？

那场雪

　　每次大雪过后必然要刮起凌厉的风，一阵紧似一阵推波助澜一般，地面上结结实实地被冰雪裹着。这时候特别冷，装在兜里的手不由自主地掏出来捂住裸露的耳朵，只有耳朵不是无辜的，谁让它招风呢？而每次大雪来临之前却是出奇宁静，空气像装了消音器一样，一丝丝的注满水分的空气侵袭着你，提醒着必有一场大雪降临。大雪也正如所愿地降临了，这些天外来客欢天喜地、热热闹闹地飞扬着，狂舞着，地面也就呈现了洁白状。

　　一场大雪的来临，就像一支空降部队骤然驻扎，估计一时半会不会撤走，也许还会不断增援，维持在这片领地的控制权。大雪的降临必然掩盖了一些事物，这些事物愿意或不愿意都得接受大雪的掩盖。即使狂风肆虐，那些被掩盖的事物一时半会也无法被吹开，有可能会增加其掩盖的结实度。风的呼啸和扫荡，看似凌厉，只是做的面子工程，形式主义而已。不过，确实把冬天推向了更深处。

　　越是风大，天气越是晴朗。阳台上的花草在阳光的照耀下比在春天里长得还起劲。阳光的暖硬是提高了室内的温度，窗外的几只麻雀飞来飞去，在铁栅栏上跟跳舞似的，不厌其烦地跳着，还有几只喜鹊也叽叽喳喳地加入游戏行列。我一直怀疑这些鸟就住在附近，因为一年四季都会看见它们的身影。但它们到底住在怎样一个所在，从来没有发现。不过，在这样一个大雪覆盖的冬日，它们的驻地肯定会受到不同程度的破坏，从其欢快的嬉闹中似乎看不出它们的烦恼和忧愁。这让我想到每日坐在办公室透过窗户看到不远处的天空飞行的一群白鸽。那是一个有组织的群体，就像我们的广场舞大妈那样，在规定的时间，出现在规定的那片天空，飞行的路径和姿态也是一样的，像空军飞行员在例行飞行任务，演练着规定动作。大雪过后，地面已完全覆盖，那片天空依然出现了整齐划一的表演队伍。

蓝天的明净和湛蓝使我忘却了户外应有的冷，披衣出门，紧吸了一口清冽的空气，便有沁人心脾的悸动。堆雪人、打雪仗的游戏恍若隔世般遥远，出现在眼前时，我便露出憨态可掬的样子立在那里。朋友打电话邀请去茶社品茗。刚刚从山里采回了新雪煮茶，绝对的古代文人做派，想想都是一等一的浪漫。大隐隐于市，小隐隐于野。身居闹市追求江湖之远，崇尚历史深处的生活方式是当今一些人追求的本真和高蹈。既是一种复古，更是一种时尚。就像满大街出现农家乐、老农灶头菜等饮食一样，看似与时相背，事实上体现了一种文化现象。终南山一时之间冒出了成百上千的隐者，成年深居山林，竹杖芒鞋，烟雨平生，养生清修，枯灯黄卷。绝不是单纯地要特立独行，标新立异。

寒冷控制了那些压根追求被控制或者急需要控制的物体，比如病毒。感冒的来临，就是新旧两种力量较量和博弈的必然。寒冷同时又激励了勇者的诞生，比如蜡梅，一次次雪的洗礼之后，不畏严寒傲雪绽放。"梅雪争春未肯降，骚人阁笔费评章。梅须逊雪三分白，雪却输梅一段香。"梅雪博弈中，梅战胜了雪，最后必然是"她在丛中笑"。

冷是冬日的标配，雪是冬日的附丽。我从街西走到街东，从路南走到路北，寒冷紧紧围绕着我，我却紧紧追随着雪。

那把镢头

镢头，是最古老的工具之一，自人类文明史上出现铁器始，就有了镢头这样的劳动工具。几千年来，人类离不开它，尤其跟土地打交道，镢头最为得心应手。它直接深入土地寻找泥土的芳香，探索生命的奥秘。故乡大片的农田是祖先们用镢头一点点开垦出来的。山高林密，芳草萋萋，从山外一带游弋过来的祖先们抡圆了手中的镢头，肥沃的泥土泛着黑黝黝的光。草木从此把地盘让出给了庄稼，有了粮食自然就有了人烟，有了生活。镢头在其中起到了不可磨灭的巨大作用。

走在故乡的大道上，总能时不时地看见乡人肩上要么扛着镢头，要么扛着钢锨，要么二者齐扛的身影。扛镢头的还带一根绳子，一般是上山砍柴，或者到地里扛玉米秆给牲口备饲料。扛钢锨的通常是去翻地、修埝。镢头和钢锨一块儿扛的，大多是到牛圈起粪，到粪场砸粪，镢头把粪块儿砸碎，用钢锨起到一堆儿，抽时间再挑到地里。农业学大寨时，生产队大搞农田基本建设，男女劳力每人配有一把崭新的钢锨。白天下地干活是题中应有之义，如果是月夜，披了如水的月光到地里翻地。男女站一排从地头开始，每一锨踩到底，钢锨的锨面全部入土，锨锨翻出新土。

月光下，人影鬼魅一般，弓腰、下压、用力翻起，动作整齐划一。

我家的镢头有好几把，唯有爷爷的那把好用。刃口闪着白光，镢把光滑颀长，抡起来像一道闪电。相比较，我的镢头锈迹斑斑，还沾着泥土，放在一起，哪个是利器，哪个是钝器，一眼便能分出。小时候，我经常跟着爷爷下地干活。我家在枝坪种了一块不大的自留地，旁边有条荒芜的小沟。周围是山坡，不涉及别人的田亩。爷爷带着我，扛着镢头去开垦这块荒芜的山地。开垦荒地，镢头最好使。树根、石头混着泥土，镢头带着风，加着力，雷厉风行，树根、石块从泥土中毫不留情地被分离出来。利用几个晌午工夫，一小块地就整饬出来了。爷爷置镢把于屁股下面坐了歇息，一边脱鞋腾土，一边看着新垦的地，脸上露出得意的笑容。这块不起眼的拓荒之地，意味着能多种几垄麦子啊。

闹庄稼的人都有一把称手的农具，就像战士手中的枪，这一点乡人都懂。生产队的马车要到几十里外的后山煤窑拉炭，那里森林茂密，豺狼出没，车把式一般都要随身携带刀斧等利器防身。村人就吩咐车把式，返程时捎带砍几根镢把，车把式笑哈哈地满口答应着。过两天马车吱吱扭扭地进村了，除了车厢堆满了乌金一样的炭块，车厢边上必然绑着两捆直溜溜的青冈木镢把。乡人拿到青冈木后，眯着眼在手中把玩不已。在院子里烧火熏烤，用重物压住，过几日再放开就不会变形。安装在钢锨或者镢头上，锦上添花，使用起来有如神助。

爷爷手里的几件家具都是这样让人眼馋。总看见他没事时坐在院子里擦拭着，每件工具都纤毫不沾，寒光闪闪，矗立在角落仿如鹤立鸡群。"工欲善其事，必先利其器"，古人说的话颇有道理。爷爷的镢头就是出活，入土深，出土不沾土。我的镢头不吃土，出土还带着很多泥土，抡过头顶时，镢头上的土会掉到头上、身上。一晌午下来，浑身的土屑不说，还气喘吁吁累得要命。问爷爷怎么回事，爷爷说："也不是我的镢头多么好，都一样，主要是经常使用，经常打磨，还要爱护。你们的我也经常打磨，为啥还不好使？用得少，用完扔在墙旮旯儿不管了。工具是有灵性的，不要使用时才想到它，平时也得想着，人与工具建立关系很重要。把工具作为日常生活的一部分，工具自然会善待你。"不时地捋着羊角胡子说话的爷爷，俨然一位乡村哲学家。

我家准备修新窑，备料是个大工程。爷爷扛着镢头走遍了整个山野沟洼，把能刨出来的料浆石统统地刨了出来，堆在路边、地头，充分满足了修窑之所需。爷爷的那把镢头成了不可忽视的赫赫功臣。

爷爷并不反对我们使用他的镢头，只是每次要叮咛小心使用。不过，自砍柴豁了镢头的利刃后，爷爷拒绝我们再次使用。那次砍柴是为了一个荆条疙瘩，柴疙瘩又粗又深，长在青石缝里盘根错节。我追着根脉往里掏，锋利的镢刃还是没有抵过坚硬的石头，一镢下去火光四溅，镢刃一角崩掉了。回家没敢跟爷爷说，悄悄把镢头立在原处。爷爷用的时候才发现，一肚子的火气喷向我，提了镢头向我走来。我以为要挨揍了，缩着脖子等待耳刮子如风一样扇过。爷爷快到跟前时，却扭过身子出门找铁匠去了。

铁匠不但干整活，也揽这些鸡零狗碎的小活。给使坏了的镢头重新接刃，这个过程叫铬镢。农具中，能够接刃的也就是镢头了，锨薄，断就断了，无法修补。不过，铬镢比打一把新的还麻

/ 遍地风流 /

13

烦，工艺还复杂。爷爷要铬它，舍不得扔掉，是对这把镢头有感情。看到爷爷手中的镢头，铁匠打趣地问："谁把您的宝贝镢头弄坏了？"其实并没要求爷爷回答。爷爷也没有准备回答他，一再强调铬的时候要用好钢，别用烂铁糊弄。铁匠笑着说："放心吧，咱这儿哪有烂铁呀。"风箱呼呼地响，炉火红彤彤，坚硬的钢块儿渐渐变得软如面团，砧子上大锤小锤叮当作响，转瞬就粘在了镢头上，随着"哧"的淬火声，一股白烟从水中升起，一把崭新镢头又出现在了眼前。

铬好的镢头，还得重新打磨。爷爷有事没事就摩挲不已。我再也不敢用了，也不好用了。爷爷去世后，那把镢头闲置着，父亲偶尔也用，毕竟他有自己的镢头。后来，父母进城住了，不要说一把镢头了，整排的窑洞也闲置在村头，想当年春光一般灿烂的窑洞，在风雨中飘摇着。那些农具包括爷爷的老镢头被锁在了窑里，失去了作为农具所应有的一切功能，风光不再。

那本书

　　书静静地躺在我的桌子上。泛黄色、被摩挲过无数次的样子。手指头再次轻轻地打开，一行行汉字就像一座座城堡矗立在眼前。行走在一座座城堡中，就像走进一座座迷宫，都有自己独特的风景。有些是见过的，有些从未见过。新奇，惊讶，震撼……在这样一个由汉字构筑的世界里，演绎着形形色色的故事。

　　我常常被好奇心驱使，走进一本本书，像每次旅行总有不同的发现和感受。我们到过游乐场，进过欢乐谷，戴上特制眼镜和耳机，坐在晃动的椅子上，开始穿越时空。一会儿飞越高山，一会儿跨过大河，一会儿身在异国，一会儿又到他乡……读每一本书，仿佛就是这样的过程——很奇妙，很刺激，也很励志，早已忘了这是一个特殊的场景模拟和再造。虚拟这样一种现实以外的时空，最大限度地发挥人的想象力和创造力，也是构筑人类对未来的认知和追求。

　　身边有个朋友，从来不看影视剧和小说，唯一理由：那是假的。影视剧、小说属于文学艺术，是虚构的，它来源于生活。没有生活就没有艺术，它是人类文明发展的必然产物。如果我们的头脑里仅仅植入"科学主义"，势必被"机械主义"和"教条主义"所绑架。科学是理性思维，艺术是想象思维，二者恰如车之双轮，鸟之双翼，缺一不可。生活不只是眼前的苟且，还有诗和远方。脚踩大地，也会仰望长空，小鸟为什么会在头上飞，太阳为什么会挂在天空。思考、想象、判断都是人类具备的能力，对未知领域的好奇是与生俱来的。这些好奇、想象、思考基于现实而产生，基于逻辑的推演而存在，用艺术的手段表现，是一种指引，也是一种启迪，这是生活的态度，也是对待书籍的态度。

人天生具有浪漫情怀和不可估量的创造力，喜欢在现实之外寻找未知世界的模样。书籍、影视正是这样的一个供你驰骋的领域，尤其是用手指轻轻摩挲的纸质书籍。合住是静静的物质，打开便是纷纭的世界。能在字里行间探秘，还有与书为伍的亲密感和新鲜感。不去读书，不去别人为你构筑的世界里行走，你的思维只能停留在原始状态，停留在人生的起点上，怎么能够探索眼界以外的茫茫宇宙？

纵观人类发展史，每一步前行都是踩在前人的肩膀上才有了高度，都是沿着前人的足迹才有了新的进阶。前人的经验和教训来自哪里？来自实践，来自书籍，书籍是记载实践的。前行时，看到路边的记号，才不会迷路。书就是竖在眼前的路标，文字是指引你前行的符号，供你探索的密码。智者从中解读到应有的秘籍从而受益匪浅。书籍是提供给知音的高山流水，不是对牛弹琴。懂书的人就懂生活。生活本身就是一种积极向上，一种虚实相间，科学与艺术的完美结合。不是陈陈相因，不是因循守旧。只有合理地读书用书，才能过好生活的每一天。抛弃书籍的日子只能是凌乱的、无序的、无聊的，甚至是碌碌无为的。

不是所有的书都有益，我们需要鉴别。就像前行的路上，遇到绊脚石可以搬走它，遇到磐石可以绕过它，遇到基石踏着它继续前行。汲取书中有用的东西，是读书的目的。有句话说得好：书籍是人类进步的阶梯。

中国古代有四大发明，造纸术和印刷术赫然在列。古人为何要发明这些？就是为了记载人类文明发展史上的成果，以供后人借鉴和使用，帮助人类少走弯路。

天下第一好事，还是读书。我继续摩挲静静躺在桌子上的书籍。

那个血色黄昏

一个悲伤的场合，遇到了一位遥远的朋友。说遥远因为多年没见，说朋友其实只有那么点虚无缥缈的关系，那天共同奔赴一场特殊的悲伤。这样的场合，他却营造了另外的氛围，讲述不久前离世的弟弟。原因很无奈，弟弟喜欢喝酒，发展到无法控制的酗酒程度。一个血色的黄昏，弟弟倒在了酒气熏天的屋子里。

这个朋友的名字已忘记，暂且叫他小李。小李居住在一座小城，弟弟死后，家人才通知的他。他似乎早有预感，没有显得多么吃惊。驱车回到家时，弟弟已入殓。他安慰年迈的母亲，母亲一脸的木然，不能接受这样残酷的现实。他知道母亲最疼爱弟弟了，喝酒闹出了不少的乱子，最后陷入身无分文之窘境，母亲还是那么疼他。毕竟是身上掉下的一块肉啊。

小李讲起弟弟时，没有了悲伤，语气平和，神情坦然，像是讲一个跟自己毫无关系的故事。他清癯的脸颊在颀长的手指夹着的烟卷熏染下，显得苍白。我的思绪已从眼前的氛围中，转移到他设置的磁力超强的另一个天地。

弟弟经营一家小饭馆，小本买卖，靠精打细算方可维持。弟弟从来不把赚钱作为经商的第一要务，只凭个人喜好。周围一帮子狐朋狗友三天两头过来吃喝，白酒喝完上啤酒，自己陪着闹腾，一桌子菜肴，一堆的酒瓶子，狼藉一片，尽欢而散，最后的账全部记在自己的头上，生意陷入了亏损，还要在朋友面前夸海口，自己开的饭馆想吃就过来。有这话垫底，朋友们吃得自在，喝得理顺。老婆嫌他糟蹋家业，跟他理论，他说老婆管闲事，骂骂咧咧，老婆还嘴，巴掌就抢了过去。饭馆是两口子的光景，这样下去肯定不行的。老婆伤心欲绝，下了狠心跟他离了婚。不久，饭馆关门了。

没有生意做了，只能每天待在家里。这时候，他已经患有酒精依赖症，须臾离不开酒了。母亲发现弟弟酗酒后，严加看管，像盯犯人一样盯着他。这么大一个小伙子怎么能管得住呢？兜里没钱，到村里的代销点赊账喝酒。怕母亲看见，把酒装在矿泉水瓶子里。母亲以为他学好了，收拾屋子时，发现床下全是空酒瓶，气得就骂。弟弟嬉皮笑脸地承诺再也不喝了。有次，弟弟喊母亲过去，老太太进门发现地上一摊血，刚刚吐的。弟弟让母亲给他倒杯水。母亲慌了阵脚，这是弟弟第一次吐血，母亲赶紧给身在外地的小李打电话。

弟弟喝酒，是知道的；喝酒把老婆打跑了，是知道的；喝酒喝得关了饭馆，也是知道的；喝得大吐血，小李才感觉到问题严重了，无名火一股脑儿往上冒。一路驱车，情绪随着车轮的飞转却慢慢地平复了。弟弟也是成人了，不能像小时候那样动辄揍他一顿，凭嘴能说服了吗？弟弟那张嘴天花乱坠，能把死人说活。

一进家门，小李还没开口，弟弟就哭，一句一个"哥哥"地叫，满脸羞愧之色。看着消瘦不堪的弟弟，小李心疼地说："把酒戒了吧。"弟弟一脸无奈地说："戒不了了，已经被酒精绑架了。"小李实在不忍心看弟弟可怜的样子，点了根烟猛吸，弟弟用乞求的眼神说："给我一根烟吧。"小李掏了根烟递了过去。兄弟俩在烟雾缭绕中相对无言。

小李还是说服弟弟住进了医院。住院期间，弟弟的好多朋友提着礼品来看，其中有个女的，后来成了弟弟的女朋友。直到弟弟去世，一直陪伴在身边。

小李继续着弟弟的话题，手里的烟火一明一灭。他吸烟时腮上会出现两个很深的坑，说明吸得很专注很投入，恨不得把一根烟一下子全部吸进去。这时候的小李已经忘了周围的环境，沉浸在弟弟的故事之中。我也陷入其中，忍不住插话道："你的兄弟肯定不是一般游手好闲的浪荡公子，否则不会还有这么多朋友，病成这样了还有女的死心塌地喜欢他。"小李对我的问题很感兴趣，接着说："正要剖析这个问题呢。是的，刚开始也以为他就是个浅薄之人，后来发现他特别仗义，讲究朋友义气。听母亲讲，他帮助过很多人。得知谁家有事，总在第一时间施以援手。他曾经也有过钱，出手阔绰，周围也就团结了很多朋友。"

我看见小李脸上飘过一丝轻松与愉悦，估计想到弟弟的好了。果然，话风陡转。弟弟从小聪明，心眼好，心地善良。读书也不错，只是后来没有上学深造，一棵好苗子在生活的底层被毁了。遗憾和叹息从小李那里也蔓延到我以及身旁的听众。

时间不早，周围还有别的重要事情，小李忽然意识到说得有点多了，而且场合也不对，迅速缩短了情节。弟弟死于大吐血，血一口接一口地从嘴里喷出来，屋子的地板全部染红了。一家子人吓呆了，女朋友扶着他，用手抚摸着弟弟的脸。弟弟要水喝也不敢让他喝，一喝就吐，更加不可收拾。此时的弟弟面如白纸，目光迟滞，但是思维清晰，他意识到已经回天无力了。在女朋友的搀扶下艰难地向母亲下跪，磕了个很响的头，气如游丝地说："我不能给您老尽孝了。"一跪不起。抬起头时早已泪如雨下。弟弟就这样走了。

一直平静如水的小李，这时候却是泪流满面。

一个悲伤的场合，又听了小李讲述弟弟悲伤的故事，双重的悲伤萦绕在周围，一度使空间挤压得透不过气来。

绿宝石花开

节假日去朋友办公室聊天，寒暄过程中，不时流露出心绪不宁的神态。朋友笑着说："是不是想看我的花王了？"不愧为资深记者，目光老辣，直击人心，一点小心思也被他猜中了，只好点头唯诺。朋友起身带我进了隔壁屋子，这间屋子原来是办公室的一部分，如今已成仓库。里面狼藉一片，唯独墙角的绿宝石花木春意盎然。

这是我第三次拜访这株花王了。绿宝石花木枝干苍劲，如一条长龙迂回缠绕着中轴支架攀缘向上，抵住天花板时，又弯绕回环过来，至少有四米的长度。斑驳的躯干尽显岁月的印痕，硕大的叶子像一把把蒲扇。叶枝上挂着一粒粒细小的闪闪发亮的水晶体，误以为是水珠，用手轻轻一触碰，是分泌物。枝干交叉处，有多根枝蔓，花蕾从这里冒出，一枚、两枚、三枚，形成一丛。每个枝杈处都有花苞，如破土而出的竹笋，似青色香蕉的挺举。刚刚长出来的花茎鲜嫩欲滴，青翠夺目，欲开未开的花茎轻撩面纱向外张望，已经开放的花茎，花蕊像襁褓之中的娃娃，更像圣洁无瑕的玉观音。

一株花木俨然一个绿色王国，遮蔽了屋子的一块空间。三次看绿宝石，唯有这次碰上了开花。朋友说我运气好，与花有缘。这是今年第一次开花，与其说赶得巧，不如说专为我开的。朋友真会说话，我心里顿时暖洋洋的。举着手机爬上爬下，从不同的角度为花王拍照，却总是拍不出其应有的气度和风采。

朋友对这株绿宝石情有独钟，不然不会把它养得这么好。极欲窥得个中秘密。朋友似乎早已蓄满了情愫，主动打开了滔滔不绝的话匣子。

1998年对于朋友来说是个特殊的年份，一个地区小报记者一骑绝尘，荣获了业界的最高奖，可谓不鸣则已，一鸣惊人。借此东风，第二年顺理成章地担任了单位的常务副总，春风得意马蹄疾，一日看尽长安花。一位好友专门送了这株绿宝石花作为贺礼。自此，时近一十九载。漫长的时光里，绿宝石花一直陪伴着他。即使搬家，也会毫不犹豫地带上它，放在固定的角落里，那里阳光好，光照时间长。披览稿件疲惫时，抬眼看去，绿宝石就像情人一样含情脉脉地张望着他。绿宝石花似有灵性，以饱满的热情和姿态劲拔地生长着，办公室渐渐多了绿色，多了情意。日日吐故纳新，绿宝石走进了朋友的精神世界；日日注视绿宝石，花木赋予了主人气质和情操。物与人同在，人与物合一。二者有了惺惺相惜，相见恨晚的感觉。

绿宝石花就这样慢慢地生长着。一位上门办事的园艺师见到这株花木时，大为称赞，认定其为当地花王。从此，花王诞生了！朋友更是倾力关注和呵护。花期时节，朋友密切关注每朵花的开放。绿宝石的花期很短，一不留神可能已经开过了，他尽量拍到每一朵花最美丽的瞬间。花期结束后，把干花收集起来，装进一个纸袋里，注明年份和数量。那些纸袋整齐地放在旁边。绿宝石的花朵每年都在增加，从几朵到十几朵。2017 年竟然开了十五朵，达到历史最高。一袋袋的标本记载着它的成长史。

很多人都喜欢花，喜欢在闲暇之余，侍弄几下花木。可有几人能像这位朋友如此倾情和投入呢？我的办公室也养了很多普通的花草，从来不打理，也不知道如何侍弄。家里的花草也是任其自生自灭，几盆君子兰死不死活不活的样子，从来没有开过花，还都是远方友人寄来的名贵品种。别人都说君子兰如何如何好养，在我手里却这么艰难。看到朋友对绿宝石花的钟情，我发现其中的奥秘。对待花草也要像对待任何生命一样，有生命就应该投入感情和精力。悟是悟到了，能否做到另当别论了。

这次看朋友，主要的原因是他很快要退休了，将要离开几十年的工作岗位，一十九载的领导岗位。在这里，他找到了人生目标，实现了人生价值，获得了无上的荣誉，取得了骄人的成绩。我猜想他一定会恋栈，他是出了名的工作狂。本想安慰他几句，想不到他嘿嘿一笑，已经向组织部门、宣传部门打了招呼，到点走人，不多待一天。他指着地上堆放的杂物："我早已收拾好了书籍和私人用品，做好了随时走人的准备。"我试探性地问："好多人总是在退休前会放大话，到站就下；一旦真到站了，又扭捏作态，不愿离开。你不会也犯这种毛病吧？"朋友再次强调，绝不多留一天，一定要给年轻人让路。并且胸有成竹地讲了他的退休计划。我悬着的心落在了肚子里。

不过，朋友却有他的忧虑，墙角绽放花蕾的绿宝石如何处置。有人要花大价钱买，有人想搬回家自己养，这些都不是最好的结局。此时，我出了个主意，建议寄放到花棚里，让园艺师照护。这样做的好处是，花王还是你的花王，主人身份没变，园艺师们也多了一个金字招牌，最重要的是能确保花的正常生长，"多全其美"。朋友一听，大喜。连连夸我解了他的燃眉之急。

第二天，朋友就发来微信："根据你的建议，我已与市园林局局长和总工程师通了话，退休前把绿宝石花捐献给园林局管养起来。他们非常欢迎和赞赏。随后会派专业技术人员过来商量移花管花之事。"他用深情的文字写道："把十九岁的她像出嫁一样安顿好，我就放心了，以后还会经常看到她！相信她嫁给了一个更好的环境，一定会更加枝繁叶茂、鲜花盛开，花人合一的美好、传奇故事会更加精彩！"

朋友接着写道："我曾经救过一条受伤的娃娃鱼，作为国家二级珍稀保护动物，媒体曝光后，被区海洋馆保护了起来。它长得很快，我每年都去看它，每次看它时，它竟然从远处游过来，有时会摆尾巴，令我惊讶和感动！"朋友感叹道："静心观察和善待生活中的一些事情，就能够深切地感受到生活如此美好！"

看完了这段话，我的心绪温润了几许，窗外春光明媚。桌上的普洱茶氤氲着特有的香气，我端起茶杯，慢慢地呷了起来。

那束光芒

出外旅行，喜欢登高望远，喜欢看日出。硕大的太阳在天际线喷薄而出，心情会澎湃奔涌。太阳每天都会照常升起，为什么平日里不会激动，站在特别的地方观看时却会激动不已呢？不是太阳发生了变化，太阳还是那颗太阳，到点就会冉冉升起。只是观察者的角度发生了变化，太阳升起的地平线不一样而已。

站在海边，眺望海天相连的地方，天空像浸了染料，一点点在变化。如果有云朵，云朵会把太阳给它的色彩由浅入深层层展示。大海打了底色，天光云影共徘徊，海与天共同氤氲出了供太阳升起所特有的氛围。一切的一切全部到位后，太阳像气球一样陡然弹出海面，十分壮观。

站在高岗上，遥望更远的山峰，嵯峨参差，层次分明，有云雾，有平流，水墨画一般幻化出奇特的景致。太阳从山峰中的某处冷不丁冒了出来，山岚一派祥和。

有时候也会在低洼处，仰起脖子看山顶上的日出。山洼里的阴影一点点撤离，就像掀开一层面纱。那条黑白的分割线移到眼前时，太阳就出来了，山洼苏醒了一般。人畜开始走动。太阳似乎成了叫早的人。

看日出，其实并不是看那颗亘古不变的球体，真正看的是太阳升起的瞬间所呈现的环境、氛围以及渲染和烘托的所有事物。环境变了，感觉太阳就变了，地平线跌宕起伏的线条、姿态改变着人们的视觉，感觉太阳与往日非同一般。这揭示了一个重要的问题，表达主题时对主题周围各种各样事物的不可忽视性。

月亮的美也是借助于月亮以外的物体才能显现。仅仅看月亮，也就一枚冰轮而已。拍摄月亮时，需要借助于不同的物体，比如把月亮置于屋檐上，树梢上，构图变了，视角变了，不同的美学效果也就出来了。

不管是欣赏日出，还是欣赏月亮，当它们与周围的环境、事物勾连在一起时，所看到的已经脱离了单纯的太阳或者月亮，而是美轮美奂、浑然一体的画面和意境。

由此我想到了文学创作。构思一篇文章，表达一个主题，使用什么样的文字、设置怎样的语言环境，显得非常重要。如果没有这样的一个讲究，随意地去阐述表达，就像每天在自家院里看屋顶升起的太阳一般，索然无味和无趣。设置语言环境、寻求不同的表达文字，是文学创作最艰辛的过程。就像美女，刺激视觉并产生愉悦的是其形体语言、服饰语言。一颦一笑、柳波暗飞都是美，不同的服饰展示出来的都是美。男人的气质也是通过穿着打扮、言谈举止、仪表透视出来的。我们常常赞美某某有气质、有修养，这些东西本身看不见摸不着，但是能感觉到。人本身是自带光芒的，通过其他方式和形式释放出来。就像太阳、月亮，它们的光芒传染给了周围的事物，这些事物会极力表现应有的魅力和价值。一枚红叶，阳光照射时，色彩是靓丽的，灵动的，甚至是有灵魂的，一旦失去阳光就显得黯淡无光，死气沉沉。摄影师选择最佳角度和最美的光线，捕捉最美的形象。

作家写作时，常常纠结于如何切入，每个词语的表达是否恰如其分，是否精准无误，是否活灵活现，是否借助了主题自身的光芒。如果没有，注定是失败的。作家往往对写出的作品不同程度地流露出这样或那样的不满意，戏称"文学是缺憾的艺术"，因为离当初的期望总有一定的距离。宽慰自己或者应付别人时喜欢说，"满意的作品是下一部"。这不是自谦，是发自内心的。

创作有时候来自灵感，就像观看日出时忽然出现的云蒸霞蔚，会产生不同的万千气象。多数时候靠积累，思想的积累、素材的积累。特别是创作大篇幅、大题材的作品必须把与主题有关的素材整理、梳理，合情合理地使用，最大限度地为作品增光添彩。

环境的构筑、语言的运用、技巧的设计，所有一切都是为作品的主题设置的。主题就像那一轮太阳、明月，能够照亮周围所有的事物。

那一抹灰色

　　窗户外的电缆线上站着一只硕大的鸟。灰色，长尾，圆脑袋，尖嘴，最引人注目的是脖颈一圈黑色的花纹，俨然一高级围脖。我又惊又喜，赶紧拍了照片发到朋友圈，让鸟类专家们识别一下是什么鸟。留言瞬间刷屏，观点大致有两种：野鸽子，斑鸠。几经确认方知是不断发出好听的"咕咕——咕"声音的珠颈斑鸠。

　　我不止一次地咏叹，小时候在村子里才能看到或听闻的鸟类和声音，在城市里也能见到或听到。喜鹊的出现已成家常便饭，我的窗外，铁栅栏上天天都会出现喜鹊的身影，一个猛子扎到楼下的菜园里寻觅食物，出于警惕性，瞬间又会高飞不可寻。"咕咕"的鸟叫声，近来也是密集地出现在耳畔，幼年就熟悉的声音再次激活了悠长的记忆，有一种穿越感。然而，确确实实地在耳畔响起，只是不知鸟的长相如何，即使出现在眼前，由于鸟类方面的知识匮乏，也是不识庐山真面目。斑鸠飞临我家的窗外，是由于窗台上种了几盆小白菜，日日浇水，寸寸长进，窗外染成了绿色。人常说，种下梧桐树，凤凰自然来。几棵小白菜引来了斑鸠鸟。白菜损失了几许叶子，把拥有美妙叫声的斑鸠引来，绝对是大划算。

城市是天南地北人的栖息之地，同时也是鸟类，包括植物的栖息之地。乡村为何有鸟类？那里的植被好，自然生态适宜生存。城市是人口集中地，工业文明的大荟萃，芸芸众生，熙来攘往，鸟类不适合生存。如今，批量的鸟类逐渐驻扎城市，比如斑鸠，这是一种信号，城市不能没有鸟类，要给大自然留有一席之地。人与自然和谐共处，才能全面深入地诠释文明的概念。

斑鸠，其实我见过，在附近小公园边，有一栋老旧的居民楼，里面住的大多是老人。老人们喜欢在院子里撒食，总有一些鸟儿光顾。我散步时曾在这里见过灰色的鸟飞临院子吃食，只是并不知晓这就是斑鸠。看来，斑鸠的出现，并非形单影只，至少已成规模，难怪"咕咕——咕"的富有节奏的鸣叫声，时常出现在耳畔。

我想到了同属鸠类的布谷鸟。布谷鸟这几年也出现在了城市。春天耕种的季节，布谷的叫声充斥着田野、山岗。农人说，布谷鸟是一种吉祥鸟，总在农忙时节催促农人下田耕耘。布谷鸟的叫声跟斑鸠的叫声极为相似，不加细分会误以为是同一种鸣叫。听到斑鸠叫，我在想，怎么盛夏时节了布谷还叫呢，仔细一琢磨，二者的叫声并不一样。布谷鸟的叫声"布谷"短促有力，有种机不可失，时不再来的意味。斑鸠的叫声"咕咕——咕"短长结合，悠扬舒展，传递的是悠闲自得的内涵。布谷鸟的叫声出现在春天，斑鸠出现在夏日。当我听到斑鸠鸣叫时，就想，布谷鸟去哪里了？夏日过后，是否斑鸠也要消失呢，它们不会只为季节歌唱吧？

终于见到了斑鸠的模样，那一抹灰色，在绿色四溢的夏季，的确不显眼，但是它的鸣叫格外亮丽，划破长空悠然地落到坚实的土地上，像美妙的音符。又想到了布谷鸟，我也许见过，跟曾经见过斑鸠一样，只是对不上号。如果有一天布谷鸟也落到我家的窗外，被我无意中拍到，再让朋友们辨认一番，可能又有一番惊喜。至少让我觉得是多年的朋友相识了。

那些人

　　自出生一路走来，经历过无数的事情，这些事情有大有小，像一串珠子似的缀连起了生命历程。小时候的乡村生活，生产队的集体劳动，吃大锅饭的众生相，山洼里长一声短一声的雀叫雁鸣，羊群成群结队走过山路时路面上滚动的热气腾腾的羊粪蛋，脊背上扛着柴火捆子的少年像屎壳郎在爬行……一幕一幕，构成了一张张影像，这样的画面只是人生经历的某些片段。人生由很多这样的片段缀连而成。乡人那一张张或苍老，或纯真，或无邪的脸总在脑海中晃动着。他们行走在乡间小路上时会溅起一路风尘。山洼里有了他们的身影而颇显灵动。

　　进城求学后，又是另外的场景出现。教学楼、图书馆、田径场、电影院，还有八人居住的上下床宿舍。打饭场上，手拿五颜六色饭盆的学生像民工一样，立在风中排着弯弯扭扭的长队。有人故意用勺子敲盆，搪瓷饭盆发出尖利的刺耳声。老教授们刚刚恢复了元气，走路铿锵有力，讲课更是慷慨激昂，恨不得把胸中丘壑全部掏空。年轻教师的脸跟学生们一样稚嫩，语气平和，润物无声，都对未来充满着渴望。黄昏时，漫步在校外的田野里，池塘蛙声一片，与同学们攀谈徜徉，享受快乐时光。

工作了，有了紧张状。吃饭、上班有严格的规律。下班后在操场打会儿篮球就是放松，看别人下象棋也是娱乐，有文友聊天更富有诗意。校园里有读书声，也有市侩声。楼下小卖部的老太太跟学生吵架，空气中弥漫着紧张气氛。车队那位闲置的老司机，到点就提一篮包子过来了，一句一个"包子，刚刚出笼的热包子"很是诱人。还有那个整天游走在住户门前的收破烂的老者，胡子拉碴，手提一只编织袋，眼睛滴溜溜瞄着能够收走的东西，嘴里一声接一声地喊着："收破烂——烂鞋、烂盆、纸片片——收破烂。"声音抑扬顿挫，富有韵律。

工作赋予了责任和压力，经常出差。常常会看到一个背起行囊步履匆匆的高大身影，像一道闪电划过街巷，直奔火车站。千里独行侠，南北任我行……

慢慢地发现自己不像往常那么喜欢出行了，步履似乎有些蹒跚，攀爬时偶尔出现趔趄，原来已不再张狂年轻。这才发现时光一点也经不住用，更别提挥霍。

面对时光唉声长叹，空悲切，人生的沧桑之感顿生。人生是由一个个事情缀连起来的，不管事情的大小都是由人组成的。比如前面提到的形形色色的人，都会或多或少对我产生影响。而所谓的伟人、巨人、名人，离我们实在太远，其对每个个体的影响是有限的，身边的芸芸众生的影响却是无限的。平凡的生活和平凡的人情世故，为人生打下了深厚的底色。

也会不甘于平凡，总在寻找突出重围的路径。主动向身边优秀的人比照，向书中的伟人、巨人、名人学习。身边的人看得见摸得着，活灵活现，学起来容易，即使东施效颦，时间长了也能亦步亦趋。书上的伟人、巨人、名人是以文字呈现的，学习时得开动脑筋，充分发挥自己的聪明才智，往往欲速则不达，或者不得要领，或者凡心太重，无法升到应有的境界。后来，发现确实进步了，观念更新了，境界提升了，事业小有所成。反思过往时，总无法确切得出"谁真正影响了我"这样一个尴尬的结论。

人生稀里糊涂走到现在，到底受什么影响最大呢？社会，时代，还是人？每个人都处在社会当中，社会是个大染缸，毕竟会受其浸染，再清高的人也无法出淤泥而不染，但不是主要的；时代，每个时代都有其鲜明的符号，这些符号也肯定会像烙印一样打在身上，这也不是主要的；真正影响自己的只能是那平凡的芸芸众生。穿越茫茫人海，父母、兄弟姐妹、妻女、朋友、同事，旅途邂逅的、擦肩而过的，相识、不相识的……都影响着我。

我喜欢文学事业，并乐此不疲。应该说，一定有作家影响着我，古今的、中外的。准确地说，真正影响我的是作品本身，而不是作家本人。就像鸡和鸡蛋，我们是从吃鸡蛋当中获得了营养。

伟人、巨人、名人，就像天上的星，举目眺望，很亮，无法照亮脚下的路。我依偎着周围那些像萤火虫一样的人，他们所发出的光，温暖和烛照着我。

沙　棘

　　我对长城产生了浓厚的兴趣，三次去晋北考察明长城。走长城、寻古堡、访民居，足迹遍布大同、朔州一带。蜿蜒曲折的长城和依傍附近的城堡屹立于那片神奇的土地之上，几百年的沧桑巨变，几百年的风雨剥蚀，其威仪至今不减，相反，更具一种超拔脱俗的庄严。我的脚步不曾停歇，思维不曾凝滞，追寻着与长城有关的历史。

　　黄昏时分，长城在夕阳的照射下俨然像横卧大地的巨龙，地形的起伏，陡增了巨龙呼吸的力度，动感十足的神态随时都有腾飞的可能。长城旁边，赫然出现大片大片的沙棘林，蔓延于山坡、沟沿，几成汪洋之势，夕阳打在上面，姹紫嫣红，分外妖娆，是堪与长城媲美的另一道亮丽的风景。不由地赞叹：好美的沙棘啊！

　　沙棘林，属于高寒地带的一种带刺状的灌木丛，果实沙棘小而密，以粒称之。成熟于仲秋时节，呈红色、橙色，通常三五粒、七八粒、十几粒簇拥一起，密密麻麻紧紧地依附于枝干分叉处。这样的生长和分布，似乎增加了采摘的难度，常常不是划破手，就是效率低，索性拿镰刀砍了枝干，效率是高了，却伤害了林子。这是否由于沙棘自身的保护功能使然？高寒、荒寂、干旱是沙棘的生态环境，也是沙棘的生命状态。正是这种环境和状态铸就了沙棘的顽强，不屈不挠，以特有的方式保护着自身同时也守护着脚下贫瘠的土地。

长城横卧在这片土地上，与沙棘不谋而合地有了一种共同的使命和担当。一种自然生物与一种人文地理就这样在晋北的大地上相遇相依，相互取暖。

我不由得想起了当年的将士，他们矢志不渝，累世更替，守护长城，保卫疆土。长城不仅屹立于眼前，更是矗立在他们的心里。一株株不起眼的沙棘，不怕风吹雨打，不畏严寒干渴，自带光芒，活出了异样的精彩，将士们何尝不是如此呢？

沙棘远远比长城资历更老，阅历更深，目睹了这片土地上的金戈铁马，烽烟征尘。将士们身心俱疲时，断然不会忘记采撷一枝沙棘回家，像献哈达一样献给与自己同呼吸共患难的妻子和儿女。接到沙棘的那一瞬，妻子的眼泪会掉下来，而儿女们的笑脸会灿若桃花，心底生出无限的温暖和柔软，温情主宰了一切。沙棘成了战火纷飞岁月里将士和家人们心中的慰藉和希冀。

夕阳西下，晚霞满天，长城、古堡和沙棘林笼罩在绛色之中。我手握沙棘果慢慢品尝着，那股特有的酸甜，已经淹没了手指被划破的疼痛，沁入了心田。此时，兀自揣想，假如我是明代的一名守边将士，定会义无反顾地驻守在这片土地上。

萝卜红了

　　八月的乡村，不热也不冷。大片的庄稼地就像画家笔下油彩的任意挥洒，厚有厚的地方，比如玉米地、高粱地；薄有薄的地方，比如黍子、豆类。玉米、高粱身高盈丈，有青纱帐之美誉。当年打日本侵略者时，敌后武工队经常出没的冀中平原就是这样的田地。进入茫茫田野，人会被庄稼淹没。八月的乡村，由青色统治的田野已渐变成金黄色。玉米进入了成熟期，动手早的人家，玉米粒嫩出水的时候已掰了穗子，卖到了馋嘴的市场。高粱举过头顶，像火把，燃烧着蓝色的天空。成熟的豆类像孕妇，实在无法在母腹中多待哪怕一时半会儿，必须及时收割，否则，全给蹦到了地里。玉米、高粱、黍子、谷子、大豆这些大作物，把八月的乡村渲染得分外热闹。农人不再清闲，围着这些庄稼打转转。今天提着镰刀走进了大豆地，明天也许挑着筐子、背着篓子去掰玉米穗子了。庄稼永远是乡村的主角，农人为它服务，为它忙碌着。越是忙碌，越是快乐，忙碌与快乐成正比。农人曾给自己的身份做过定义：天生就"贱"，一天不干活难受。

　　离开故乡多年后，曾经牵连着我的庄稼渐渐淡出视野，甚至记忆，而菜蔬却让我念念不忘。菜蔬分为两大类，一类是专吃长在土里的根茎，比如萝卜、土豆、红薯；另一类是结在秧子上的黄瓜、西红柿、豆角等，当然也包括专吃叶子的大白菜。菜蔬不属于粮食作物，被称作副食品，注定不能占用大片的良田沃土。要么在低洼地，比如萝卜；要么在高山坡，比如土豆。不管在任何一隅，这些不起眼的菜蔬都会可劲地生长着，尤其是水井边的河沟地，菜蔬长得能滴出水来。

自春天开始，菜蔬就陆续出现在故乡的田野，只是在秋天才走入旺盛期。菜蔬也是次第进入农人饭桌的。先是黄瓜、西红柿、豆角，盛夏已排闼而来。土豆、红薯是深秋才出土的，为漫长的冬季做储备。而在八月，最有诱惑力的当属红萝卜、白萝卜。

我的故乡，中秋节吃饺子，用的都是刚刚从地里拔回来的水灵灵的红萝卜。一大早提了篮子，拿了钢锹，去地里。深绿色的红萝卜秧子在秋作物泛黄之时，成了一道特有的风景。秧子长得越旺，地下的萝卜越粗。雨后的土是松软的，抓住秧子往出拽，萝卜会带着泥土款款露出地面。如果天旱缺雨，地皮是硬的，必须寻着缝隙，用脚把钢锹踩进土里，趁着手劲起土。刚出土的红萝卜格外鲜红，根须都是透明的，泥土像胎衣一般轻轻包裹着，用手搓掉，红萝卜在绿秧子的衬托下，格外鲜红亮丽。红绿对比，俨然美妙的艺术品。农人已垂涎欲滴，咬了一口，清脆的声音，连同萝卜入口入心。阳光洒在萝卜地，整个早晨鲜亮无比。中午饭，整的是羊肉萝卜馅饺子。羊肉也是一等一的现杀现宰。羊肉配红萝卜，属于上等绝配。我的故乡，饺子，就吃红萝卜跟羊肉配的馅；包子，吃白萝卜跟猪肉配的馅；其他都不正宗。不知这是乡人的发明，还是上帝造就的。反正这种配馅，堪称天下绝配，实在好吃到让人欲罢不能，飘飘欲仙。

材料好，主妇们的心情也不一样，手艺似乎也上了档次。从洗萝卜、淘肉，到切菜、剁馅，和面、擀皮儿，包饺子、下锅。有条不紊，流水线作业。男人们偶尔打打下手，大多时坐在院子里看头顶云起云飞，悠闲自在。孩子们上树摘果，泥沟摸鱼，玩得不亦乐乎。

好吃不过饺子，好吃的饺子不过羊肉红萝卜馅的。萝卜的地位，只有在这个时候显得尊贵，不可或缺。有句口头禅：萝卜青菜，各有所爱。虽然指的是各有爱好，其实是把萝卜青菜放在了一个次要的位置。菜蔬有多种，不管怎样排下来，像萝卜这样的身份和地位估计是不登大雅之堂的。只能出现在儿歌当中：小白兔，白又白，爱吃萝卜和青菜……任何事物只有放到特定的环境中论述，才能论说精当，不失偏颇。

白萝卜配猪肉馅的包子也是我的钟爱之一。前些年，在临汾工作和生活。街上开了一家饭店，仿佛是在一夜之间火的，其中之一的原因就是这家饭店的包子是白萝卜猪肉馅。原以为只有我才好这口，岂不知那么多人为了吃这里的包子，专门去这家饭店用餐，走的时候打包带上一屉两屉包子。我还喜欢八月的白萝卜作为点缀品放入拌汤里的那种感觉。清新自不必说，那种特有的入口感无法用文字表达，自小就把妈妈做的白萝卜拌汤视为珍品。现在我能做一手上佳拌汤，正是源于童年喝妈妈做的白萝卜拌汤味道的诱惑。

仲秋时节的红萝卜、白萝卜口感都好，清脆，鲜嫩，无杂质，味道爽，洗净直接吃也是好的。拌馅、拌菜更佳。红萝卜丝拌朝天椒，在故乡也是一道名吃，是下酒必不可少的凉菜。

　　八月的乡村，菜蔬多到数不胜数，评头品足之后，还是把萝卜推上头牌。这不是一般的品评，其中自有妙义存焉。秋天是收获的季节，收获庄稼的同时，也在收获菜蔬，八月又是秋天最美的月份，仲秋又逢中秋节，美中之美，美美与共。一个美妙的时间段，默默无闻的红萝卜、白萝卜被我推举为八月乡村最美的风景，浸染故乡的山野、田亩。

　　我瞬间成为童话里的顽童，拽着萝卜秧子使劲拔呀拔，拔出一个新的希望！

盛大的叶子

一次次的大风，催促着叶子不断地零落。先从高大的树梢开始，打着旋儿，迈着舞蹈的碎步，之字形的路径，往地面降。一片、两片，叶子们像打了招呼，成群结队。低处的枝枝蔓蔓上的叶子看见头顶上的叶子们与已擦肩而过，也赶时髦似的纷纷脱离枝干。有的甚至不打招呼就随了降落下来的叶子一起向地面上飘。风像赶羊群的牧羊人，打着口哨，扯着羊鞭，追赶叶子们回地面就像赶羊归圈。一时之间，漫天的叶子摆开各种曼妙姿势。大多的叶子是欢快的、开怀的，只有少数叶子心存悲悯，发出低声的哀鸣。它们清楚，离开了枝头意味着永远不会再回来了。

风，为了一场恶作剧，逗叶子们玩是一种乐趣。喜欢看叶子的舞姿，看叶子你追我赶的懵懂样子。每一棵树上的叶子都不一样，圆形的、尖形的、三角形的、六角形的；红色的、黄色的，有的绿色叶子都加入坠落的队伍。

枯干的叶子最先零落，它与枝干的关系已经不冷不热，风一吹就掉，回归大地是不二选择。风使坏，连那些绿油油的叶子一起忽悠：到地面上吧，那里好玩，有蚂蚁、有蝴蝶，有好多小朋友呢。

　　叶子一批批地从枝头下架，像伪劣产品，更像罢工的职员。一场盛大的落叶行动在大地上全面展开。在梧桐树下驻足片刻，树上的叶子啪啪地就掉在了眼前。梧桐叶很大，手掌一般，翻着卷儿，半是枯萎，半是绿，绿被枯黄裹挟了。叶子坠落的声音轻柔且绵长，仔细听，像音乐，一丝丝地擦着耳边响起。瞬间，悠长的甬道上就落了薄薄的一层。行人走过时，踩在上面，嚓嚓地响。银杏叶子，最好看了，扇形的叶面，纤长的叶柄，清晰的叶脉分割着金黄的色泽。它的坠落更像蝴蝶，翩翩起舞。一枚枚叶子受到更多人的青睐，尤其是读书的少女们，会弯腰捡拾，夹在书本里当书签，或者寄给远方的知心朋友。润泽的、金黄的叶子在浓浓的书香中慢慢平整，舒展，最后成了一枚书签。翻书端详，会想起叶子坠落的情景，还有银杏树高大的形象，一直在脑海中晃动。远方的朋友收到银杏书签，会心一笑，其中的情谊谁人能解？

　　真正构成风景的应该是杨树叶子了，杨树是大众树木，大街小巷、犄角旮旯、田间地头到处都是。它的叶子随着霜冷，也是金黄金黄的。风吹过时，哗哗地响，流水一般。柳树的叶子窄细，眉毛一般，坠落时没有声音，在地面上更是不起眼。不过，它坠落得要晚一些，硬生生地坚持到冬季，成为大地上最后一道风景。盛大的叶子已呈蔚然之势。满地尽披黄金甲。所有的目光都集中在叶子上，叶子成为大地的主人，谈论叶子成了时尚。一枚枚依附于树木的叶子，成了无法回避的话题，连高高站立的树木也流露出失意之色。之所以如此喧宾夺主，盛大的叶子呈汪洋之势，改变了大地上的颜色和物理的构造。

　　人生一世，草木一秋。从春天发芽，到夏日葱茏，叶子一直高高地挂在枝头，看到的只是绿色。叶子从树枝回到地面后，脱离了风景的范畴，在清洁工眼里成为被清理的对象。偶尔的赞美和欣赏，针对的是像银杏那样的叶子，更多的叶子只能沦落到被人不屑一顾甚至是厌恶的境地。相比在枝头上招摇的时光，显然是一种悲哀。这种悲哀演绎得很盛大，凸显了一种悲壮之美。

文人雅士总是在秋日寂寥中寻找胜似春潮的元素。比如，这场盛大的叶子是一场优雅的聚会。脱离枝头的那份灵动潇洒，漫天飞舞的那份优雅，铺陈大地的那份畅快，形成断然不能被忽视的巨大力量。

热热闹闹的叶子们渐渐淡出视野，不见了。街面上复归往日的情景，车水马龙，人欢马叫。一株株树木依然伫立在大街小巷、犄角旮旯、田间地头，只是孤零零的，失去了往日的风韵。不过那种坚毅和挺拔总是让人敬佩。它们肯定思念叶子，这种思念会持续到来年的春暖花开，叶子长满枝头。

三条巷子

1981年秋天，我背着简单的行李从姑射山深处走出去，来到了位于平原地区的临汾，走进了山西师范学院读书。四年后，拿到毕业证和学士学位证后，并没有选择离开，而是留在学校的语文报社工作。这一待就是三十多年。20世纪末，我所负责的报纸编辑部先期搬迁到了太原。2002年，报社整体搬迁到了太原。不过，我的工作关系还在学校，我的父母亲还住在学校。我经常回学校办事或探亲。山西师范大学是我一直所关注的，从来没有离开我的视线。我从学校周围的三条巷子的变迁着笔，间接反映学校的发展，算是对培养过我的母校一种怀想和纪念。

——题记

马尾巷

马尾巷，一听名字，就是一条很小很细的小巷子，马尾嘛，能大到哪儿呢，它却颇有名气。马尾巷的最里边，也就是马尾巷1号，隐藏着一所大学，即山西师范大学。山西师范大学的前身是山西师范学院。学院的大门向东开，正对着巷子，两个矗立的砖柱子连着斜面院墙。一块书写着"山西师范学院"的楠木牌子竖挂在右侧的门柱上。几千莘莘学子和皓首穷经的鸿儒，日日出入于此，给小巷增添了浓浓的文化气息。学院大门南邻临汾市第一人民医院，医院地盘不大，大门通往门诊楼的甬道两边有高大的柏树掩映。福尔马林气味偶尔会越过一人高的围墙飘散到巷子里。学院大门北侧是临汾市展览馆，也称铁佛寺。寺里有一座高塔耸立于天外，塔内放置着一尊佛头，中空，据传能容纳数人打牌。从远处展望，此塔俨然学院一部分。学院的师生拍照给远方的亲人和朋友传递消息时，常常以塔为背景，学院制作明信片也如法炮制，显然把佛塔当作学院的地标。

马尾巷不深，约有二百米的长度，两边还分布着一些民居。民居以四合院居多，有的连四合院也够不上，几间瓦房，带个小院而已，顶多配有东西耳房。院墙夯土筑就，栅栏门，简陋如村野人家。有同事家就住在巷子里。每天上班抬脚就到了单位，大家都很羡慕。他却心存苦恼。考大学时，曾立鸿鹄高飞之志，寻找梦中的理想栖息地。结果考进了家门口的学院，那个失落，四年都没缓过劲来。罢罢罢，毕业后再走也不迟。老天作弄，还是分到了学院工作。百思不得其解，怎么就跟马尾巷杠上了呢？看来，人各有各的难处。你羡慕的别人烦，你烦的别人可能艳羡不已。

20 世纪 80 年代初，我来学院读书，对马尾巷的印象，一如对学院，很失望。因为，马尾巷很有名啊，录取通知书上清清楚楚印着"马尾巷 1 号"，学院所在的地名。山西师范学院，高等本科院校，神圣的殿堂啊。也许这就是心理落差吧。

每天出入马尾巷的，多是年轻的身影，胸前戴着校徽，别着一支钢笔，留着小平头，无忧无虑趾高气扬的样子。巷子里骑自行车的很少，三三两两，不是上班的就是就医的。偶尔有汽车驶过，十有八九是学院那台破旧的苏联产伏尔加轿车。也有工程车的身影，硕大的车躯几乎挡住了巷子里所有的视野。学院轰轰烈烈地搞建设，图书馆工地热火朝天地施工。

没课时，学子们走出校门，走出马尾巷，到红卫路、解放路溜达。红卫路街面由石头铺就，又光又滑，透着历史的光泽。两边店铺林立，最有名的是三八商场、前进商场。学子们兜里缺钱，却揣着清高，逛街痛快了眼睛，累断了腿。十字路口有个钟鼓楼，顺口溜有云："平阳府有个大鼓楼，半截插在天里头。"指的就是此楼。登临此楼，放眼远眺，尧都古城，尽收眼底。

马尾巷的故事很多，不过，最值得记载的跟学院有关。1981年11月11日，难忘的日子。学院爆发了罢课、罢灶的"双罢运动"。高年级学生带领我们这批入学不久的新生停课绝食，要求改革食堂管理制度。当时实行的是份饭制，每人每天定量用餐。每月初由伙食委员把饭票发给大家，凭票打饭，伙食单一，填不饱肚子。这次运动的目的就是要废除这种自建校以来几十年没变的机制。学校高层刚开始还不在乎，说了一大堆这也难那也难的话，想应付了事。学子们不干，扩大声势，酝酿着要走出马尾巷，到市区大街上游行，制造社会影响。领导这才慌了，一方面安慰学子，少安毋躁，一方面召集学生代表谈判。最后以学生的请愿成功而告终——实行食堂制。这个事件不可能被载入学校史册，但学子们的心中是不会忘记的。

"双罢"事件过去不久，恰逢中国女排夺取了世界冠军。一度流产的上街游行活动终于等来了机会。全校学子一呼百应，群情振奋，举着由扫帚点燃的火把，高喊着口号，像大江出峡涌出校门，穿过窄窄的马尾巷，走上市区大街。学院的领导看到这种阵势，也知道咋回事，心知肚明，干脆做了顺水人情。学子们久憋心中的气终于吐出了，而且吐得痛快淋漓。口号声震天动地，整座城市都在激情燃烧着。马尾巷见证了这一切。

我 1985 年毕业。恰逢这一年，学院改名为大学。我是山西师范大学的第一批毕业生。原来的那块楠木牌子应该作为文物被学校永久收藏的，听说不翼而飞了，换成了当时的国家领导人题写的新校名"山西师范大学"。我的毕业证、学位证上打着"山西师范大学"的钢印。

毕业后有幸在学校工作，每天依然出入马尾巷。这时候的马尾巷跟以前有所不同了，有了小饭馆、小卖部。中午不想做饭时，到小饭馆吃面。饭馆小，几张桌子。一个中年男子，硕大的脑袋，系着长款的围裙，手在上面搓着，笑眯眯地招呼客人。既当老板又当厨子。他的面做得好吃，量也给得足。我每次要一大碗西红柿鸡蛋炒面，就一瓣蒜，一段葱，吃得汗水和鼻涕全都流出来了。我喜欢吃面，还必须是炒面，西红柿鸡蛋炒面，这是在临汾生活多年养成的习惯。几十年来，走南闯北，还是好这一口，无法改变。自己吃得过瘾，就告诉身边的朋友，口口相传，小饭馆生意火热起来。马尾巷口的北侧，靠近大学附小有一家羊汤馆，也是我经常光顾的。吃炒面、喝羊汤，单身日子逍遥自在。

过了一段时间，有一次在巷子里看见一个开三轮车的师傅很面熟，定睛一看，那不是开小饭馆的老板吗？怎么开三轮了？原来小饭馆拆了。再看羊汤馆，也没了。

城区改造大刀阔斧地展开了，马尾巷纳入改造的范畴。两边的民房在隆隆的机器轰鸣中逐一被拆除，同事家的院子也难以幸免。马尾巷不见了，彻底从地图上消逝了，取而代之的是宽阔的贡院街。山西师范大学的地址不再是马尾巷 1 号了，换成了贡院街 1 号。马尾巷变成了贡院街，"巷"摇身一变成了"街"，丫鬟变成了小姐，身份高大上了。山西师范大学的校门也重修了，校名又请了一位书画大师题写，悬挂于门楣之上，打老远就能看到。

海子边

海子边，是学院大门北侧向北的一条弯弯曲曲的小巷子。这条巷子从展览馆下面过，沿着市区公园东边，通往鼓楼西大街，巷子北口正对着临汾第一中学校门。之所以取名海子边，是因为整条巷子都是沿着公园的湖边。湖，也称海子，这在草原上常见，想不到城市里也这样叫。太原也有个海子边巷子，旁边就是文瀛湖，看来文瀛湖也是被称为海子的。学院北边的海子边，我读书时经常来散步。一条普通的巷子，在我的眼里并不普通。

巷子的南口是学院，本市仅有的一所省属高等本科师范院校。巷子的北口是临汾第一中学，也属当地最好的中学。海子边巷子像一根扁担，两头挑着本地最好的学校。海子边巷子又像时光隧道，从北口进去，南口出来，一名中学生变成了大学生，奇妙无穷。

我每次从海子边走过时，总会有这样的奇思妙想。越想越感觉神清气爽，灵感涌动。

海子边，路窄，曲里拐弯，不能行车，只能走人，走的多是中学生。南北巷子口地势高，中间属于低洼地带。这样的地形不就是告诉你道路的不平和艰难吗？从北巷口往南是向下行的，南口出是上行的。从中学往大学走，不爬坡不奋斗能行吗？中间经过公园的湖泊，知道你会贪玩，留恋沿途风景，耽误行路，一堵墙把湖泊阻挡在视线之外。洋槐花从墙头探过脑袋，花香溢满小径，公园里很多名贵的鸟，清脆的鸣唱也能听闻到，更有狮子的吼声穿墙而过。这些都是走在海子边必须面对的诱惑。耳边回响起了"让我们荡起双桨"的歌声，那是北京的孩子们在北海公园湖面上划船，歌声、笑声，还有笑脸扑面而来。海子边的湖面也能荡起双桨，也能欢声笑语。一切的一切，走在海子边的中学生怎能没有如此的遐想呢？背上沉重的书包，向学校走去。

　　学院的教师子弟大多选择在一中上学。从学院到一中，步行走海子边的多，骑车子绕行的少。子弟们从初一到高三，在海子边走了整整六个年头。六年的足迹把海子边的鹅卵石磨得光亮光亮，六年的时光把一个少不更事的少年打磨成了长出胡须的阳光男生和身姿曼妙的妙龄女生。海子边像一条机场跑道，六年的酝酿蓄势，要飞向遥远的理想。不过，很少有学生想过，从一中考回到学院，从海子边的北口再回到南口，继续父母所从事的行当。学院，某种意义上就是最后一道保险。

　　海子边，一条寓意深刻的小巷。

印染巷

　　学院偏居市区西南一隅，占地大约三百亩，地势不平，被当地人戏称为"鸡窝",学院搬迁过来之前,这里属于养鸡场。校园紧倚古城的西南城角。我读书时,南城墙早已被铲平,护城河还在,只是很慵懒地裸露着。护城河南面的一大块地尚未开发,属于学院所有。紧邻学院南边的是临汾市染料厂,一家化工企业。学院与染料厂之间的巷子就叫印染巷。

染料厂的污染已经严重影响到学院的教学和生活。遇到刮南风时,整个校园弥漫着浓浓的硫酸味、硫黄味,师生无不以手掩鼻,有的干脆戴了口罩。护城河,乌七八糟的生活污水、工业废水由东向西穿校园而过,恶臭味肆意张扬。师生怨声载道,学校高层压力很大。后来,护城河流经学院的这一段进行了治理。我曾看见工人们穿着长筒雨靴,站在臭水中作业。用砖圈了涵洞,做了暗河。上面填了土,修建了篮球场、网球场,成了师生活动的运动场所。

染料厂的污染问题,有两个解决办法:第一是关门大吉,这是不可能的;再一个就是搬迁。若干年后,染料厂被迫搬迁到了远离市区的、更南边的神刘村。学院南区的那块空地很快建了教师宿舍楼,三排九栋楼拔地而起。染料厂把地皮卖给了财政局,财政局在这里改了家属院。

南区的教职工上街走印染巷,染料厂的家属,财政局的家属,附近的居民,共同拥有了这条偏僻的巷子,印染巷热闹了。有了人气就有了生意,卖早餐的、卖菜的,出现了。学院南区的大门口,有了早餐摊子。专供油条、老豆腐,这是本地早餐的标配。一位白净、苗条的女孩儿,操持摊子。那是夏天,她穿着宽大的白短袖 T 恤,身姿在一弯一伸中尽显婀娜曼妙,很是引人注目。一度忖思,她应该读书才对,比如就读于学院,选择艺术系，或者中文系。

　　学院北区有一家理发店，理发师傅来自"理发之乡"山西长子县。长子理发历史悠久，曾有谚语云："长子传统三件宝，磨粉喂猪剃圪脑；朝廷头上摸三把，走遍天下一把刀。"我读书期间一直在北区的理发店理发，方便又便宜。上班住到南区后，经常出入印染巷，发现这里也有一家理发店，师傅是个女的，也是长子的。就把自己的"圪脑"交给了女长子师傅了。

　　印染巷也没有摆脱被改造的命运，跟马尾巷一样，前后脚地消逝了。五一路西延，印染巷周围整片拆迁了，染料厂家属院、财政局家属院以及附近的居民统统不见了。一条宽阔的大街直通滨河东路。原来，学校南区大门口就是印染巷，改造后，出大门要下几米的台阶才是街面。原本低调内涵、深养闺中的学府，硬是被大规模的城市改造揭开了面纱，展露在了世人的面前。

　　学校的西边原来是古城墙，我读书时，古城墙还很完整，有一部分古城墙在学院范围内。学院在城墙上栽了松树苗。想把这截城墙绿化起来。校园的师生在黄昏时分喜欢上城墙散步，眺望西山落日。那时的古城西城墙基本保存完好。学院处在西南角，从西南角的古城墙上一直往北走，越过古城北门洞，可以走很远。后来，城墙推倒了，盖了楼房。学校西边开了一道门，成了西门。

　　随着学校的扩招，学生越来越多，已成数万人的规模。学校跟当地政府协商把北边的公园买了回来。美术学院、音乐学院等单位进驻公园。我早先读书时，偶尔翻墙进公园的历史结束了，可以自由进出。公园不复存在，里面的动物搬走了，想听那声狮

遍地风流

吼已经不可能了。另外，学校在五一西路的两边盖了学生公寓。每天有大量的学子从这些住地如潮水般涌进校园，一派节日的盛况。

当地政府在河西划拨了三千亩地，学校实施整体搬迁，以彻底解决地皮紧张问题。这一项目已经动工。未来几年内，山西师范大学将离开目前的地方，继续西移。那里会成为母校真正崛起的地方。

借一壶春光煮茶

　　春光明媚，湖水碧清，柔风拂面。园子很大，近五百亩，被树林和青草掩映，几栋楼房在其中显得孤零零。这几日，所有的花草树木，还有楼房如同春情勃发。因为，来了一批顶着文人光环的男女在这里肆意地释放着整个春天持续的热情。

　　榆叶梅、碧桃、连翘花、海棠花、丁香花次第绽放。榆叶梅呈现串状，簇拥着枝枝干干，每个枝干又都张牙舞爪地向外张扬。碧桃最红，艳丽盖过所有花的姿色。这两种花没有随同叶子一起生长，以花的形态一骑绝尘地怒放。连翘花的茎瓣很长，在又细又长的枝条上有序排放，像身披黄纱的舞蹈家的身姿，绿叶衬托着它，像舞者手中摇曳的飘带，曼妙、飘逸。海棠花含苞待放时是被红色包裹着的，红衣慢慢打开后，里面却是白色的，红中露出嫩白，是一种超凡脱俗，加上绿叶的衬托，海棠花的高雅彰显无疑。最喜欢的还是丁香花，这里有很多的紫丁香和白丁香，不管是哪种，总是以特殊的香味先声夺人，不见其形先闻其香。是的，丁香花长得不漂亮，碎小的花朵，以簇群的形象向周围的花示威。丁香花和叶子同时出现，花中有叶，叶中含花，花叶互为印证。春天的叶子本来已经很美，丁香花有香味鸣锣开道，又有绿叶紧随其后，阵容明显占优势。在我心中，丁香花属于园子里各种绽放的花中品学兼优的好学生。

不管是榆叶梅、碧桃、连翘花、海棠花，还是丁香花都是树花，是供人赏阅的一种文雅。梨花不同，它是果树花，绽放不是目的，结果才是最终的修行。它的洁白吸引了人们的目光，像小坠子的花蕊，与花瓣合而为铃铛状，晨光里，似乎能听到远方传来的驼铃声，摇响了整个春天的梦。园子里竟然还看到了榆树，榆钱成串，之所以被誉为"钱"，委实像古代铜钱。呈淡绿色，每一枚都薄如蝉翼，有阳光照射，近乎透明。

草花不多，二月兰独领风骚。草地旁、大树下，大片地簇拥着。淡蓝、浅白，小小的叶，短短的茎秆，与青草同在，为绿茵坪渲染出了几分华丽，像云锦一般。尤其依傍大树时，衬托出了树干的粗壮，宣示不可言状的柔情蜜意。跟大树窃窃私语，声音沿着树干像电流飞升，传递给树上的老鹳和喜鹊。几只老鹳窝悬挂枝杈，有了春天的气息。喜鹊和老鹳在枝头打架斗嘴，尾巴一翘一翘的，叽叽喳喳不停。斑鸠灰色的身影出现在草坪上觅食，胆大得跟喜鹊有一比。近年来，城市绿色植被猛增，各种鸟都相继搬迁进来与人同住，斑鸠就是一例。"咕咕"声不间断地出现在耳边。

园林师们对这里的设计可谓苦心孤诣，不缺亭台楼榭，曲水流觞，更有山环水绕，鸟语花香。文人雅士骤然入住此等宝地，大有古代文人骚客隐居山林之感。远离尘嚣，寄情山水，淡泊名利，寻古探幽。古代文人墨客寄情山水的目的是逃离，是出世，而我们的文人们来这里，是为了更好地入世。谈笑有鸿儒，往来无白丁。参加文学盛会，文学自然是谈论的主题，故旧新知喜相逢，言浅言深论交情，自然风物无疑充当了绝好的背景。

54

无论是熹微的晨光浸入，还是晚阳斜照林杪，园子的各个角落都闪烁着文人的身影。三三两两穿梭于其间，或举起手机拍照，或驻足凝视一棵树、一株草，心底陡升诗情画意，锦绣华章。女诗人们钻入花丛顾盼生姿，脂粉与花粉媲美，诗才与黛玉相仿。榆叶梅落红满地，她们一个个融入其中，争相拍照留影，不见丝毫悲伤。黛玉的葬花，是心里凄苦，脸上悲情，睹物思人，物我两伤。看似葬花，其实是葬自己。女诗人们不带有这样的情绪，没有这样的感情储备，自然不可能见花落泪。

走在春天里，一定要走进这样的集万千宠爱于一身的园子。山水与文人结合，会产生无限的可能。诗的灵感勃发，文章会妙趣横生。永和九年，王羲之的兰亭雅集不就如此吗？群贤毕至，少长咸集，才有了旷世之作《兰亭序》。当然，我们在这里参加会议，不是创作，文人兴会，有时候比创作更有意义。会议讨论大主题，私下聊些小主题，会议谈论主旋律，私下议论奇闻逸事。就像园子里的树木花草，有主干，有花絮。会议安排了自助餐，也有人邀好友在小餐馆喝小酒，都是随心所欲，畅怀舒心。喝酒偶尔为之，尽情而欢。品茗却是寻常行为，开会时，随身带了茶杯，边听主席台上的慷慨陈词，边呷杯中龙井。叶片在嘴中咂吧，嚼烂吞咽，唇齿间余香回环。回到房间，更要拉开架势，纯净水、玻璃杯、烧水、洗茶，一而再，再而三。端详杯中一枚枚叶片舒展翻飞，如欣赏水中游鱼。春和景明，赏景品茗，确实属于高雅之举。也只有在这样的园子里，与文友们在一起，才有这样的情趣。自然天成，方可妙趣横生。

短暂数日，在园子里逡巡行走无算，划过眼眉留有芳香的不只春色，更有情意款款的恋栈！

那些熟悉的鸟虫

一

居住的附近，总有不同类型的鸟在活动。麻雀、喜鹊、白鸽，近来还增加了斑鸠。城市是以人为中心，鸟类充其量也就是点缀。不过，这种点缀大有画龙点睛之妙。缓解了城市的喧嚣和枯燥，增添了自然之气息。

成群的鸟类进城，不知始于何时，好像跟农民工有关。城市建设的迅猛发展吸引了大批农民，他们像水银泻地一般涌进了城市。城市的开放，似乎也针对鸟。具有敏锐观察力的鸟，看见与自己朝夕相处于田野的农民进城了，也不甘落后，从乡村高高的枝头掉转身姿，蓄足了力气，飞向庞大人口聚居的城市，乡村和田野成了它们的大后方。

麻雀与人走得最近，有人的地方就有麻雀，不管是乡村还是城市。麻雀比较自由散漫，也会成群结队出现，但是，看见食物时，会呼啦啦落下一片，啄食如捣蒜，人们对其早已习以为常。麻雀身材娇小，动作敏捷，胆子也大，在你眼前几步远，照样该干啥干啥，飞都懒得飞，小脚丫"当当"地跳跃着往前走，很机灵的样子。农村人把麻雀称为"家雀"，可见关系非同一般。

喜鹊也常见，在窗前的栏杆上跳上跳下。你大声地喊它、吓它，理也不带理，长长的尾巴一翘一翘的。很少看到成群结队的喜鹊，总是一只、两只地飞。楼顶有个细细的桩子，喜鹊常常站在上面叽叽喳喳地叫。也看不见附近有它的同类，就那么叫着，这种叫不知是炫耀，还是传递什么信息。人们把喜鹊的叫理解成报喜，喜鹊的名字也是这么来的。

斑鸠的出现是个意外，从来没有想到这种鸟类也会飞抵城市。还是那天突然出现在我家窗户外面，偷吃菜叶时，偶然被我撞见的。这才得知这种灰色的脖子、长有珍珠一般围脖的鸟叫斑鸠。斑鸠的行动神出鬼没，而且是单兵作战。趁人不注意飞到需要去的地方觅食，动作迅捷，悄无声息。本身也长得低调，被人称为灰鸽子。时而听到的"咕咕——咕"声，就是斑鸠的鸣唱。这种声音特别具有穿透力，在这座城市，我还没发现另外的鸟叫声与其比拟。浑厚，纯粹，节奏感强，中气足。每次听到这种声音，总感觉从遥远的地方传来。在乡村，这种声音很常见，城市也就是最近几年才有，说明斑鸠进城时间不长。

白鸽最具集体意识，每天清晨六七点钟时分，像晨练的部队一样，准时出现在我居住的头顶那片天空，飞翔的姿势非常美妙。与云层形成比对，凸显了其身形的剪影效果。几百只的阵容，动作整齐划一，要么都在扇动翅膀，要么都在收翅滑翔。包括转弯的动作，都在侧身。由于飞得比较高，掠过头顶时，听不到任何的声响，就像无声电影画面。不一会儿，同样的姿态再次掠过。一遍遍地飞翔着，俨然出操晨练的部队。它们有得天独厚的优势，天空就是操场，大地在它们的眼里只是陪衬。

白鸽最有灵性。国庆等大型活动，一个重要环节就是放飞白鸽。白鸽也叫和平鸽，是和平的象征。这些鸽子是训练出来的，信鸽更是如此。在它的腿上绑上信息，能飞到应该去的地方，多么神奇的鸟。我相信每天从头上飞过的那群白鸽不是人工训练出来的，完全是自发的。鸽子本身具有这样的天赋，在此基础上加以人工训练，自然会成为被人类所利用的吉祥鸟。前段时间去一所学校参观，看见教学楼顶有一群白鸽站立着。学校负责接待我们的副校长解释道，这是学校养的白鸽，每天早上出操时，会从操场上空列队飞过。我很惊奇，副校长进一步说明，校长喜欢养鸽子，下一步还要养鱼呢。

小时候，邻居家也养鸽子，几百只的规模。主人专辟一孔窑洞饲养这些鸽子。架几根椽子在里面，供鸽子栖息，地上全是粪便，窑顶也成了鸽子白天的活动场所。起飞时，呼啦啦一片，遮天蔽日；落下时，又是呼啦啦一片，占了整个窑顶。鸽子的出入是成群结队的，不单飞，这是鸽子的特点，也是其最为壮观的地方。我家院子比邻居的高，每天站在院墙边，看鸽子在邻居家窑顶上"咕咕咕"地摇尾休憩，闲适自得。那是一个独立的世界，与人类可以相聚，你看着我，我看着你。又与人类相异，你不懂我，我不懂你。曾想，邻居为什么要养这么多鸽子？鸽子在农村有什么意义呢？没见过邻居杀鸽子吃，也没有见过卖鸽子换钱，就那么养着。听说鸽子肥能卖钱，也没有见卖过。现在想起来，对当年邻居的这种做法依然不理解。

鸟类中，据我所知，也就是鸽子能散养，能训练，其他鸟，没听说过具有这样的特性。好多鸟只能养在笼子里，供人取乐，一旦打开笼子，飞得远远的，再也不会回来。

忽然想念燕子了。我居住的城市几乎不见燕子的身影，不知什么原因，百思不得其解。在乡村时，每年春天燕子会准时从南方飞来。燕子和麻雀是农家院落两种经常出没的鸟类。麻雀进城了，燕子却没有飞来，难道这座北方的城市没有吸引力吗？燕子的飞姿很美，倏忽飞上天，倏忽掠过水，不管哪一种动作都在我心里留下难忘的印迹。有机会一定要请教鸟类专家，这座城市为什么不见燕子。

二

盛夏到来，各种动植物加紧地生长，就像忙碌的人搭乘末班车赴会，赶上就赶上了，赶不上就永远落下了。场院里，冒出了很多平素很难见到的小草小花。水泥地够结实的了，只要裂开一丝小缝，就会有坚韧的植物从中长出来，多么顽强的生命力。浓郁的树林，又像镀了一层深绿色，加重了色彩的厚度，渲染了盛夏的气场，它们一股脑把夏天往深处引，连回首眺望的机会都不给。阳光暴晒时，树林中传出盛大的蝉鸣声，声音浓得化不开。事物一旦进入盛大的境界，就会让人产生恐惧症。蝉鸣声无时无刻不在耳边回旋鸣响。这个世界似乎只有蝉的存在，其余被完全遮蔽。

想起加缪的小说《堕落》，其中有这样一段描写："您自然是听说过巴西河流中那些极小的鱼，它们成千上万地一齐攻击粗心大意的游泳者，小口小口地，飞快地清扫他，一会儿工夫，就只剩下一具完整干净的骨架。"对于小鱼来说，人可谓庞大，如此庞然大物也会被小鱼"飞快地清扫"。小鱼虽小，就怕多，多到无以复加的程度，势必有难以预料的结果出现。夏蝉的盛大鸣响，无异于巴西河流里无数小鱼的涌现。声音也会打败一个庞大的个体。

走进南国的某座城市，瞬间被蝉鸣所征服。这座城市的绿化面积超过了百分之五十，完全称得上是一座绿色的城市。城市被绿色掩映着，茂盛的树木为夏蝉提供了栖息处所。蝉居其上，肆意地鸣，恨不得为盛夏"火上浇油"。此时的蝉鸣已经分不出节奏，分不出高音和低音，充斥耳朵的只有一团混沌。之所以称其为一团，实在是密不透风，就像一张巨大的网，人被罩在其中。

这样的季节，已被蝉鸣所统领，走在大街小巷，走进亭台楼阁，蝉鸣始终伴随着你。你也许忙于事务，会暂时忘掉这种声音。一旦从俗务中抽身出来，旋即又被蝉鸣侵袭。

这种声音也不是总会让人烦躁。正午时分，在空谷中踽踽独行，寂静是最可怕的，可怕到毛骨悚然。脑海中会胡思乱想，会不会有野兽出没，会不会有蟒蛇穿林架梢而过？如果夏蝉满山谷地鸣叫，瞬间觉得有了陪伴，缓解了心理压力。

古人经常写到蝉，有的是附庸风雅，纯粹对蝉的描述，没有多少寓意。比如李世民写过《赋得弱柳鸣秋蝉》："散影玉阶柳，含翠隐鸣蝉。微形藏叶里，乱响出风前。"写柳树的翠绿，蝉的微小，隐藏在柳树中，只闻其声，不见其影。蝉与柳，动与静完美地融合在一起，堪称佳作。而多数诗人不会单纯地写景或抒情，总要触景生情、借物咏志，方才消解心中块垒。王国维在《人间词话》中说："以我观物，故物皆着我之色彩。"白居易写过《六月三日夜闻蝉》："荷香清露坠，柳动好风生。

微月初三夜，新蝉第一声。乍闻愁北客，静听忆东京。我有竹林宅，别来蝉再鸣。不知池上月，谁拨小船行?"李世民和白居易的诗中，都有蝉和柳这两种意象，由于二者身世不同，心境各异，诗意自有偏向。

蝉的分布范围非常广，南北皆有。我的故乡，夏天也是蝉鸣声声不断，如丝如缕。顶着酷暑，孩童们在漫山遍野里寻找蝉蜕，顺便捕捉蝉，蝉蜕能卖钱，蝉能吃。灌木丛中，尤其是荆枝上，趴着一只只蝉蜕。蝉也有警觉，捉它时，会飞，飞得不高，也不快，枝头都是能够得着的，钻梢林是孩童的本领，蝉蜕摘到了，蝉也捉住了，二者可以兼得。

南国小城的蝉阵势更大，跟故乡的蝉阵完全不同。仔细分析，应该跟南北气候有关。蝉生于泥土，长于树木，也就是说，它从土里出来，到了树上后，蜕壳、飞翔、晨吸露，午鸣唱，夜休息，度过短暂的夏日时光。蝉到了秋天属于强弩之末，声声都是悲鸣，每一次鸣唱都是生命的挽歌。唐朝的虞世南写过一首《蝉》："垂緌饮清露，流响出疏桐。居高声自远，非是藉秋风。"就是写的秋蝉，不过并没有悲鸣之意，人们常常引用最后两句。不管是李世民、白居易，还是虞世南，他们写的都是北方的蝉，也就是长安一带的。我提到故乡的蝉，也属于北方。

江南气候湿润，树木茂密，湖泊密布。我待了几天，日日有雨，不是暴雨倾盆，就是细雨霏霏，这为蝉的生存提供了极佳的条件。蝉声脆，声振远，持久性强。北方的蝉，暴晒在山野，无雨无露，声嘶力竭，依然坚毅地鸣叫。相比于南国的蝉，不可谓不辛苦。不管发出什么样的声音，蝉鸣似乎是作为蝉的使命，不鸣不足以为蝉。尽管这种鸣叫中，有欢乐的成分，也有悲伤的哀怨，就像文人们寄愁于斯。想到此，由衷地感佩不已。

我渐渐适应了这种氛围，也听出了一些韵味。那是一种柔柔的、中音环绕的、不疾不徐的、持续不断的听觉抚摸感。听着蝉鸣，看着绿植，偶尔还有白鹭从头顶飞过，人与自然处于和谐的状态，让我有些乐不思蜀，陶醉其中。

蝉的繁殖能力极强，刚出土的蝉蛹营养丰富，虫体蛋白质含量丰富。人们已经把吃蝉当作一种时尚。有人晚上打上手电在树上捕蝉。显然这种办法无法满足市场需求，由此滋生了养蝉行业。

已从蝉鸣如织的南国小城回来，所住的城市也有蝉鸣，由于树木稀少，气候干燥，蝉鸣声不如南国的稠密。还有些不适应了，觉得少些什么。看来，人也是有依赖感的，从一个环境到另一个环境需要一个适应的过程。

能够改变的只能是心态，无法改变的是对蝉鸣如织的思念。

三

进入伏天，气温一下子陡增，大中午三十多度是常态。冬冷三九，夏热三伏，这是自然现象，不热怎么能说是伏天呢。人聪明，一到大中午，若没有要紧事，都纷纷回家或者找阴凉地儿待着。草木之物挪不了地，只好接受艳阳的暴晒。地气足的，还能听到茁壮成长的"滋滋"声；地气不足的花草，只有蔫不唧地低头忍受。蝉最活跃，爬在树干上使劲地鸣叫："喵呜，喵呜——喵——"节奏感很强。北方的蝉是这样叫的，而南方的蝉没有这样的节奏，"呜嗡——呜嗡"，听上去一团乱麻。蝉不怕热，越热叫得越欢实。

伏天的夜晚，很热闹。蝉在白天不知疲倦地鸣叫，到了夜晚，已没了力气，象征性地叫那么一会儿，做着休憩的准备，它毕竟是白天的主角。夜晚叫得最卖劲的要数蝈蝈儿。尤其是乡下，蝈蝈儿、蛤蟆，还有一种鬼鸣虫……交替鸣唱，给夏夜增添了无穷的乐趣。

初夏时，蝈蝈出来了，它来得比蛤蟆和蝈蝈儿要早得多，基本上跟麦收相伴相随。乡人收麦之余，应了孩子们的请求，加之自己童心未泯，用高粱茎秆编织蝈蝈笼子。笼子的每根茎秆宽度不能大于一手指，否则，蝈蝈会跑掉的。其中一根是活的，就像门一样，便于蝈蝈出入和放置水之类的东西。蝈蝈成了宠物，养在笼中，每天为主人歌唱，给繁忙的夏收增了几许乐趣。

逮蝈蝈往往是孩子们的事，逮一只能叫的蝈蝈不容易。听见酸枣树上蝈蝈叫得很好听，蹑手蹑脚走过去。蝈蝈倚在高高的枝头上，个儿大、翠绿，背上的两片翅膀透亮，声音从那里发出。蝈蝈很机警，发现情况有异，立马止声。为了逮住一只品质优良的蝈蝈，要费尽九牛二虎之力，被酸枣刺划破胳臂、划破脸是经常的事。蝈蝈总算捉住了，放进笼子里，不叫，或者不像在枝头那么拼命地叫。看到别家小孩儿养的蝈蝈比自己的强，甚是苦恼。一只蝈蝈声音太单调，好像激不起嘶鸣的兴趣，关进去两只、三只……也不行。蝈蝈之间互不相容，出现相互厮杀。不是这只掉了一条腿，就是那只直接被吃掉，最后还是一只。蝈蝈白天叫，夜里也叫，属于黑白都认的主儿。

进入暑期，蝈蝈儿出现了。蝈蝈是倚在酸枣树上，蝈蝈儿是钻在草丛中、地缝里，二者的生存状态截然相反。蝈蝈儿白天很少叫唤，夜里叫声一片。蝈蝈儿的音色清脆、纤细、嘹亮，无数的声音会形成合力，把周围的环境烘托出欢快的效果，有强烈的代入感。特别在乡间的夜晚，坐在院子里的大树下，手摇蒲扇，泡壶老茶，边喝边哼，这时候听到蛐蛐儿叫，是一种和音，增添了美妙的感觉。

村中有个泊池，下雨积攒了一池子的死水，散发着臭气。蛤蟆夜晚咧着一张大嘴嘶叫着："咯哇——咯哇——"声音很大，声振很远，整个村子都被蛤蟆声统治了。蛐蛐儿的声音会被淹没。

不管是蛐蛐儿叫，还是蛤蟆叫，静听夜虫交替鸣唱，能给恬静的夏夜驱走不少寂寞和无聊。摇蒲扇的乡人，会在声声鸣叫中呼呼睡着，口水顺着嘴角不由自主地流了下来。

我在小城居住了很多年，对蛐蛐儿印象特别深刻。夏夜，楼下的路灯很亮，同事们一个个从闷热的房间里走出来，聚在路灯下，打扑克、搓麻将、聊大天。蛐蛐儿也像熟客一样聚拢了来，满地蹦跶，毫无怯意。人们习惯了身边有这么一种小动物的存在。偶尔瞥上一眼，该干吗干吗。这时的蛐蛐儿玩得不亦乐乎，并不叫。我们听到蛐蛐儿的鸣叫，其实只是公蛐蛐儿求偶时向母蛐蛐儿使劲地卖弄风情。有一段时间，我怀疑自己又回到了乡下。蛐蛐儿光顾了我的卧室，每晚睡梦中，零星地鸣叫，常常把我从梦中叫醒。想一想也不为怪，居住小区的隔壁就是乡村田野。蛐蛐儿一不小心把这里当作自己的乐园也是顺理成章之事。

我小时候养过蝈蝈，没有养过蛐蛐儿，养蝈蝈也纯属孩童玩耍。蛐蛐被人养，而且被大人养，被有身份的人养，那可是历史悠长了。南宋宰相贾似道曾写了一本《促织经》，其中云："虫生于草土者，身软；砖石者，体刚；浅草瘠土者，性和；砖石、深坑及地阳者，性劣，若是者穴辨。凡促织，青为上，黄次之，赤次之，黑又次之，白为下，若是者色辨。首项肥，腿胫长，背身长阔，上也，不及斯次，反斯下也，若是者形辨。"促织就是蛐蛐儿，也叫蟋蟀。贾似道这么大人物对小小的蛐蛐儿研究得这么深，可见蛐蛐儿身世不凡。

蛐蛐儿好唱，唱得也好听，这是人们知道的，夜夜在耳边鸣唱能不知道吗？其实，蛐蛐儿善斗，古代玩家，包括贾似道早就发现了。中学课本里不是有《促织》吗，就是斗蛐蛐儿玩的。现如今，听说北京等大都市又盛行斗蛐蛐儿了。文化复兴是好事，不过，什么样的文化都复活，未必是好事。人是一个追求新奇的特殊物种，什么好玩玩什么，什么能玩玩什么，不能玩的也要想方设法玩一把，要的就是一种刺激。这种刺激某种程度上，已经成了某一类人的雅事。

住在省城好多年了，一到伏天的夜晚，总能听到蛐蛐儿叫，只是这种声音有些零落而又遥远，不像在乡村，或者小城那样，几乎与蛐蛐儿在一起。蛤蟆的叫声听不到了，原因是城里没有像乡村那样的泊池。公园有水，整治得过于干净，没有烂泥浅滩供蛤蟆潜藏。何况，我离公园也远。

写到这里，想起了辛弃疾的那首词："明月别枝惊鹊，清风半夜鸣蝉。稻花香里说丰年，听取蛙声一片。七八个星天外，两三点雨山前。旧时茅店社林边，路转溪桥忽见。"乡间的夜景多美啊，城里就少了这些野趣。尤其是在夏夜，前半夜基本上是被烦躁的市声所裹挟，没有丝毫安静；等夜深人静了，夜虫的叫声也消逝了，颇有几分失落。

刺蓟

　　前年夏天，跟随热爱长城的朋友们去晋北考察长城古堡。那次行程的最后一站是桦门堡，该堡建在半山坡上，由于道路被冲坏，车子无法上行，只能选择徒步了。好在都是常年行走田野的驴友，这几步路不在话下。我撩开了长腿率先前行，躬身走到半道上，脚下突然出现了一株鲜亮的花，略一迟钝，认出是蓟。在这草木稀少的山坡，一株蓟的出现非常刺眼。一根长长的茎秆托举着紫红色的花蕊，在强烈的高原紫外线的照射下尽情地绽放着。让我联想到当年驻守桦门堡的将士们，他们在单调枯燥的日子里，看到这样绚丽的花时是什么感觉，会不会也像我一样大发感慨呢？我想应该是的。这里气候太干燥了，山坡上的草木因缺少水分而无精打采。独有蓟像将士一样，手中举着战鼓的木槌，擂响了整个山野，使寂寞无望的军旅生活平添了几分生趣。

　　一眼认出蓟是有原因的，晋南故乡的田野上这种草很多。蓟，刚长出来的时候，叶片绿绿的，很嫩，慢慢长高后，秆有细细的小刺，土话叫它刺蓟，性苦，可入药。嫩绿时，牲畜爱吃，尤其是猪的最爱。给猪挖草时，专挖刺蓟。刺蓟喜阴湿，运气好了会遇上一大片。

有一次打猪草，碰上了大片的刺蓟，喜出望外。柔软细小的腿，圪蹴在地下，寒光闪闪的利刃，直向刺蓟削过去，不深不浅，擦地皮削，这是削刺蓟的方法。一朵朵刺蓟与土地瞬间分离。镰刀触动刺蓟的神经，刺蓟会下意识地跳动，跳动时能看见刺蓟的欢悦。这种感觉在仅仅维持一秒钟之后会转化为极度的痛苦，痛苦之后就是无声无息，刺蓟的生命消逝了。刺蓟的生命状态不是挖草的少年所关注的，刺蓟被镰刀擦地皮削掉的情景也不是孩童所能感受到的。孩子们关注的只是赶紧把筐子填满回家，或者就地玩耍。

　　由于过于陶醉在挖刺蓟的快感中，不小心被镰刀的尖划到了脚背，一股麻嗖嗖的舒爽感，一如刺蓟被削的感觉。继而，疼痛如电击一般遍及全身，低头一看，有股股血液从脚背浸出，看来伤得不轻。脑中迅速跳出母亲说过的话，刺蓟能止血。摘了几片干净的蓟叶，在手中揉碎，挤出绿汁来，摁在伤口处，捂了片刻，血真止住了。原本要去水潭边玩泥巴，踅摸哪棵果树有果子的念头，一概抹去。写到这里时，我下意识地看了看自己的脚，似乎隐隐约约还能看到脚背上那道疤痕。

　　母亲看到我受伤了，又发现我用刺蓟汁捂了伤口，既怒又喜，怒我干活不小心，总要付出代价，平常我总是毛手毛脚不是伤了这儿，就是伤了那儿；喜我知道刺蓟止血。母亲加班加点熬猪食，以堵住圈里嗷嗷待哺的猪们的嘴。平时擀面的案板反过来用，剁猪食有专门的一把很钝的菜刀。新鲜的刺蓟在钝刀急切的节奏中，绿汁四溅，碎如烂泥。再用钝刀操起碎烂的刺蓟，放入锅里，辅以部分麸皮、谷糠。大铁锅在柴火的加热中，沸腾了。煮啊煮，熬啊熬，特有的一股怪味弥漫了整个屋子、院子、马路上走过的人都能闻见这种味道。这种说酸不酸，说苦不苦的气味，甚至影响到我们吃饭的食欲，倒是激活了团团转的猪们的阵阵亢奋。一盆刚出锅的新鲜食物倾倒进猪槽里，猪们的长嘴巴立即插了进去，发出极度夸张的咀嚼声。这是饥饿年代留在我记忆里的深刻印象。

刺蓟疙瘩，是故乡对刺蓟长老了以后的称呼，叶子中间长出了长长的茎秆，头顶上是一朵艳丽的花朵，极像鼓槌，所以叫刺蓟疙瘩。这时候的刺蓟已经失去了猪草的功用，成为大地上被遗弃的植物，偶尔会被审美者所关注，多看几眼，没人伸手去掐它，更不会折了带回家。此时的刺蓟疙瘩是自由奔放，无忧无虑的。就像人一样，一旦进入这样的境界，就"从心所欲不逾矩"了。碰上刺蓟成规模地绽放，也是非常壮观的，它不是花草当中的佼佼者，甚至入不了花草行列；也不算药材行列的名角儿，黄芪、柴胡、连翘这些山野里的常见药材有人采挖，卖给药材收购站，刺蓟没听说收购。不过，刺蓟会成为乡人手头存放的冷方子，流鼻血了，或者像我那样身上被划破了，把刺蓟叶子捣碎覆在伤口，止血效果非常好。

多年以后，激起我写刺蓟，让我想起故乡土地上还有一种叫作刺蓟的植物，是前些日子回老家时，看到了它的身影，跟小时候看到的一模一样。就在想，任何事物基因的改变是一个极其漫长的过程，甚至是不可能的。可能改变的是我们的精神世界，思维观念。刺蓟，是一株普通的植物，它依然默默地长在某个角落。还是举着鼓槌或者拳头一样的花茎，接受阳光的检阅，接受自然的熏陶。蝉在山野鸣唱时，它是无语的；蛇在洞中先把尾巴伸进去，慢慢把整个身子缩进去，刺蓟也看见了，并不稀奇；我在刺蓟前，用相机对其"咔咔"地拍照，刺蓟的形象精准地摄入了镜头，定格成永恒，刺蓟也没觉得多么不可思议。不管是动物，还是植物，在丛林中都是独立的存在。有些树木高大参天，比如榆树，长达几百年的年龄；有些小草低微，比如刺蓟，草本植物，春生夏长冬枯；有的植物把枝蔓扩张得很远，比如藤类，周围的树木花草深受其严重的侵害，植物们默默地习惯了这样的一种状态。草地上，刺蓟还能闪烁着几分姿容；森林中，守住一份阳光，通过光合作用，结构调理，分泌药性，就会成为一株有用的植物。

我从茂密的树林中走出，来到一座村庄，遇到几个在炎炎赤日下不午睡而玩耍的孩童，有意问他们认识刺蓟疙瘩吗，他们看到我这张陌生的面孔，一脸茫然。我把路边的刺蓟指给他们看，均不回答，只是嗤笑。我也兀自笑了笑，不再打扰他们的游戏。

瓜蔓儿

春天时，食堂师傅在后院的泡沫箱子里，随便种了几粒南瓜子。一夏天的疯长，南瓜蔓儿沿着旁边废弃的台阶爬了好长好长，足足有七八米。黄色南瓜花从每个关节处冒了出来，不下十朵。我心里想，仅这一棵蔓儿结的南瓜估计都吃不了，何况有好几棵呢。秋天来了，蔓儿上的花儿早谢了，南瓜却寥寥无几。那么长的蔓儿没有几个南瓜，实在显得荒凉。起先对其抱有的希望多少有些衰减。好在把它们当作了眼前的风景来欣赏，结不结果倒在其次了。

回想起了南瓜的特性来。在农村，种南瓜，一般是不占用耕地的。玉米地、红薯地、山药地垄上，随便点种几粒南瓜子，就会慢慢地长出苗来。秧子长高了，会沿着地皮走，往地垄外面爬，像一条绿色的蛇，钻酸枣刺、蒿苗子窝，越爬越长。花儿开了，黄色的，点缀在草丛中，有种画龙点睛的美学效果。酸枣树上的蝈蝈会从枣树上蹦下来，吃南瓜花。金黄的花朵，很快被那两只大牙齿啃掉一个大口子。不过，开花只是南瓜结果之前的炫耀，这种炫耀即使受到伤害，也不影响花朵下面冒出的青瓜儿苗壮成长。

夏天的阳光直晒着地垄，那里是接受阳光的最佳位置。地里的庄稼享受着肥沃的土壤，滋润着丰厚的墒情，却不见得受阳光爱见。南瓜像一个外子，借了别人的地盘扎根，把秧子全都铺排在地垄外面，瓜儿长出来了，吊在崖畔上，像悬挂着的铃铛。时日渐长，瓜儿大了许多，一枚枚青瓜蛋子，从草丛枣刺窝里露出了脸。

故乡的夏天、秋天，地垄上到处都有南瓜蔓儿，有的拉得好长，南瓜大小不一，数量有别，像油画中的主题意象，挂在画布上一样。南瓜的命运就是如此，从不占用耕地，借用地垄就能出色地完成自己的使命。南瓜在故乡不被人重视，从种植就可窥知一斑。到了秋天收获时节，每家院子里，院墙上摆放了好多的南瓜，有红的，有花色的，花色的似乎更多一些。乡人的眼光狠毒，从南瓜的长相上即可判断哪个好吃、甜绵，哪个丝粗、寡淡。好吃的、甜绵的，留下自己吃；丝粗、寡淡的，喂猪。没时间给猪割草时，猪又在圈里饿得哼哼，顺手拣一个南瓜，拿一把锈迹斑斑的刀三下五除二，切成几块，扔到猪圈里，猪们兴冲冲地拱去了。

南瓜生性卑贱，其实很好吃，也有营养。乡人的饭食里离不开南瓜，与豆角搭配有出奇制胜的效果，既有色又有味儿。南瓜蒸着吃也好吃，拌上青椒，又绵又辣，爽歪歪。单独用南瓜烩面，一次能吃两大碗。金黄色的糊状汤汁，把洁白的面条迷糊得晕头转向。饭吃完了，碗边上还残留着一层金色的汁液。

相比较南瓜，西瓜和甜瓜就是另外的命运。南瓜属于菜品之一，田间地头到处都是。西瓜和甜瓜属于瓜果系列，稀少，就显得金贵和娇气。要占用耕地，沙地效果最好。种的时候，一粒籽与一粒籽之间要有相等的间隔。秧苗出土后，人工就得及时跟进，培土、间苗，土壤墒情不好时，要浇水。慢慢长出蔓儿了，把多余的头子掐掉，只留一枝。开花了，有的花是不结果的，也得打掉，保证优质的花朵结出优质的瓜。渐渐长大了，为了防止被贼偷，还得在地头搭个窝棚，没日没夜地看守。一个夏天，就这样伺候着那一根根瓜蔓儿。

生产队时，有个懂技术的老伯管理瓜田，孩子们喜欢跟老伯套近乎。伯伯长，伯伯短，叫得很欢实。老伯高兴了就到甜瓜地里摘几个甜瓜分吃，很快乐的时光。那时候，家户不种西瓜和甜瓜的，只有生产队才有，自然稀缺得很，孩子们时时存有偷瓜的念头。

正是中午，艳阳高照，地垄上的蒿草都晒蔫了。几个孩子像侦察兵一样，潜伏在瓜田旁边的玉米地，玉米的行距较宽，通过一个瘦小的身躯没有问题的，钻过玉米林，就像钻过枪林弹雨。玉米叶子沙沙作响，划破了胳膊，还有脸庞，趴在地垄往瓜地里张望。看瓜的老伯好像不在，便猫着腰，先后顺序进了瓜地。瓜蔓儿懒散地伸张着，就像产妇一样躺在大地上，怀里的瓜宝宝各个瞪着眼睛左顾右盼。喜色刚挂上眉梢，只听一声断喝：贼娃子哪里逃。孩子们略一愣怔，赶紧撒腿就跑，岂不知，像绊了蒜的腿，真被瓜蔓儿给绊住了，一个趔趄，跌倒，爬起来，接着跑。瞬间像空气一样消失了。老伯也只是吓唬，并没有追赶。他知道孩子们贪吃，不贪吃能叫孩子吗？过了一会儿，老伯扯着嗓子叫某个孩子的名字。起先，没人敢应承，屏住呼吸。后来，听见老伯叫他们吃瓜，才确定是真的，一个个像俘虏耷拉着脑袋走进瓜棚。

老伯说，想吃就吭声，不能行偷窃之事，学校老师怎么教导的你们？他的语气已经缓和了，面露喜色地说：瓜是生产队的，不过，你们是孩子，我可以让你们尝尝鲜。便走到地里拣熟的瓜摘。边摘瓜边叨叨：你们不懂哪个瓜生哪个瓜熟，容易把生瓜蛋子给摘了，这样反而造成浪费。长一个瓜不容易啊。

吃了瓜的孩子们，走在回家的路上。他们心里并没有深刻思考老伯语重心长的话语，而是继续在思谋着，哪里还有能打牙祭的东西呢。

我把南瓜和西瓜、甜瓜放在一起对比，仅仅因为带有"瓜"字，这本身没有可比性。抛开各自不同的品质，我重点描述的是它们都有那长长的蔓儿。这根蔓儿无论是匍匐于大地，还是悬垂于地垄、崖畔，它的颀长和坚韧，都让我惊异，尤其是南瓜蔓儿。当它悬垂于崖畔时，自身所承受的重量是难以估量的。有的蔓儿上不仅仅结一个瓜，两三个也不稀奇，这是多么考验瓜蔓的耐力。这只是日常所仅见的，自然中的神奇更是多不枚举，细思让人惊讶不已。比如葫芦，往往长在人工搭建的架子上。硕大的身躯悬垂着，如同奶牛腹下垂吊的乳房。它是借了人工架子悬挂的，没有架子的葫芦也照样结得蓬勃。

菜市场买菜时，满目玲珑的菜品惹人眼馋。不会有人边买菜，边思谋着这些五颜六色、形状各异的菜之来龙去脉。它是怎样生长的，又是怎样运往繁华都市，最后走进千家万户的餐桌。南瓜也赫然摆在了菜摊上，起先我有些惊讶，南瓜也进了大都市。事实上，它还颇受消费者欢迎。科普知识告诉人们，南瓜的营养价值奇高无比，购买者不绝如缕。南瓜，有时候被叫作北瓜、倭瓜，还有人叫它金瓜，名字五花八门。摊主为了吸引消费者，把南瓜切开，露出黄色的瓜瓤，刀痕处渗出一粒粒白色的透明体，南瓜真的疼痛了。我以早年的乡村经验，购买南瓜。做出饭来，味道往往不对。不知南瓜在变，还是我的观念落伍了。

从乡村来，喜欢回溯这些看似幼稚实则深奥的问题，就像每天晨起后，听到不同的鸟鸣声，会思忖这些鸟什么时候进城的，在乡村还有窝巢吗？南瓜，离开土壤后，那根维系生命的长长蔓儿还在吗？

一棵诗意行走的树

一

以诗意抵达远方。诗意是什么？也许不能准确定义，但我知道什么是诗意。当你从疲劳中站直身子看到头顶有雁阵飞过时，你会发出一声惊呼：雁南飞！并且唱起了那首歌："雁南飞，雁南飞，雁叫声声心欲碎。不等今日去，已盼春来归。"这就是诗意。当骑单车穿过大街，一抬头看到夕阳在晚霞的陪伴下落入西山后，你会脱口而出：真美啊，太阳回家了！这就是诗意。当你忙完一天的学业，背着沉重的书包进家门，看到妈妈满面春风、笑意盈盈，端上来早就准备好的香喷喷的饭菜时，你深深地呼吸了一下，恨不得把飘溢的香味全吸进自己的肚子里，那种满足感就是诗意。当你外出旅行，面朝大海，看到海天相连，思绪飞扬时，心中喷涌而出：啊，大海！这就是诗意，也只能是诗意，必须是诗意。还有，比如你在郊游，看见小花小草，会不由自主地摘一朵，仔细地端详，仔细地嗅着。小姑娘会把花儿插在头上，大人会把花儿带回家插在花瓶里，这也是诗意的具体体现。这样的例子可以举出很多很多，说明生活中处处充满诗意。

遍地风流

　　仔细想想，诗意怎么来的，来自哪里？其实来自心中的情和爱。对事物的爱，对生活的爱，对家人的爱，对朋友的爱。诗意，是心中升腾起来的一道瑰丽的彩虹，是萦绕着每个人的一道吉祥的护身符。它是爱的一种表达方式。心中有爱，诗意才有所附丽。所谓的皮之不存，毛将焉附是也。

　　爱能够产生诗意，那么恨呢？恨会不会产生诗意？回答是肯定的，也会产生诗意。比如极度愤怒后脱口而出的糙词，绝望之时的仰天长啸，都是诗意表达。"为人进出的门紧锁着／为狗爬走的洞敞开着／一个声音高叫着／爬出来吧，给你自由／我渴望自由／但我深深地知道——／人的身躯怎能从狗的洞子爬出！／我只能期待着／那一天／地下的火冲腾／将我连这活棺材一齐烧掉／我应该在烈火与热血中得到永生。"这是叶挺在重庆渣滓洞集中营的牢房墙壁上所写的《囚歌》。"欲悲闻鬼叫／我哭豺狼笑／洒泪祭雄杰／扬眉剑出鞘。"这是1976年清明时节纪念周总理的天安门诗抄。这两首诗是恨到极致所迸发出来的诗意，更是诗。

　　不管爱还是恨，都是人类情感的表达方式，是从心底产生的，所以都会有诗意弥漫。爱和恨，来自情感体验，情感能产生诗意。那么，情感又来自哪里呢？来自内心深处，来自理性，也就是思想。不管什么样的情感，都是以思想作为支撑的。有思想就有观点，就有爱恨，就有是非，正义与非正义等对立的事物。情绪也能产生诗意，但是，情绪化过后，会沉淀出真正的诗意和诗歌来。通常所要阐释的诗意都是基于爱之上。爱是人类最美好的情感。

　　西班牙诗人、诺贝尔文学奖获得者希梅内斯认为："真正的诗歌就在于那深刻的感情。"散文作家周晓枫说："以前有人问我，觉得写作里什么最重要。我说是想象力。提问者的回答，是情感。他告诉我答案的时候，我心里不能说是轻视，至少是没有划痕地就过去了。我当时觉得，情感是最基本的能力，没有什么可供阐释的，它也没有那么位居轴心的重要性。现在我很尊重情感的力量，认为它养育万物。对一个写作者来说，永远不能丧失对这个世界的好奇和尊重、热爱和悲伤。"

　　爱恨、是非、正义与非正义，来自生命的体验。有句话说得好：愤怒出诗人，苦难出诗人。这里的诗人包括所有的艺术创造者。从这个角度讲，苦难对于诗人来说就是一笔不可或缺的精神财富。只有亲身体验了生命中的点点滴滴，才会有洋溢着生命力的作品出现。德国诗人莱辛曾经说过：天才即使不是生在极端贫困的阶层，也是生在生活非常艰苦的阶层里。

　　诗意和诗人是两个完全不同的概念。诗意每个人都有，它是情感的一种表达方式。也就是说，每个人一出生就自带光芒，具备了诗人的潜质，但不一定是诗人。诗人的产生是要有天时、地利、人和诸多条件。中国最早的诗歌就是劳动人民打夯时，发出的"杭育杭育"声，它本身具有了诗歌的节奏美。这种由劳动自然延伸出来的声音，称为诗歌。诗歌不是无病呻吟，它来自生活，来自底层。德国诗人荷尔德林有句著名的诗句：人，诗意地栖居在大地上。海德格尔特别欣赏这句诗。我们常常在电影或文学作品中看到西方人居住在乡间硕大的别墅里，烧着壁炉，弹着钢琴，几卷精装书籍码在书架上……钢琴的悠扬声穿过厚实的窗户在田野上飘荡，也许这就是"诗意地栖居"。我们走进乡间，当夕阳西下，炊烟袅袅升起，看到牧羊人赶着羊群缓缓而归，手中的鞭子一甩，啪啪作响，嘴里唱着小曲：

"桃花红，杏花白。翻山越岭寻你来……"这样的画面就是诗意，这样的栖居就是诗意的栖居。走进山西的乡村大院，那些高大的门楼都镶嵌着一块牌匾，上书四个大字"耕读传家"。有耕有读，这就是诗意的栖居。脚踩大地，头望星空，是世代人们一直所追求的生活状态。

威廉·库柏于1785年发表的诗歌《任务》中有这样的诗句："人们被囚禁于都市中，但仍然保留着/对田园风景的渴望，那种与生俱来/无法扑灭的渴望；他们以定时的迁徙/为调节，尽力弥补自己失去的一切。"这也是一种诗意的栖居。

人类都有追求美好生活的向往，都有追求真善美的初心。通俗讲，生活不但要有柴米油盐酱醋茶的烟火气，还要有琴棋书画诗酒花的书卷气。这是一种境界，一种人生目标。

二

我出身农村，经历过吃不饱穿不暖的日子。有玉米面窝窝头充饥都是奢侈的。当看到一个老大爷双手捧着金灿灿的窝窝头一口一口小心翼翼地食用时，那是真实的，不小心把窝窝头的渣子掉在地上，一群守候在周围的鸡鸭一哄而上与老大爷争抢时，老大爷会奋不顾身地轰走鸡鸭，捡起掉在地上的窝窝头渣子，也是真实的。老辈人讲，富人家的孩子拿着一块白面馍馍在路上吃，穷孩子上前一口痰吐在白馍馍上，富人家孩子把白馍馍扔了，哭着回家告状，正中穷人家孩子下怀，穷孩子捡起就吃，狼吞虎咽，噎得直翻白眼，也是真实的。我经历过这样的事实：上高中时，先到当地粮站缴粮，换回粮票给学校，学校再发饭票给学生。在食堂吃饭，以班级为单位，头天晚上由生活委员挨个统计第二天的吃饭人数，然后报给食堂。食堂根据人数做饭。吃饭时凭饭票打饭。结果有同学抱着侥幸心理，没有报数而领了饭，自然有一个人没饭吃。此事惊动事务长，挨个追查，顿时鸡飞狗跳，鸡犬不宁。人人都成了怀疑对象。

我的散文常常写到故乡，故乡是我创作的母体。每每落笔，总是激情澎湃，血脉偾张。很多作家一辈子都在写故乡、写童年，不管离开多久，那块土地上的故事永远埋在心里。有些作家居住城市数十年，生活早已发生了天翻地覆的变化，记忆里的故乡总是不由自主地走入笔端。一个真正有情怀、有担当的作家，会持有一种理性，甚至是批判的态度书写故乡。对故乡一味地歌颂并不一定就是爱故乡，批判不一定就是恨。

一棵大树，不管它树身多么粗壮、枝叶多么繁茂，真正吸收营养的是深深埋在大地的树根。树有多高，根就有多深。我居住的附近有棵唐槐，距今上千年了，树干苍老，腹中空洞，那层坚硬的壳顽强地支撑着摇曳的树枝。周围的事物已经发生了无数次的变迁，人世上的沧桑早已面目全非。如今，唐槐的周围正在被开发商开发得一塌糊涂，高楼林立，天空逼仄。不过，见多识广的唐槐，淡然处之。不受时移世易的干扰，依然绿意泛滥。唐槐已越千年，肯定改变了很多，容颜已老，芳华不再，但精神不倒。之所以有这么强大的力量存活，大地深处的根须才是其存在的最伟大力量。树根在地下经历了不知多少艰难险阻，同时，又与土壤结下了亲密无间的情感，汲取了丰富的营养，那种依恋和相守，不是树身和枝叶所能感受到的。

尼采说过："其实人跟树是一样的，越是向往高处的阳光，它的根就越要伸向黑暗的地底。"我们平素所看到的是上面枝叶的风光，谁会想到地下的挣扎和顽强？支撑我们每一个人行走社会，坚强屹立的保证，就是所拥有的大地。我们不是漂移的浮萍——浮萍也是有根须扎在水里的，要做一棵诗意行走的树，不管走到哪里，不管受到什么样的风霜雨雪洗礼，双脚在大地上是踏实的，把生命的根牢牢地扎在大地之中，是幸福的。

父亲的孤独

　　父亲老了。眼睛看不清楚人，不是昏花，是眼底出现黄斑裂痕，无法治愈。有一次，他在楼下跟几个人下象棋，我刚从太原回来，没有打招呼，只是站在跟前看他下棋，他抬头瞅了半天也没认出来，还是我提醒了他才恍然大悟，一副愧疚的样子。听力下降却是近两年的事，忽然一下子就耳背了，一句话说几遍，他还得把那只稍微好点的耳朵对着你，才能勉强听见。打电话时，明显感觉到有些话他是在猜。我最近一次回家，父亲早早打电话问几点到，在不在家吃饭。我告诉他过一会儿回去，不在家吃饭。我在临汾待了很多年，对这座城市的面食，特别是炒面感兴趣，每次回去总想抽空找家面馆解解馋。五一西路有一家"小姚面馆"，炒面色香味俱佳。那天下午五点多到了临汾，我进了"小姚面馆"，时间尚早，吃客不多，要了一大碗炒面，很快就端上来了，吃得痛快淋漓。回到家时，父母和弟弟弟媳都在等我吃饭呢，我说告诉父亲不在家吃饭了。弟媳说，爸爸说你要回家吃饭。这就是耳背造成的误会。

　　父亲眼力和耳力都不行了，却离不开电视，每天把足够的时间交给电视。央视四套，地方戏曲节目是必选。关心国际和国内大事小情，是父亲多年养成的习惯。戏曲节目，喜欢看蒲剧和秦腔。有段时间，当地的戏曲栏目说的比唱的多，一多半时间是主持人和演员唠叨，正儿八经唱的时间很少，父亲不满意了，嘴里骂骂咧咧。

父亲腿脚不行了，走路离不开拐杖。前几年，他上街骑自行车，我们一再说，不要骑车了，操心。他不听，说没事。现在呢，坐在沙发上起个身都费劲，做几次预备动作才能起来。行动不便了，好多事情无法亲力亲为，能做的还是坚持做。比如缴电费、水费、电视收视费，到银行取钱。每月工资一到账，马上前往储蓄所，每个月需要的花销一次取出，账上的钱数让服务员写在纸条上交给他。父亲是供销社出身，账目意识特别清楚，从来不乱。

父亲的生活很规律，准点看新闻和戏曲。父亲跟戏曲颇有渊源，早年曾经在附近的太池村学过戏，来自川里的戏把式给授课，父亲学的是武戏，唱腔弱一些。我听父亲亮过嗓子，扛着镢头去岭西坡拾柴的时候。几嗓子唱出去，山谷亦有回响，我却没啥反应。这是我听过父亲唯一的一次开口唱。父亲学戏时间并不长，后来从事了几十载的供销事业，我认为这是父亲的明智之举。

父亲喜欢下象棋。他是学校老干部活动中心的常客——我在学校有一套小房子，父母住在那里，安享晚年。父亲人热情、善交际，认识了院子里的不少专家教授。一块儿玩耍的一个老教授，曾是我的授课业师，教授因我而跟父亲颇有来往。老教授喜欢别人下棋时在旁边指手画脚，这也是棋摊上的普遍现象，虽然违反"观棋不语"之规定。父亲下棋，喜独思，烦人论。老教授

82

毛病复发，指挥父亲如何如何走，甚至举起了棋子。父亲不高兴了，说了几句不中听的话，老教授有些脸红。父亲给我讲此事时，并不觉得有什么过分，依然认为对方有失教授身份。八十多岁的人爱较真，这就是性格。

父亲常给我讲，他一辈子吃亏吃在性子直，有啥说啥，不讲究策略，不讨领导待见。父亲感叹，这是命。父亲指着额头让我看，小时候没人管，从炕上滚到炉台，头碰到锅耳朵上，破了相，影响了一辈子前程。几十年过去了，伤疤早已不明显，却深深地烙在父亲的心里。这是否影响了父亲一辈子，另当别论，父亲在供销社一干就是几十年没当过一天领导，却是事实。领导不领导吧，我印象中，父亲早年很是风光，干过多年的供销社采购员。每次从外地回到家，村里人登门拜访，这个要买缝纫机，那个要买手表。这些东西当时属于稀缺产品，凭票供应，村里人哪能享有这样的特权，只有通过关系方可得到。父亲不是领导，县官不如先管，近水楼台先得月，手上有个把指标支配，多少能给村里人以解燃眉之急。村里人比高低就看你家里有没有"三转一响"，即自行车、缝纫机、手表和收音机。有一位大队干部逢人就显摆家有三块手表：他和儿子、儿媳各一块，这是富裕人家的标配。

父亲戴一块上海全钢手表，一百二十块钱，属于豪华了。对手表情有独钟的父亲，从村里的一位见多识广的年轻人那里见识了一块全自动手表，功能多，样式新，很感兴趣。年轻人神神秘秘地说，从香港走私过来的，价格不菲。父亲想买，又不是小钱，回家和母亲商议，母亲不同意。最终这块时尚的全自动手表落入村中一年轻人手里。时间不长，偶尔得知，这款手表在中英街上卖几块、十几块。父亲这才庆幸和释然。

不当领导也有不当的好处。父亲经历过很多风波，亲眼见过很多匪夷所思之事。今天还是好朋友，明天就翻脸不认人，明着举报，暗里搞小动作使坏的人性之恶。受冲击的都是针对领导。领导也是人，谁没三个薄的、两个厚的？得不到好处的自然要报复。

父亲给我讲这些真人真事时，流露出一副"事不关己，高高挂起"的局外人的超然物外之神态。他没有自怨自艾，相反庆幸没有涉足领导这一高危行业。当不了领导，没有机会当领导，自然不会去讨好领导，反以与领导为忤取乐。上级领导到供销社门市部视察工作，其中有个领导父亲不待见。听到"笃笃笃"的脚步声临近时，父亲暨身进了里面的宿舍。领导一行在柜台前转悠来、转悠去，那个不待见的还一个劲地喊父亲的名字，父亲不应声，也不露面。领导们悻悻撤走后，父亲满脸得意地回到柜台里。写到这里时，我也是会心一笑。骨子里我是赞成父亲这样做的，假如是我也会如法炮制，也许是遗传基因吧。

父亲站柜台，绝对是一把好手。没当过领导的父亲，却是门市部的负责人。布匹柜台相对日杂、文具、图书等门类账难算，工序繁杂，理所当然由他坐镇。熟悉的人说起父亲来，每每竖起大拇指。我亲历过父亲忙而不乱、处变不惊的风采。逢集赶会时，供销社门市部是人员最多的地方，可谓门庭若市，人来人往，热闹非凡。买布匹的都是女性，这个要花布，那个要白布，几尺几寸，叽叽喳喳。父亲尺子一搭，比画几下，刺啦一声，布扯好了，一横一竖一折，叠成方块。交给购买者时，价钱已从嘴里说出，连算盘珠子都不用拨拉，一分不差。接着又招呼下一位顾客。父亲忙碌时一站就是几个小时，腿都肿了。午饭顾不上吃，顾客散去后，才拖着疲惫的双腿到灶房煮面条。

父亲在佛儿崖供销社时，我去看过他。本来当天返回的，我选择了住一晚上。十一二岁的年纪，第一次在家以外的地方跟父亲睡一张床，很稀奇，很兴奋。我跟父亲睡觉的机会不多，小时候在家，我跟爷爷奶奶睡一张大炕。那晚，山谷很静，偶有夜虫啼鸣，高悬于山腰的门市部只有我和父亲。父亲用他宽厚的大手抚摸着我的肌肤，我陶醉在父亲那份大爱之中。这是父亲第一次也是唯一的一次对我的抚摸。时光过去几十年，如今想起时，我满眼的热泪，满心的暖意。

佛儿崖对面有个陶瓷厂，生产的瓦罐很有名，有小的，有大的，一套十几个。小的可以装米，大的可以盛面。父亲回家探亲，精心挑选成套的瓦罐，麻扎结实，一副挑子晃晃悠悠地出现在几十里的山路上。我家窑洞摆放了好几套这样的瓦罐，乌黑油亮，既整齐又好看。母亲摩挲这些心爱的物什时，脸上闪射着幸福的喜悦。

父亲是一棵大树，枝叶伸在外面，根却扎在农村，家里的一应事物得兼顾。他对农活不是很精，有些技术含量比较高的活儿，显得火候欠缺。比如，夏季收麦扬场时，父亲不会换手，也就是不会左右手交替使用，场就扬不好，麦粒和麦壳无法顺利分离。这时候，能干的爷爷便出场了，往干燥的手心里吐两口唾沫，该用左手时用左手，该用右手时用右手，三下五除二，麦子干干净净地堆成一堆。

父亲的苦力活，却一点不比常年战斗在田间地头的农民差。挑麦捆、拉平车样样都行。有一年收麦，拉了一车麦子，路窄，又是弯道，结果连人带车翻到阴沟里，在后面推车的我们，吓得脸色煞白。看见父亲毫发无损地站了起来，才如梦方醒，长出了一口气。

父亲为人处世单纯，直率。岭西河边有一户独家庄，父亲从外地回家时，路过这里会讨口水喝，偶尔还会寄存东西在那里。这家的男人是个石匠，父亲为了报答这家人的好心肠，让石匠给打了一副碾子，也就是石磨。石匠就地取材，吭哧了一段时间，碾子打成了，费尽九牛二虎之力抬回来，安装在院子外面，结果不好使用。爷爷有些埋怨，父亲没有在意。窑顶需要一颗碌碡碾压平整，以保证下雨不漏水。父亲又找这个石匠。碌碡比碾子容易，很快打出来了，一头粗一头细，还不是很圆，滚起来净往一边跑。爷爷更不满意了，父亲也动了火，不给石匠付款，石匠一再说好话，许诺再打一颗碌碡。第二颗碌碡打出来了，还不如第一颗。爷爷说父亲太好心眼了，总被人骗。

年轻时的父亲，抽烟喝酒很厉害。尤其是喝酒，在当地一带颇有些名气。故乡红白喜事一般要设酒场，爱喝酒的各路英豪纷纷登场，划拳行令比高低。时间长了，形成派别。当地派和外来派较量，划拳论输赢。拳要好，酒量还要大，这是立足江湖的两大法器。父亲不是最好的，也算高手。不过，再好的高手，也是常常醉醺醺的。有一年，邻村有酒局，父亲喝得太多。夜半时分，迈着虚步往回走，不小心摔倒在路边，手和脸被荆棘枝蔓划破了，非常后怕，自此后，节制了。五十岁以后，基本戒了酒。酒不喝了，烟慢慢也不抽了。烟酒就这样与父亲渐行渐远。关于这一点，我非常佩服父亲的毅力。我现在也过了五十岁了，烟酒不但没戒，反而越来越疯狂。每次喝完酒后，都要发一次毒誓再不喝了，等难受劲儿过后，又开始了。跟父亲相比，实在差了十万八千里。

父亲能够戒烟戒酒，还有一个客观因素，五十多岁时，供销系统改革，职工可以安排子女接续自己的工作。前提是自己先退休，退一个才能进一个，父亲让妹妹顶替了自己。没有了公职，应酬自然少了，慢慢地退出了酒场。退休在家的父亲，开始正儿八经地务农了，跟母亲一起操持属于母亲的那份农田。收秋打夏，风里来雨里去，纯粹一农人形象，技术活儿也日渐精进。

父亲有一份退休金的，应该说吃喝不愁，村里人扛着镢头满山谷寻找铁矿石时，父亲也加入了这一行列。要知道这是非常辛苦的活儿，父亲却能受得了。劳动之余，不甘寂寞，骑着车子到附近的大井去找人下象棋。可见父亲对象棋的热爱由来已久。

后来，进县城住了，村里的地给了堂弟们耕种。父亲在鄂河河滩翻砂挣零花钱，贴补家用。我后来听母亲说的，当时并不知晓。2000年前后，我由临汾到了太原上班，师大的住房空着，父母下来居住。有了县城暂住的经历，来到临汾后，他们很快适应了新的环境。父母人缘好，为人热情，行为低调，与周围的知识分子相处得很融洽。我每次回去，碰见的熟人都会说父母人很好。我心里踏实了许多。

一晃在临汾也住了近二十年了，父母渐渐老了，他们来的时候脚步如风，耳聪目明，话锋流利。如今，耳聋眼花，老态龙钟，步履蹒跚。尤其是母亲2011年夏天患脑梗，半身不遂已有八年，行动愈加不便。看着父母亲的老去，感叹时光的无情。有天晚上，我躺在沙发上，头正好顶在父亲坐的椅子旁，父亲忽然用手撩了几下我的头发说："头发稀了，也白了不少。"然后用低沉的声音慨叹，"你也老了。"八十多岁的父亲，第一次对五十多岁的儿子说出"你也老了"这样的话，我心里的复杂况味难抑。

我在江湖走动，常常遇到这样的尴尬，聚会时，时不时地被推到主位就座。因为年龄大，一而再，再而三，就有了年龄大的压力。自己感觉不到老之将至，而那张沧桑的脸泄露了所有的秘密，确实不年轻了。在父母亲跟前，从来都是把自己当作小孩儿，撒娇、使懒、任性，所有的毛病都会暴露出来。面具摘了，我还是父母亲眼里那个长不大的我。如今，父亲忽然发现我也老了，亲口说了出来。我不得不严肃认真地对待自己的老。想到比自己更老的父母亲时，我又有何理由不活得年轻一些，以尽儿子的绵薄之力孝敬他们呢？

有关父亲的文章，本来早有写的动议，这次促使了我的动笔。我思考有关父亲的点点滴滴，觉得给他定义为"孤独"更为合适，虽然，有很多标签可以贴给他。父亲的孤独，是天下男人所共有的，也是属于他独有的。父亲像一座雄伟的大山，经历了无尽的风霜雨雪，奇崛诡异。一切的波涛汹涌过后，剩下的是云淡风轻的恬静。

一道坎，迈了三次

1979 年，我第一次参加高考。学校开门办学的风潮似乎减弱了一些，同学们可以坐在教室里学习了。身子收回来了，心还在田野上驰骋着。附近村里哪儿种了黄瓜，哪儿种了西红柿，了如指掌。琢磨着在风高夜黑之时，猫了腰，迈着碎步，像鬼子进村去偷这些纯天然的水果蔬菜，以饱口福。上一届的班里，有个学生考上了大学，不过，他不是在我们学校考走的，在外地考上的。这同样被校领导和老师们频频举例说明，这是实锤呀，不是瞎编的。我们也似乎看到这是一缕曙光，照耀着山村高中那些面似菜色，心灵干涸的高中生们。

我们上高中是推荐上的，考试只是个样子，学校领导说你行你就行，说你不行就不行，我没有进入领导的推荐名单。父亲知道消息比较早，联校的崔主任跟他熟，人家问他："你家娃怎么没有被推荐上呀？上还是不上？"父亲赶忙说："上！"主任大笔一挥，我的名字进了榜单。公布名单的那天晚上，一家子人刚从地里干活回来，坐在炕上吃饭，悬挂在墙上的广播喇叭响了，公社广播站的女播音员用极富磁性的声音宣读了高中录取名单，出乎全家意料之外的是，我被放在了名单的第一名。这个消息如春风拂面，好不快哉，欢声笑语不断，吃饭的吸溜声此起彼伏。那一晚，月亮把院子照得明亮洁白。

高中的教学模式依然延续着初中的路子。开门办学，走出去，到田野里劳动。可以想见，所谓的上学是个什么样子了。今天给这个生产队挑粪，明天给那个村配肥；今天这里需要收麦子，拉出去，明天那儿要收秋，继续前往……年轻稚嫩的肩膀，扛着大人们的责任，在家懒得动，到了学校个个生龙活虎，冲锋陷阵。

好在高考的曙光照进了现实，学习的氛围就像清晨田野里冒出的地气一般，慢慢氤氲升腾，逐渐地弥漫着校园。喜欢学习的学生操起了课本，不喜欢看书的学生坐在教室里要么窃窃私语，要么恶作剧地开怀大笑，后一种势力似乎更强一些，至少占据着半壁江山。当初进校门，就压根没有做任何学习的准备。提起高考，就像仰望天上的彩虹，可望而不可即的。

老师们不断以高一年级的同学为例子，激励大家，好好学习，奇迹万一出现了呢？每个人都觉得自己可能永远停留在一万这个节点，离万一太遥远。不过，还是拿起了书本啃了起来。真有下死功夫的，半夜关灯了，还秉烛苦读，真可谓青灯黄卷。不学习的还要讽刺挖苦那些勤勉之人，成熟和青瓜蛋子的差别就在这里。

我的作文好，每次上作文课，老师都会把我的作文当范文来讲。我对地理和历史课感兴趣，尤其是地理课。学校没有科班的地理老师，文科班成立了，总得有个代课的，一位副校长主动担当了这一重任。每次上课，老师讲的内容我都会，自己那点自尊心开始爆棚了，不断举手示意。刚开始老师还提问我，后来干脆对我的注目礼视而不见。我坐在下面急得团团转。现在回想起来都觉得不可思议。本是一个十分内向的人，从来都是往后缩的，而地理课上的表现如同打了鸡血一般。

高中时，我姐姐跟我一个班。她比我大三岁，初中毕业了没事做，一门心思想上学，父亲找了联校的崔主任，就进来了。高考她没有参加，一是年龄有些大，再就是高中两年没怎么好好学习，干脆放弃了。我在班里年龄算小的，也还懂事。大点的同学搞对象、玩耍，我不贪玩，也不懂谈对象，只有学习一条路。那时候，父亲舍得花钱给我订报刊，就连《中国语文》这样专业性非常强的刊物都订过，可见其良苦用心。我读了很多课外书籍，尤其喜欢当代文学。

1979 年的高考是在附近的光华中学举行的。光华公社离我们村有十五公里路程，必须提前一天去。如何进的考场，考的什么，都已忘却。现在只记得考试间隙，一帮子考生在考场附近的河滩，玩耍，闲聊，嘻嘻哈哈。几个象棋爱好者，摆摊下起了象棋，大家围在一起，看下棋，像集市一样。这一幕记得清楚，下棋的考生比我年纪大。我不明白的是，他们高考了还有时间下棋。象棋是随身带的，还是现场买的，至今是个谜。

时间不长，成绩出来了。落榜是自然的，学校推光头也是意料之中的事。好在乡宁县一中复习班把我录取了，同时录取的还有几个，对我来说是最好的结果。公社高中似乎也有了几分面子。自己那点墨水，再不好好复习，上大学纯属天方夜谭。

1979 年秋天的一个黄昏，父亲带我乘坐了一辆拉兔子的汽车，从光华进了乡宁县城。到了一中时，学校所有的教室灯火辉煌，亮如白昼。我好羡慕这样的地方啊。公社中学时，一到夜晚，仅有的一排教室，那点微弱的灯光，被周围大片的黑暗遮掩得可以忽略不计。黑暗是乡下夜晚的主宰。这时候才明白了一点，公社高中的气场远远不够，严格讲，它本身不具备学府的必要条件。

二弟当时已在乡宁一中上学，我又跟二弟成了校友了。想起这些挺有意思的。公社上高中跟姐姐一个班，一块儿待了两年。现在到了乡宁一中，又跟二弟在一起了。我是复习班，他是高一生，吃饭在一起。他中考结束后，在家里没事，给自己打了一只木箱子。到一中报到时，带着这只箱子。想不到还发挥了重要作用。

当时的条件艰苦，有些学生吃不饱饭，甚至偷吃别人的食物。父亲给了我们一笔钱，补贴伙食。县城西关有一家小饭店的馍馍、饼子不错，成了我俩伙食补贴的采购点。一次购买几天的量，回来放在箱子里，吃饭时加一两个馒头或者饼子，不能放开吃，七八成饱即可。这只箱子有没有被某偷吃的同学撬开过，已经忘却，只是别的同学食物丢失后在宿舍指桑骂槐，大家都知道是某某所为，不好点破。

那时候的粮油供应没有放开，上高中时，把家里的粮食拉到公社粮站，粮站验收后，粮票打到学校的账上，学校发饭票给我们，凭饭票到灶上吃饭。一中复习也一样，要把粮食交到指定粮站。有个本家叔叔在县粮食局工作，我的粮食手续不知遇到什么麻烦，找本家叔叔帮忙解决。想不到这位叔叔脾气暴躁，三锤两斧子跟对方吵翻了。有句话我记得清楚，他说对方："他的粮食都交了，你不给办，是要贪污吗？"一下子把对方激怒了："就是不办，你要咋样？"本来是个小事弄成大事了，本家叔叔一气之下也走了。后来怎么处理的已经不记得了。那年代想多吃都不允许。

每次打饭，学生们拿着饭盆排队往掌勺师傅跟前移动，目光老早就盯着那把翻动的长勺子，心里直盼望轮到自己时，师傅能开恩，哪怕稍微捞点稠的。饥饿就这样笼罩着我。公社高中不存在这个问题。每周回家一次，母亲蒸上一锅窝窝头，周日背上沉甸甸的背包往学校走，在蜿蜒曲折的山路上，高兴地唱着小调。现在想起来，那不是去上学，纯粹是消费干粮啊。

乡宁一中的师资很厉害，其中外地的三位老师最为有名，被称为权威。物理老师林耀坤，俄语老师吴宏义，语文老师徐同。我复习时，林耀坤已经调走了，吴宏义还在。吴宏义老师的课带得好不好没听过，歌唱得好，跟广播电视里放的一模一样的。当时，学校广播里每天定点播放李光羲演唱的《祝酒歌》，还有女声《红梅赞》等大红大紫的歌曲。吴宏义老师的歌不比李光羲差，他经常在化学老师赵文宗的办公室唱歌，赵文宗老师板胡拉得好，两人配合得天衣无缝，宛若天籁，这是我这个乡下来的孩子从来没有见识过的高雅。心中揣想，真是不一般的学校啊，什么人才都有。

学校处在乡宁县城的最西端，旁边就是穿流而过的鄂河，那时候还有水，不大。学校依山而建，最高处是结义庙。复习班的学生住在庙里，一抬头，看到南山上高高矗立的文星塔。据说，这是为乡宁出过的名人而修建的，没有上去过。日日望着那座塔，心中的梦想若隐若现。大学谁都想上，不一定谁都能上。考不上大学，走师范学校也是不错的选择。农村的孩子跳出农门就是成功，师范毕业生当老师，就成了公家人，端铁饭碗，永远离开面朝黄土背朝天的苦日子。

复习班的班主任老师闫晶,个子很高,头发花白,络腮胡子估计隔天不刮就能弥漫了那张稍显削长的脸。闫老师带地理课,他用左手写字,每次上课,拿一支粉笔在黑板上唰地画出一个圆来,世界地理课就开始了。闫老师左手画圆时,明晃晃的手表会随着衣袖的下滑而显露出来,多少会分散学生的注意力,不过,很快又会被冬季风、夏季风给带回来。闫老师话少,面冷,给人以距离感。走进他的内心世界时,能感受到心底的柔软。语文老师是郭之瑞,个儿不高,戴着高度近视镜,开口就笑,面若桃花,襄汾人,山西大学毕业,古文底子厚,普通话说得很好,讲课时的后音很长,抑扬顿挫感强,非常儒雅。数学老师董焕章,也是高度近视,由于眼睛近视,总爱眯眼,喜欢抬头看天,有种仰天长啸的气派。他腿有点拐,走路不平,讲课时表情丰富,能把数学课讲出艺术感来,也算厉害的角儿了。老师的配备上,应该算豪华阵容了。

第二次高考,我还是落选了。从公社高中过来的几位同学,有一位考上了山西师范学院,其他几位去了隰县师范学校,我差几分没走了。心中的气馁,如淤泥一样无法排泄。

带着极度的颓丧回到家,每天参加生产队的劳动,帮助家里干活。话本来就不多,这时候更少了。邻居老伯看见我抑郁难解,闷闷不乐的样子,开导我说:"想开点,在村里也一样生活。"我理解他的好意,但那根筋总是拗不过来。别人能考上,我难道真的不行吗?这次失利不是水平问题,发挥失常,再复习肯定没问题。

我还是对自己有信心的。再进复习班是顺理成章的事,班主任老师庞金斗，刚从山西师范学院毕业不久，他带政治课，对学生要求很严。我迟去了一个月，听说庞老师不断地提起我，说："高海平怎么还不来复读？"

庞老师讲哲学、政治经济学有自己的一套办法，先分析题，再一步一步逻辑推理，这种推理有一定的套路，然后得出结论。不管碰到什么题，都可以如此这般炮制，效果很明显。庞老师留寸头，面貌刚毅，镶了满口的金牙，说话时，目光坚定，干脆利索，金色的光芒会随着每字每句从口中闪出，大有金玉良言的意味。他很关注我，每次都要调侃几句：学习这么辛苦，你还长这么高的个儿。我一米八五的身高，只是体重上不去，又瘦又高，像个打枣儿的杆子。

语文课碰巧是大名鼎鼎的徐同老师。徐同的威名早就耳闻，在公社高中时，语文老师李德信提起过，很不以为然，也许是同行相轻吧。当然，李德信老师也很有水平，是师专毕业生。第一年在乡宁一中复习时，经常看到徐老师潇洒的身影。上课时，总有女学生搬着一把椅子跟在他的身后，这是别的老师不曾有过的待遇。徐老师不住校，他在县城老街的东头洛河边有房子。每天早上，老街上会出现一位像徐志摩一样潇洒的男士由东向西穿过整条老街。老街由石头铺就，皮鞋走过时会发出"笃笃笃"的声响。这位来自北京的男士，会把贵族一样的派头在这个天高地远的小县城成色十足地演绎一番。鸭舌帽、长风衣、黑色手提包，这是他的标配。这个形象一出现，行走的人会停下脚步行注目礼。这个男士就是徐同老师。

徐同老师南开大学中文系毕业，上课不同凡响，一口标准的北京话，文思泉涌，滔滔不绝。上课时往讲桌上放一盒香烟，边讲边抽，板书潇洒，有金石之功，给我留下了深刻印象。二弟曾经羡慕过我，徐同曾经安排给他们班带课了，好像有事请假回北京，一直就没有上过课。在乡宁一中上了三年学，没有听过徐同老师讲课，真的遗憾。而我正儿八经听徐同老师讲了半年课，直到 1981 年初，他被调到了山西师范学院语文教学通讯社。算起来，我属于徐同老师的关门弟子了。多复习了一年，遇到了徐同老师，并能聆听半年的授课，也算是福报。

徐老师是名副其实的语文权威，受到了当地百姓的尊重。在乡宁地盘上，两代人接受过徐老师教育的，属于正常现象。教育局的官员有时候也对其礼让三分。我曾在教育局门口碰见过徐老师向一位副局长请假的场景。乡宁教育局在一面很长很陡的坡上。这个天然的坡度，每次去办事总给人以衙门的感觉。徐老师请假要回北京，局长不允许。想不到徐老师像连发子弹一样的语言，把对方击得防不胜防，最后连连摆手说："回吧，回吧，办完事早点来。"徐同老师话锋犀利，一旦打开闸门，如入无人之境。谈笑间，樯橹灰飞烟灭。这就是徐同老师的性格。

在乡宁一中复习，就不像在公社高中那样每周回家了，一待一两个月，一是路途远，六十公里；二是不方便，不通班车，从县城坐班车到光华，再从光华徒步往回走三十里，全是山路。现在我依然喜欢行走，这是从小练就的童子功。记得有一次进城，坐顺车到了离县城还有三十里地的管头镇，车不走了，只好徒步往县城赶。当时，雨后不久，马路上全是泥巴，柏油路上低洼处也堆积了厚厚一层淤泥。汽车碾出两条道儿，就顺着车辙走。这时，后面来了一辆自行车，打老远铃铛摁得山响。我回头一看不是汽车，就没有让道，没法让啊，要让就得站到泥里去。骑车子的人，快到我跟前了，看我还不避让，只好车把一扭歪到旁边。下车后怒气冲冲，骂骂咧咧，还想动手揍我。我没有理会继续沿着车辙走。他的自行车骑到了泥里，怒气撞上了空气，化为乌有。这样的故事太多了，时间过去了太久，绝大多数都随着时光的流逝遗忘殆尽。今天写这篇文章时，强迫自己回忆、怀想，就像摁着一个人的头往水里钻。历史无法重复，时光难以倒流，只能打捞钩沉，重现的只能是一鳞半爪了。

第三次高考如期来临，作为一个久经沙场、屡败屡战的勇士，神经还是会高度紧张的。做数学题时，一道分数不低的题目曾经做过，就是不知如何下手。越是紧张，脑子里越是慌乱，眼巴巴地看着时光流逝。到了收卷时，那道熟得不能再熟的题还是没能答上。其他几科发挥正常，尤其是地理和历史，心里多少有了底气。估分时感觉这次应该会受到上帝的眷顾，一身轻松地回到了家，回到了乡村田野。

我的脸上明显有了笑容，邻居家的大伯看见我快乐如小鸟的样子，开玩笑地打趣："这次要飞走了吧?"我憨厚地一笑。我每天卖力地干着农活，满脑子过电影，把这次高考做过的题重新过一篇，每天如此。每次过完电影后，信心都会从心底升起再升起。姐姐听了我对这次高考过程的复述后，也觉得没问题。

高考录取线公布后，我们全家人乐开了花，心里那块沉重的石头终于落地了。邻居大伯乐呵呵地说："你天生不是咱村里人。"全村人都相继投来美好的祝福。喜鹊也在院子的枝头叽叽喳喳叫个不停。老话说得好：有再一再二，没有再三再四。第三次冲顶成功，也算是老天对我的执着坚持给予的回报。

这次高考，我的数学有了进步，比想象的好，虽然有道得分题没做出来留有遗憾。英语全凭蒙，也得了一定分数。历史、地理、政治是我的得分武器，最喜欢的语文很不理想。一位从理科转过来的同学讥笑我，语文还没他得分高。不管如何，第三次高考过去了，自己报考了距离最近的山西师范学院，上了中文系，圆了大学梦。

　　一道坎，我迈了三次，终于跨过去了。现在回想起来，这都是人生的定数。

访薛福成故居

在无锡待了一周有余，正是无锡最热的时候，每天四十度左右的高温，除了必去的场所之外，只能待在房间里。由于访古探胜之心蠢蠢欲动，欲罢不能，好奇心驱使着脚步，走进了大街小巷。

那天去了无锡博物院。朋友在微信里发了几幅金农和八大的真迹，说是在无锡博物院看到的，我哪能错过此等机会。挨个转了馆里东中西三个区的展厅也没有找到该展品，服务员也说不清楚，只好悻悻离开。正是中午时分，天气极热。高楼直插云霄，几乎与白云互为邻里。头上汗如雨下，心底却诗意泛滥，当下吟出一首小诗："正午的阳光/极力下坠/白云想接盘/高楼想接盘/都没接得住/最终砸在了我的手里/我眼冒金星/一身汗水。"

顶着骄阳，拖着倦躯，走了好长一段路找到一家小饭馆，冷气很足，也难免被汗水浸泡。匆匆吃完，走出饭店，打了一辆出租车，告诉师傅去最近的名人故居——无锡的名人故居很多。师傅说，最近的就是薛福成故居了。这时，我才知道无锡有个名人叫薛福成。

薛福成故居是一处国保单位，4A 级景区，门票 25 元。将军门门额高悬光绪皇帝题写的匾额"钦使第"，不免一惊，皇帝都出手了，此人肯定不凡。往里走，渐入佳境。轿厅、正厅、后厅、转盘楼、后花园依次出现。正厅有曾国藩题写的匾额"务本堂"，翁同龢的对联"每临大事有静气，不信今时无古贤"分列两侧。后厅的"惠然堂"三字由盛宣怀题写，百寿图两边有李鸿章的对联。"传经楼"匾额是左宗棠题写的……从皇帝到赫赫有名的重臣，同为一宅邸题词、书联，何等人物能消受起这样的荣耀啊。

无锡，物华天宝，人杰地灵，是个盛产进士的地方。史载，自清朝雍正始，仅文科考中的进士就多达五百四十人。薛福成的父亲也是一位进士，不过，薛福成本人却没能位列其中，仅仅是秀才出身。然而，正是这样一个秀才出身之人，却走出了一条格局高雅，气势不凡的人生之路。

年少之时，薛福成奉行学而优则仕，习书、研文，攻读八股，若凭其才学，考学晋升应是自然之事。然而，时局变幻，太平天国起义爆发，父亲病故，改变了这一路径，遂决意弃八股试帖之学，致力研究经世实学，以图报效国家。他的人生从此才正式开始了。

先是投奔曾国藩，成为曾府的得意幕僚，帮助剿灭捻军。曾国藩去世后，又被李鸿章相中，成为李府的智囊团成员。英国人赫德当时出任总税务司，还想兼任海防总司，昏庸的朝廷竟然同意了。薛福成认为"中国兵权饷权，皆入赫德一人之手"对国家极为不利，而且后患无穷，必须阻止这一企图。薛福成出谋划策，赫德可以兼任海防总司一职，但是必须亲临海防现场指挥操练，赫德明显无法分身，二者相较舍其轻，只能放弃海防总司一职。薛福成用高超的智慧成功地化解了这一棘手问题，甚得朝廷的赞许，同样得到了李鸿章的青睐。

1844年，薛福成谋得浙江宁绍道台的实职。在任期间，刚好遇到中法战争爆发，法国军队企图打开镇海的门户。薛福成利用鸦片战争期间中英之间的相关条约，让英国出面牵制法国。同时加强防务，并指挥军民重创犯浙的法国军舰，薛福成因功加布政使衔。1888年秋，薛福成升任湖南按察使。翌年，又改任英、法、意、比四国大使。出使西方的三年里，到过很多国家，学习了西方的先进思想和理念，开阔了胸襟，解放了思想，成功解决了多起重要的外交事务，比如与英国就滇缅边界划分和通商条约问题进行了多次谈判，中国收回了滇边部分领土和权益。1894年，三年任职期满返回到上海后，不幸去世，只活了59岁。

薛福成的成功之路，其实就是一条奋斗者坚韧不拔的励志之路，每一步前行都是用自己的智慧和胆识铺路。两江总督曾国藩剿捻心切，求贤若渴，昭告天下，薛福成提出了一系列建议，甚得曾国藩的喜爱，这才英雄入彀；能入李鸿章法眼，也是由于新帝即位后向天下求言，薛福成洋洋洒洒写了《治平六策》《海防密议十条》万余言，引起朝廷重视，被李鸿章纳入麾下。薛福成不是进士出身，靠自我奋斗，最终官至三品，赏二品顶戴，功绩和声名显赫，名满天下。薛福成不仅政绩非凡，思想、文学、经学也有过人之处，是一个东西学兼收并蓄、经世济国之大才，成为中国近代著名思想家、外交家，维新派的代表人物。

对薛福成了解至此，甚为自己的孤陋寡闻而惭愧，进一步坚定了读万卷书，行万里路的决心。

薛福成故居，由薛福成亲手构筑蓝图，儿子薛南溟实施建筑，品字结构，规模宏大，东西方美学建筑风格兼具，被誉为"江南第一豪宅"。不过，这一豪宅薛福成并没有居住过，薛福成出使西方四国前实施修建，三年之后，薛福成回国病逝于上海，此时的豪宅才刚刚落成。薛福成没在豪宅里住过一天，他的身影却无处不在。

寻访古堡

北国横亘一青龙，气壮神州万里程。多少胡兵屈仰止，几多血肉筑安宁。

——左河水

长城，作为独特的军事防御体系以及宏伟壮观的建筑，两千多年前的秦朝、汉朝业已出现，一度使西方文明有些猝不及防。西方用巨大的石头垒砌出一座座教堂，这一宗教文明的象征，竖起的是信仰和价值观。西方人遵循的一切都是这个象征物给予的，不能越雷池一步。东方的长城，是用土夯筑的，用砖垒的，用石头砌的，它同样垒在大地上，也垒在了人们的心中。长城两边的边民视这道墙为防线，不可逾越，一旦逾越就意味着冲突和战争。作为军事设施的存在，客观的防御固然不可忽略，心理的屏障作用似乎更胜一筹。教堂让人从善，长城让人止武；教堂让人洗心革面，长城让人枕戈待旦；教堂让人精神放松，长城让人提高警惕。同样是大地上的物理建筑，一个在西方，一个在东方，意义和功能不尽相同。

自战国始，万里长城这一宏大工程就启动了，到了明朝有了新的突破。内长城、外长城，两道防御体系得到了进一步完善。我们所追寻的平鲁、右玉、左云、大同、阳高、天镇一带的古长城、古城堡大多是这一时期修筑的。

1368 年，元顺帝北逃后，其子孙仍称大元皇帝，并拥有颇为雄厚的兵力。这些北元蒙古残存势力不甘心失去滋润生活和温柔之梦，不断骚扰和进犯汉人聚居之地。破雁门，下太原，入临汾，一路驰骋，明朝政府不堪其扰，也就有了大兴土木修筑长城的壮举。长城，这一宏大的军事建筑，日复一日，年复一年，逢山过山，遇河过水，爬高走低，玉汝于成。仅在山西境内就有六百四十多公里的漫长战线，附丽而建的军堡更是数不胜数。

史载，明朝的边陲要地称重镇者有九个：辽东、蓟州、宣府、大同、榆林、宁夏、甘肃、太原、固原。皆分统卫所关堡，环列兵戎。元人北归，屡谋兴复。永乐迁都北平，三面近塞，正统以后，敌来日多，边防甚重。东起鸭绿，西抵嘉峪，绵亘万里，分地守御。初设辽东、宣府、大同、延绥四镇，继设宁夏、甘肃、蓟州三镇，而太原总兵治偏头，三边制府驻固原，亦称三镇，是为九边。大同镇管辖长城"西起丫角，东至阳和，边长六百四十余里"。明朝中期著名哲学家王守仁曾说过："大明虽大，最为紧要之地四处而已，若此四地失守，大明必亡。"此四地指的就是宣府、大同、蓟州、辽东。而平鲁、右玉、左云、大同、阳高、天镇一带隶属于大同镇管辖。

镇守边关属于军事行为，有严格的法律法规，每个堡子驻扎多少士兵，配备多少匹战马，分配多少辎重都有明确规定。堡子分军堡和民堡，军堡就是驻军的，民堡是住老百姓的，也有军民同住的堡子。军堡一心为战事，军民同堡的，边戍边，边耕地，保证军备之需。堡子级别也不一样，根据级别不同分别设守备、操守，还有把总。一般来讲，守备大于操守，操守大于把总。明朝虽然有了火炮，作战还是以冷兵器为主，战马是必不可少的装备。部队对战马的管理也非常严格，根据战马的多少给予一个死亡率，死亡数一旦超过规定数字，就要对相关人员进行处罚甚至降职。每匹战马有一定的补贴，就像将士的给养费，这样才能保障战马的战斗力。

寻访，我们再出发

2017 年春末，晋南的土地已经花团锦簇、春意盎然，晋北才略显初春的景象。大片的荒凉中绿色犹如星星点灯一般若隐若现，倒是低处的草以及野花扎堆地接受暖阳的洗礼。

我们一行开始了在朔州市平鲁和右玉等地寻找古城堡之旅。

车子行驶在狭窄的乡间公路上，一会儿是水泥路，一会儿是沙土路，行驶在土路上，必然尘土飞扬，路旁的丛林裹了冬衣一般，飞扬的土屑平添了一层厚重。前面的车子只好用对讲机嘱咐后面的车辆不要跟随太近，以免吃土。这里属于塞外高原，常年缺水少雨，像汉子、婆姨般锻造了一张沧桑的脸。长城在这里出现，就像一条巨龙，安卧在一座座山上，一条条岭上。这种卧姿流露出随时随地腾飞的意图，仿佛边塞不是其安身立命之处，天空才是诗与远方。然而，几百年来它却一动不动，不管是朝阳的沐浴，还是斜晖的浸染，这条巨龙总是有一种不言而怒、不动自威的霸气。原本一个不起眼的荒凉边地，因了长城的屹立，增添了威严和自尊，这也是无法回避的过往。与古长城相伴而生的城堡，零星地散布在长城附近，或近或远，近不过数百米，远也就是数千米不等，这样的布局有进退裕如的战略意味。

将军守候，长城脚下炊烟袅袅

"金炉香烬漏声残，剪剪轻风阵阵寒。春风恼人眠不得，月移花影上栏杆。"与其说是春风撩人，毋宁说是古城堡对我的撩动。第一次大规模地寻访古堡，心灵的震撼是难免的。边塞大地上那一处处的存在，既是一种见证，更是一种诉说。

我们考察的第一站将军会堡，原名白草坪堡，常被边外的胡人偷袭和骚扰。明万历九年（1581）建堡，内设守备，分守"长城十七里，边墩三十二座，火路墩七座"，堡城全部为石砌。分边十七里，内曹家、白羊林、响石沟，俱极冲。长城外面属于黑青山一带，即土酋驻牧，堡据三城之冲边，为两镇之要地。

将军会堡是一个比较大的堡子，瓮城完好，门洞犹在，上嵌"安攘门"三个字，堡子四周的围墙都保存了下来，里面住着一些人家，大部分搬迁到堡子外平坦开阔的地方了，仅存的人家延续着旧有的光景。我们去时碰见一家人宰羊，准备给儿子娶媳妇。羊在主人娴熟的技术操作下三下五除二就成了俎上之肉。羊属于这里重要的生产资料，除了种地，放牧养羊成为最重要的事务。

刚好遇见一农妇怀抱羊羔入古城门洞，正午的阳光直射而下，其身与影几乎融为一体。这一画面在我的脑海中持续了很长时间，想到了城市贵妇怀抱宠物狗的一幕幕。到底羊羔可爱还是宠物狗可爱，在不同人的眼里结论是不同的。我执意认为，农妇怀抱羊羔是世上最美最温馨的画面。这种温情感染了我，不得不用温情审视这里的一切。农人赶着毛驴扛着犁铧从身边走过，热情而又诧异的表情透着淳朴和友善。凑上去打个招呼是必要的。春耕农忙，犁地、耙地，给土地放松筋骨，种瓜点豆还要等一阵子呢。我想起了早年的故乡，农耕时节也是负锄荷犁，躬耕于垄亩之上。故乡主要是黄牛耕地，毛驴很少。晋北一带恰恰相反，遍地毛驴，黄牛极少。如今的故乡已经基本上实现了机械化，黄牛不见或者少见，家家院子里放置着各种机械，耕地的、播种的、碾场的。晋北一带也有，只是很少，远没有达到普及的程度。

堡子里闲置了大片的窑洞，或已坍塌，或已拆除了门窗露着一眼眼的黑窟窿。窑洞都是平地而起，窑顶上堆着厚厚的土层，呈棱形，跟晋南窑洞不同。晋南的窑洞要么凿在土崖上，要么平地建起，平地筑起的窑洞也是土顶，土顶碾得平展瓷实，寸草不生，不管雨水大小无法浸透，收获时节还能晾晒粮食。而晋北这边的窑顶都长了蒿草，废弃的窑顶长蒿草不难理解，烟火人家的窑顶长蒿草就匪夷所思了。

将军会堡的城墙根儿大都挖有洞穴，或深或浅，或大或小不等，有的明显能看出居住过人家，有些只能猜测是堆放物资所用。时光转换，已很难看出戍边的痕迹，民居的简陋却能折射生活的艰辛。每户人家在墙根下有一处水窖，专为百姓饮水、牲畜用水所凿的，我没有询问是否是政府资助的，即使不是，也会自己花钱挖，这里太需要水窖了。一年四季干旱少雨，只有在雨季来临时，地面的积水汇聚于此，储存起来，以备所需。水的缺乏在百姓的日常中能反映出来，他们视水为生命，即使再热的天气，也不会随便浪费一滴水，一盆水洗了脸还要存起来另做他用。我们到达这里时刚好中午时分，坐在堡子的阳坡上野餐，看着农家的炊烟升起也没人拿着水壶去要一杯水喝，大家体会到了水在这里的珍贵意义。

我在城墙上走了一圈。古堡处于半山坡上，四周都是广阔的田野，一株株的杨树初放微微的绿意，给灰黄的土地抹了一丝颜色。放眼西北山岗，古长城蜿蜒其上，高高的土墩就像边墙上的结，这些结也成了当年戍边将士心中难以解开的疙瘩。边墙那边是"土酋驻牧"，这边堡子的将士日夜守卫着。明朝后期，边墙两边几乎没有过战事，真正守的是一份寂寞和孤独。将军会堡名字的由来，应该是周边几个军堡的将军常来这里商议军情，顺便喝酒聊天。边地乃苦焦之地，自然环境恶劣，人也稀少，自从修了长城，大批的将士携家带小前来屯田戍边，开始了另一番不同平常的日子。

公路上驶过几辆红色大巴车，我以为是旅游车，心想，吾道不孤啊，也有跟我们一样的长城爱好者。转瞬发现，不对，是乡村公交车。这是近年来村村通油路的公益工程，通公路目的是出行方便。红色的车身从乡间滑过，成了一道风景。

古堡雄风今何在

"万里长城永不倒"的真谛只能是民族气概和长城精神，土筑砖垒的古老长城终究会走向风烛残年，我们能做到的就是最大限度地延缓它的衰老，延续它的精神。

在平鲁、右玉一带行走，几乎所有的古堡子都与胡人有关。比如"灭胡九堡"，即灭胡堡、败胡堡、阻胡堡、破胡堡、杀胡堡、残胡堡、威胡堡、拒胡堡、迎恩堡。后将"胡"改为谐音"虎"。

灭虎堡在明朝属于大同镇井坪城，迎恩堡、败虎堡、阻虎堡属于大同镇的西路平虏城，破虎堡、杀虎堡、残虎堡属于大同镇中路右卫城，威虎堡属于大同镇威远路，当年胡人对这片土地的伤害是深刻的，这是内心深处的较量所产生的爱恨情仇，一个不容回避的历史大变革时代。蒙古人的大举南侵，入主中原，汉地遭到前所未有之变局。尤其是蒙汉交界之地，黎民百姓所受的苦难刻骨铭心。接下来的日子，报仇雪恨之执念强烈，收复失地之心成为必然。一个个村寨的名称充斥着强烈的复仇火焰。

灭虎堡的城池已经废弃，居民挖掉了城墙盖起了房子。平鲁一带的村寨都盖几间崭新的房子作为村民活动中心，院里配有健身器材，这座村寨也不例外。原本打算在村头拍几张照片就撤，多亏有人坚持要进村看看，还真发现了一些珍贵文物。两尊石狮子，造型各异，裸露在驴圈旁，任凭风吹日晒；还有一通石碑，村民在中间凿了一个圆孔，做了井口，圆孔处绳索磨出了一道道的印痕，这通碑是清康熙年间的遗存。还在一村民家中看到嵌在墙上的石刻，内容与胡人交战有关，南城门洞上嵌有明朝隆庆元年刻的"灭胡"二字。

败虎堡，于嘉靖二十三年（1544）土筑，隆庆六年（1572）砖包。"分守长城八里三分，边墩十五座，火路墩四座"。此堡地当极冲，防守极难。明嘉靖年间蒙古零骑不时入掠。隆庆四年

（1570），俺答汗之孙把汉那吉于败虎堡投明，明朝与蒙古达成了"隆庆议和"，使长城沿线出现了"六十年来，塞上物阜民安，商贾辐辏，无异于中原"的兴旺景象。"隆庆议和"的达成，直接原因是俺答汗家族内部的争风吃醋、偷鸡摸狗，导致俺答汗之孙把汉那吉一气之下投靠了明朝。然而，间接迎合了明朝政权想跟北方蒙古等部通好的意图。直接和间接一拍即合，这才有了后来边境的安宁和贡马互市。

败虎堡保存极不完整，西城墙和南城墙还剩几段，其他基本被拆，一条东西公路穿村而过。街道的阴凉处坐着几个村民，用异样的眼光看着我们，同伙中有人上去搭讪合影，村民憨态可掬地迎合。一只大公鸡在由石头垒成的院墙上的姿态很迷人，边走边寻找飞翔的感觉。我相机的镜头怎么也难以捕捉，西斜过来的阳光打在满身金黄的羽毛上更是有了灵动和机警样。败虎堡的公鸡都有英勇善战的天赋吗？南门口的一株老树树身高大，树荫深厚，投射在一座普通的民宅上，有了厚重的历史感。

前往大河堡的路上，惊讶地发现，路边的田野里农人驾着一匹骆驼在耕地。高大的骆驼拉着犁铧，就像小孩儿玩家家颇具童话意境。同行者均表示第一次看到这样的场景。一路上只看到毛驴，骆驼连想都想不到，它却出现了，拉着犁铧出现，仿佛从大漠深处走来。只知道它是驼队坚韧不拔的力量，现在没有驼队了，却转行犁地，还得心应手，实在是当地农人的一大发明。

大河堡，位于平鲁境内，原名大水口堡。史料记载，建于明崇祯十三年（1640），堡墙砖包，只设东门，门上原有门楼。大河堡驻扎在半山坡上，对面是长城，出名得益于电影《驴得水》的拍摄。同行中有对该电影着迷者，下载了电影插曲不断地听，进了堡子更是处处留影。摄制组为了拍摄《驴得水》，专门在大河堡修建了作为国民学堂的"三民小学"，该建筑已被永久地保存。参观大河堡时，晚霞给大河堡铺了一层浓浓的酱色，耶稣光从城垣的洞中筛下来，有种神秘的意蕴，一株杏树斜立在城墙上，杏花开得正艳，像孩童一般探头探脑地盯着这群不速之客。大家的兴趣集中在这所"三民小学"里，拍摄电影时布置的"模范公民训练小册""三民小学校训"等标语原封不动地留在了墙上，很有穿越历史的味道。

晚上住在大河堡长城脚下的明海湖度假村，一湖碧水在塞上显得多少有些奢侈，让我一次次地想起将军会堡那寒酸的水窖来。晚饭在一个蒙古包餐厅吃，辛苦了一天的每个人都敞开心怀痛饮，白酒、啤酒各善其长，羊肉自是题中应有之义。眼前幻化出当年戍边将士燃着篝火，如此这般大碗喝酒，大块吃肉之热闹场景。

古堡的归宿

4 月 30 日，在布谷鸟的叫声中醒来，沿着湖边徜徉，有一丝寒意，晨阳洒在杨树上闪着金光。爬长城的年轻人在年逾六旬的张律师带领下已回到酒店，昨晚吃饭时，他们就打定主意要爬长城的，我压根没在意，心想，已经很累了，不一定能起来。想不到真行，尤其是张律师，我打心里佩服。早餐在酒店外面一户农家吃的，本地特有的膳食，莜面糊糊煮土豆，还放了盐。一般糊糊是不放盐的，很多人吃不惯。我倒是有小时候的印象，据说放盐是为了增加体力，就像骆驼吃盐一个道理。只准备了一人一碗，主人看见不够，又临时煮了一锅。喝带盐的糊糊也许会增加体力，口渴估计难免，不忘加满热水带上。

今天的第一站是少家堡，原名威虎堡，处在一片宽阔的河谷畔。我们停好了车子徒步爬上城堡对面的山坡，企图拍摄堡子的全景，结果不管怎么往上走，堡子的全貌依然无法摄入镜头，只好下山向堡子走去。河谷的田地里有夫妻牵了毛驴耕地，地埂上的野花悄悄地开放。远远地从旁边走过，也躲不过农人用眼睛的余光进行精密扫射。少家堡的城池瓮城建构还在，瓮城里面曾经修建的房屋根基尚存，大致能猜出哪座房子住哪些人员。瓮城的墙头上一群喜鹊肆意而富有挑战性地欢叫，长长的尾巴随着叫的节奏一翘一翘的，很是可爱。它们看到这群不速之客既兴奋又开心，使劲用歌声挑逗。墙边的一株株杏花尽情绽放，这是此次行走中遇到最热烈的树木了。同行者一头扎进堡子寻找石碑，有几通石碑字迹漫漶无法识别。出了堡子就是村寨，村头的柴火堆上倚着几个村妇。上前打听堡子的历史，并不知道所以然，又问起村寨的基本情况，人口百十，多为老者，年轻的出门打工，这是乡村千篇一律的现状。聊天时看到旁边院墙全是用堡子的包砖垒就，这也是堡子的命运。军堡的功能是在明朝，几百年过后，其功能早已废弃，有的堡子还住着人家，有的干脆弃之不用，只能被村人扒了墙砖，垒了院墙，也算是功能转移，只是破坏了文物。

出了少家堡，直奔明长城遗址。车子沿路上行，山头上到处都是旋转不停的风力发电车，利用风能成为塞上的主要发电形式。远距离看去，风车像山顶栖息的小鸟，到了跟前，倚天而立的形象，几乎要怀疑这不是人工矗起来的。风车下支了一辆摩托车，旁边坐着一名工人，专门看管风车的。高大的风车投在大地上的影子同样颀长，工人师傅坐在影子里，太阳移动影子，影子搬动着工人肥胖的身材，屁股下的马扎以顺时针的方向在挪。这是多么惬意的工作啊！

两天来只是一股脑地寻找堡子，第一次近距离接触明长城。登临、行走、拍摄……长城对面就是内蒙古，平展展的沃土有拖拉机在耕耘，也只有在这么广袤的土地上拖拉机才能发挥其应有的动能。平鲁这边也有一户人家驾着拖拉机耕地，翻出的土都是黑色的，像乌金一般。地头有个妇女系着头巾，脸颊印着两朵高原红，我走过去与其攀谈。现在还不到下种的时节，先把地犁开，化肥和农药撒进去，过些时日才下种。询问农妇年龄，已近七十岁，丝毫不像。此时刚好张律师过来了，我说人家跟您年龄差不多，看上去比您年轻。张律师也是步子矫健，身轻如燕，精力超群，但是跟眼前的农妇比还是稍逊一筹。领队太子告诉我们，去年秋天路过这里时，一个女孩儿在田里收获庄稼，他们拿起相机就拍，女孩儿不让拍，怕他们发到网上。今年没有遇见女孩儿，却遇见了女孩儿的父母，而这个母亲对我们围绕她拍照毫不介意，田间驾着拖拉机的男人偶尔与我们搭话。这就是两代人的差别，不仅仅是年龄的差别，更多的是观念的不同。农妇看了看我们，问道，看长城的吧。我们说，是的，假期过来看看。筑路工看见我们时，却认为我们是修复长城勘察者，两者从各自的角度看待同一问题，结论完全不同。

我有感而发，赋诗一首："公路把长城撕开/从山西进入内蒙古/城内城外的田埂上/冒着烧荒的青烟/机耕和牛耕/忙着划开高原的泥土//农妇头裹着围巾/脸颊印着两朵高原红/利索的动作看

113

不出/已近七旬的年纪//化肥 杀虫剂堆放在地头/随时要投入苏醒的土地/让种子活着出来/让害虫死着进去//在护路工的眼里/我们是修复长城的调查者/农人一语道破天机/看长城的吧/只有干净的眸子/才能看透尘世的秘密。"

马堡，是这次寻找的诸多堡子中地理位置最高的一个，位于右玉境内。史载，嘉靖二十五年（1546）土筑，万历元年（1573）石包。"明时设操守，分守长城十四里，边墩十五座，火路墩四座。"

原计划赶到马堡脚下的丁家窑乡吃午饭，想不到双休日街上连人也没有，乡政府院里也是静悄悄的，只有一个看门大爷。他说，这里没有饭店，机关里也没有人。我们只好向他讨了一杯水。大爷其实不大，也就五十多岁的样子，进门倒水时，发现他的女人正在炕上午休，倒了杯水赶紧退出。同行者有的选择爬上马堡后午餐，有的就地吃了再爬。我背了行李直接上山。

正值艳阳高照，路是脚在荒草与棘刺中寻出来的。爬山的姿势一定要降低重心，躬着脊背像蜗牛，呼吸抵近泥土，地面的热气直接烘着脸面，周身的汗水吱吱地往出冒，偶尔抬头，离堡子还远。吃惊的是，眼前出现大片的农田，农人已经把犁铧犁到了天上了——此时感觉马堡就在天际。天上的云大团地飞舞，午间正是乱云飞渡时。好久没有爬过山了，年轻时的功夫几乎丢失殆尽。快到马堡时，有一道很深的沟壑，必须绕过才能上去。行走到一定的极限，哪怕多走一步也是非常困难的。终于抵达了天际一般的马堡。好大的城池，遗世独立，四周高远，只有离南边稍近，却是另外的山际，有云团一样的羊群在蠕动。而北边的天空格外旷远，身下有很深的沟，沟底有一条公路，也就是我们上来时休整的丁家窑乡所在地。马堡里面全是耕地了，没有任何能证明当年将士驻守此地的遗迹。心中也在纳闷，这么高的地理位置，当年却遭到了胡人的偷袭，而且被洗劫一空，将士即使睡觉也不至于如此狼狈吧？我在城垣的拐角处坐下，啃自带的干粮，风很大，很柔很暖，墙头的草在风中摇曳。

午餐后，我沿着土墙走了一圈，既然来过了，就要亲自用脚丈量这座城池的四角。正午时分，正是虫鸟活跃之时，我差一点踩着一条小蛇，惊出了一身细汗。我是怕蛇的，最怕的梦就是梦见蛇。也好，蛇乃祥瑞之物，心里鼓励自己，腿却软了许多。

当下为马堡写了一首诗："马堡海拔很高/高出头上的汗珠/却高不过城头的草//词语很密/能够组成十万首诗/却密不过耳边的风//农夫的犁铧/在堡子里划过/是否能长出长矛和剑戟//云朵很美/在天上时才是风景/掉到地上就成泥了。"

云石堡分新旧云石堡。旧云石堡以前曾经去过，与其他诸堡最大的不同就是堡子中间有一座高大的墩台，这座堡子后来弃之不用的主要原因是缺水，这才修了新云石堡。我们参观新云石堡时，刚好碰到北京过来的两个驴友，男的胸前挂了两台单反相机，一个长焦、一个标头，很专业的样子，向我们打听别的堡子情况。女的穿着裙子，似乎专门给男的当模特的，爬上爬下摆姿势。新云石堡的南墙完好，包砖无损，能看出城池的威严壮观。紧挨堡子就是村庄，一群羊刚好出村，街巷留下了一层黑色如豆的羊粪蛋。领队太子在城墙边捡到一块瓦当，明朝的东西啊，我为他拍了张照片，留作纪念。

铁山堡，我去过三次了，不是其在我心目中多么重要，去右玉都会安排看铁山堡，每次都有不同的感觉。第一次是在深秋，铁山堡周围全是金黄的杨树林，堡子里刚刚收获过山药蛋，蔓子散乱零落，还能捡到个把遗漏。第二次是夏天，堡子内外山药蛋花满地开放，铁山堡被白色的花高高托起。这次是在春天，铁山堡外面的绿色还在沉睡，突出了旁边无限扩张的光伏太阳板的存在。据说有专家建议拆除这些设施，以确保铁山堡的文物地位，也只是说说而已。

晚上，住在了右卫古城朋友郭虎开的客栈。这是一座历史悠久的城堡，明朝属于大同镇左卫道中路管辖。这里曾是右玉县城所在地，如今只是右玉县的一个镇。不管行政级别如何变更，其历史地位和文化底蕴深深地扎在那块土地上。

这次的平鲁、右玉寻访古堡子行动，历时三天，走访了将军会堡、迎恩堡、败虎堡、大河堡、威虎堡、云石堡、威远堡、铁山堡，还有几个民堡，去杀虎口看了长城蜿蜒向上的最精彩的一段遗址，颇为震撼。

山西诗人朱鸿宾写过一首《杀虎口》诗，不妨录于此："长城睡去，杀虎口/丢下一个惊心动魄的名字/任由西北风把玩/虎在，怕也老了/抽刀该斩断，万里黄沙/一路向西，英雄归去/带走一条河。"

鸡鸣一声闻三省

这里有头道边、二道边的"双重长城"，这里有长城入晋"第一墩"，这里有晋冀蒙界碑，这里有"塞上长城第一村"，这里有"中国历史文化名镇"……

长城边墙的矗立，本身就是一个奇迹，明人与元朝后裔之间的瓜葛说不清，道不明。长城边墙以北广袤的草原一直活跃着北元，与大明周旋着，不断觊觎曾经拥有的中原，时时刻刻不忘南侵，明朝政府一面修建边墙，一面修复双方的关系。通过寻访古城堡，我们更了解现如今边墙一带居民的生活状况。

第二次寻访古城堡是在一个月之后，重点是阳高和天镇一带。明长城从河北入山西的第一村就是天镇平远头村，这里有长城入晋第一墩，我们打老远过来就是要看这"第一墩"的。

村庄就在长城脚下，树木、房屋已经跟长城连在了一起。村庄很静，刚进村庄时，看见有村民在院外走动，我们的车子到跟前时，村民已淡出视野，也许是有意地避开。这里的庭院都有一株或者两株杏树，高高地突出院墙之外，院外有毛驴在桩前悠闲地立着，尾巴不停地摆动驱赶着背上的蚊蝇，一双大眼睛紧紧盯着我们这伙不速之客。

长城脚下多为废弃的老屋子，几乎被荒草和杂树掩埋。我们披荆斩棘才走到离第一墩最近的地方，只是没有一条可以攀登的哪怕小路，"第一墩"在眼前却无法登临。好在有同行带了航拍器，寻了一平坦处遥控键一摁便飞升了高空，看航拍器时意外发现天上出现了祥云，阳光从云缝中筛出五光十色的彩线。本来在看航拍器呢，视线都转移到了祥云上，发出同样的惊叹，脸上自然荡漾着喜悦。

鸡鸣三省之地的界碑——山西、河北和内蒙古交界，2013年国务院立了一块三面的界碑，分别刻上山西、河北、内蒙古字样。界碑处于一条河流旁，河的左岸属于河北，一条公路，跑的大多是载重的货车，车流量很大。河道有清泉流过，流量不大，干净透明。河北那边的山坡上有两三个长城墩台，间距不大，依然坚固地矗立着。我们一行人围着界碑照相留影，脚下踏的却是三省之地。头上，同样有祥云缭绕，太阳带有巨大的光晕，我们把这样的天象视为祥瑞。行走在长城的沿线，寻访着几百年前守边将士的足迹，叩问大地之上曾经的步履匆匆、马蹄声碎、车轮滚滚……

西洋河堡，位于河北怀安县境内，该堡有"鸡鸣听三省"之称，建于明代，原城门有四座：东门曰"宾旸"，南门曰"观澜"，西门曰"远驭"，北门曰"永靖"。如今东西两个门洞还在，南北不复。西洋河堡居住着众多人口，村庄有关公庙，有戏台。进堡子前，我们询问了路边一女孩儿堡子里有无饭店，女孩儿说没有，从她的眼神能够看出对我们一行人的不解和好奇，边走边用手机拍摄我们的车子。在戏台前的广场上我们野餐，航拍器又飞升到高空，鸟瞰城堡之时，我们的野餐场景也赫然入列。午间时分，孩童们在戏台上玩耍得不亦乐乎，并没有对我们安营扎寨的行为产生好奇，村民在街边的阴凉处扎堆，好像他们没有午睡的习惯，在我们感觉困意来袭时，他们却精神奕奕地谈天说地。同行者走过去与其攀谈，对方便滔滔不绝地讲述堡子的历史故事，虽然只是演绎，并不能当真，却有股热情孕育其中。

从西洋河堡出来，去南面的山坡上寻访一段据说修筑于汉代的长城。绕过西洋河水库，上山时走错了路，车子要迂回，我看见了山上的长城，以为不远，要求下来走。想不到绕了半天路还是找不到捷径，在山谷里蹿上蹿下。人走了，车子也不见了，有些心慌，有些胆怯。最后看见同行者的身影已在山坡的长城上晃动，这才又撩起长腿往前追赶，坡很漫长，气喘吁吁，口渴难

118

耐。路过南堰截村时，刚好有一老者从村中走出，主动上去搭讪。老者身穿长衣外套，还戴了帽子，一副刚从凉爽处出来的样子。原本想讨水喝，又不好意思直言，先从聊天开始。得知这里属于河北地界，村中人口不多，种了几亩薄田，到地头看看光景。询问老者的年龄，回答让我吃惊不已，比我还小，最后还是没有好意思讨水喝。

忍着渴，只能弓着身子继续往上走。一条沟壑很深，谷底有浓浓的阴凉，绝对的天然空调，几头毛驴正在纳凉，心生无限羡慕之意。好不容易到了长城跟前，刚给早到的同行者打了个招呼，他们已经要下撤了。我站在低矮的汉长城上，环顾四周，苍山茫茫，大片的杏林成了长城的伴侣，长城古老，却依然蜿蜒不绝在山崖峭壁之上，山顶上的墩台坚挺如初，直刺苍穹。

下得山来，同行者夸我脚力厉害。我苦不堪言，这不是我要选择的，是我的盲目自信造成的，走了好多冤枉路。不过也了解了一些风土民情，南堰截村的现状以及我眼里的所谓老者。

新平堡，战国时候为赵国延陵邑，秦朝又置延陵县。这里属于山西天镇县，三省交界之地，历史上有名的边关重镇，已列入中国历史文化名镇名录。镇中心有座玉皇阁，建于明万历二十一年（1593），阁楼下面的门洞宏阔，四通八达，能走车辆。街道门面林立，生意红火，爱玩的生意人门市部开着，门口支了麻将摊子，有人时进去侍弄几下，没人时麻将摸得哗啦啦响，典型的小市民做派。堡子里有一座马总兵宅邸引人兴趣，私人承包，门票十元。幸亏有人保护，不然像雕工技艺不凡的照壁很可能会被盗，而这也正是这里的镇宅之宝。明代边事不断，新平堡作为军事要地，也曾驻过守备。马总兵，本名马芳，嘉靖三十六年

（1557年）迁蓟镇副总兵，不久任宣化镇总兵。病故于明万历九年（1581年）。年少时，被蒙古游牧俺答汗部落俘虏到北方，放牧牲畜。嘉靖年间周尚文为大同镇总兵时逃回，当了明朝大同镇守军中的队长。嘉靖二十九年（1550年），调到新平堡。在野马川、泥河（天镇西门外小河古称泥河）等战中立功，逐步迁升为指挥佥事。马总兵宅邸建于明嘉靖年间，只是其私人宅邸，并非官邸。

　　参观完新平堡，天色尚早，又徒步到城郊西马市口村观看当年无战事时，双方互通贸易的旧址，眺望明长城。沿街走过，不堪入目的是垃圾遍地，丝毫没人清理，随意倾倒。这是山西与内蒙古的交界之地，车来车往频繁，人来人往密切，这样的村容村貌有损形象。不过，这不是我们考察的重点。站上城垛，望长城颀长的身影横卧大地，在晚霞中闪着金色的光芒，河边的平坦之地有土墩俨然矗立，附近就是马市交易场所，远处有蒙古包闪现。能想象当年这里互通有无的热闹场面，牛羊骡马驴，嘶鸣不绝；胡汉各色人，讨价还价。

　　当晚，在新平堡街上的一家卖馒头的小店吃的饭，由同行者以前来过的推荐，饭后住在一家类似于过去的骡马店，院子有大货车、摩托车，还有小轿车，门前堆放有玉米囤，鸡狗同食。有个公共浴室不仅供住店的洗浴，镇上的人也过来凑热闹。这里处于三省交会，交通要道，人来车往，熙熙攘攘，不过大都是跑生意的，寻访古长城和堡子的估计就我们。

　　不过也未必如此。热爱古长城、古堡子的大有人在，好多驴友多年来坚持寻访和探究大同镇所辖的长城和堡子，比如，领队太子已经坚持了十三年，好多地方不止走过一次。

我以诗歌的形式写了这一天的感受："一脚踏进三省/山西河北 内蒙古/这是古长城的勾连//边墙很长/蜿蜒在塞外的土地上/两边的来往/城堡 村庄/像纽扣 把两边连缀起来//一片祥云飞过天空/边墙 墩台 烽火台很亮/云泥之间的故事/总是那么悠长//土坯墙 杏树 毛驴/塞外人家的标配/从边墙走过/不可不走进古老的村庄。"

第二天早上，我们去了保平堡、桦门堡，都是海拔很高的地方，其中桦门堡海拔一千七百三十六米，处于南洋河、西洋河之间的山峰上。据《读史方舆纪要》载，此堡为明万历九年（1581）设，万历十九年（1591）增修。在此驻有操守，带领着兵士二百九十七名，分守长城九里，边墩十八座，火路墩三座。

桦门堡原本有条土路，只是下雨塌方把路堵了，只能选择徒步上山。远远地能看见山顶一座城堡，山石铸就，像天宫一般。越是神秘越有登临的欲望。团队人员逐渐拉开了距离。能参加这样的寻访古城堡行动都脚力非凡，只是运动频率不同，节奏不一样，最后悉数爬上了那一面长长的坡，无一人落下。我在爬山时甚至还优哉游哉地赏花——小蓟，老家好多好多，这里也零星地生长着。花蕾与枝干像鼓槌一样，擂响了高原的寂寞。桦门堡的位置孤绝，全部用青砖和石头包墙。我百思不得其解的是，如此高远之地，人们是如何把巨石和砖块运上山的。桦门堡的东墙根基和南墙完好无损，离山下人家较远，偷运砖石也不是节省成本之事，破坏相对小一些。城池已经荒芜，城墙依然屹立不倒，几百年风雨洗礼，这是一种精神，一种毅力，一种民族之魂。一路看了那么多的城堡，还有边墙，真正的物理意义是有限的，震撼人心的力量是无限的。试想，几百年前，为了抵御外族，大汉民族花费了多大的精力在边境修筑了那么宏伟的长城、城堡，这项工程已经把民族的精神树立起来了。寻访先人的足迹和事迹，从心灵深处表示敬意和赞叹。

午餐在桦门堡南墙外的乱石堆中用就，高大的城墙为我们挡了风，暖阳晒得人很舒服，仿佛听到城堡内也有锅碗瓢盆的交响。

昨晚住新平堡时，领队太子说，几次想看天镇县的慈云寺，因寺庙维修无法满足心愿，探我有无关系破个例。刚好有朋友在天镇供职，应该能办了此事，就打了电话过去，当下敲定。在桦门堡游览时，朋友委托手下不断打电话询问到了哪儿，言外之意是要尽地主之谊，我一再表示其他不用管，顺利参观慈云寺即可。桦门堡徒步攀登耽误了时间，赶到天镇时已经不早了。

慈云寺，是 2006 年国务院公布的国保单位。政府为了打造以慈云寺为中心的旅游景区，目前正在对周边建筑物进行拆迁，对外开放尚需时日。从侧门进入，两条狼狗扑面而来，所幸有链子拴住了其雄壮身躯，然而狂吠之音似乎更为威猛。慈云寺之所以让太子等资深驴友念兹在兹，如今得其所愿，受宠若惊，是有其精髓存焉。慈云寺始建于唐朝，现存大多为明代建筑。钟楼、鼓楼非同一般，呈圆形，木质雕刻精湛，大雄宝殿后面月亮门的砖雕之精致生动极为罕见。文管所的田所长亲自为我们讲解，一个佛事兴盛的时代浮现在眼前。

天镇是个古战场，自秦汉以来，尤其是辽、金、元、明时期征战不断。战事归战事，佛事归佛事，寺院的香火依然缭绕，与战火形成并行不悖之局面。慈云寺正是在这样的一个背景下一路走来的。寺庙还有慈禧、光绪西逃路过时留下的墨宝，分别为

"英灵万古""山河闲气"。说明不管皇上老儿,还是平民百姓,不管国难当头,还是烦事缠身,礼佛和拜佛都是必不可少的选项,这也是寺庙香火不断的原因。让我想到浑源县的永安寺和朔州的崇福寺,都是边城一带佛事兴盛的见证。

晚上,还是被朋友安排在温泉吃住。在酒店我写了一首诗:"天镇是座古老的边城/城中有座慈云寺/木质建构著称于世/历史故事亦曾回响/慈禧 光绪西逃时/分别留有墨宝/英灵万古 山河闲气/悬挂于大殿之上//晨钟暮鼓/梵音声声/居士礼拜/白鸽飞翔//匆匆的脚步/又回到繁闹的街巷/边城的雨稀少/此时却从天而降。"

第三天,进入了阳高县境内,恰逢端午节。在随士营走动时,看到街上的门面房、住户家门,包括车辆上都贴着用彩色纸叠的图案,并配有艾叶,村民们的手脚腕上佩戴着百索子。佩戴百索子,门楣上插艾叶,在我国大部分地区都有此习俗,主要是辟邪。像阳高一带如此隆重我是第一次看到,多少有一点不解,吃粽子一事在这里似乎并不重视,街上没有看到卖粽子的,昨晚在天镇也没有看到有粽子。

接下来寻访了四十里铺、三十里铺,这些堡子当年都是军事化管理的驿站,许家庄堡、神泉堡都是大同至北京官道上的军堡,神泉堡被称为晋冀门户。四十里铺、三十里铺的古堡子已成空城,许家庄堡和神泉堡是住人的村庄,许家庄堡人口还不少,神泉堡就剩一二十口人了。庙宇破败,住房几成废墟,丝毫无法想象当年的样子。神泉堡的一座庙将倾未倾,屋顶的横梁上还清晰地记载着建筑的时间,康熙字样尚存,墙上的壁画完好,人物栩栩如生,色彩艳若桃花。村口的老人们聊起这些见怪不怪,一副任他风吹雨打，我自安如泰山的神情。

午饭有些晚了，还是要吃好。早就锁定了阳高的驴肉。在神泉堡附近的公路边找了一家饭店，门口系着一头驴，后院就是宰驴的现场。店主的意图很明确，自己经营的绝对是一等一好驴肉，不得不联想到梁山好汉的江湖故事。

唤醒保护，我们共同的长城

旅游公路已经延伸到了长城脚下，公路的铺设意味着现代文明主动与长城文化的对接。曾经孤寂数百年的长城与古堡重新唤醒了世人的目光。无论在人类文明史，还是民间诉求上，都是一种必然。

第三次寻访古堡是在仲秋。边塞的秋夜极黑。稀疏的星星拼命地闪亮也无法改变混沌的黑暗，看不见的冷袭击了衣衫单薄的身体。夜空下只能短暂地停留，赶紧返身回到屋子里。夜的黑衬得屋子特别亮。满桌子的特色菜肴早已勾引着倦客的食欲，一个个奋不顾身地奔向那喷香的羊肉、羊排，当然还有大烩菜，南京的撒旦特意带来的大闸蟹，给这桌地道的北方菜肴平添了另类的色彩和味道。小猪带了自家酿造的纯粮食酒，大家有酒有肉，一天的疲劳在开怀畅饮与饕餮大餐中渐渐消失殆尽。忙完厨房活计的老板娘抽空进来给大家献歌，从晋剧到内蒙小调她张口就能来，有动作有表情，不输专业演员。惊奇之余，难免会问，以前是否在剧团干过？因为太多的剧团演员因改制纷纷组团深入乡间唱堂会、参与红白喜事的演出，甚至连白事上的哭灵也干。老板娘却说从来没有专业训练过，这些都是自学成才。

　　吃了一肚子的美食，夜又冷无法出去走动，只好早早地躺在几个人的大炕上。组织者提前声明打呼噜者睡一块儿，不打呼噜者睡一块儿。我也不知自己打不打呼噜，就选择了打呼噜的炕头。累了一天，瞬间就梦到了周公。一觉睡到凌晨四点多钟，脑袋一下子特别清醒，也就听到旁边此起彼伏的呼噜声。闭目静静地分辨是几重奏，也就是旁边到底睡了几个人。昨晚睡得早，也不知道同席有几人。听来听去似乎只有两种声音在合奏，只是有一种特别怪异，当时想到了一句话：不仅有旋律，更有悬念。所谓的悬念就是怕发声中出现意外，听了一会儿呼噜声后也就习惯了。这时候才开始盘点昨天的行程。

　　早上六点半出发时，太原阴云密布，欲雨还休。一路顺风直抵大同的新荣区，这里却蓝天白云，下午到了左云县域，先后寻访了镇河堡、镇房堡、拒门堡、助马堡、破房堡和保安堡。与前两次寻访古堡的形式一样，由领队太子利用卫星导航按图索骥，每次基本上会准确找到所寻访的堡子。镇河堡、镇房堡属于边墙内五堡当中的两堡，其他三个堡子分别是镇边堡、镇川堡和宏赐堡，都是明嘉靖年间沿大同西北长城线修筑的。拒门堡、助马堡、保安堡属于边墙外五堡，其他两个是得胜堡、拒墙堡。

　　这些堡子大多还住着人，镇河堡里的人家偏于一隅，房顶上安有光伏太阳能板。堡子里大片的地种植着高粱、大豆等作物，农家院子里种有大个的向日葵，同行者花了五元钱买了一枝，成了大伙儿拍照的道具。古堡外也有部分人家，这是些不满足于堡子内的环境而迁移出来的，日子稍显富足。

　　而镇房堡的特征是城墙很高，据说是关押战俘的城堡，没有定论。该堡子农户不多，房子还不错，比镇河堡的条件似乎要好一些。刚好午饭时分，村庄一妇女端着碗在巷子里边吃边溜达到我们跟前。问她吃的啥，在农妇回答前，其实我们已经看清了碗中食物，有卤有面像炒面，结果回答是粉条。城里人觉得绿色健康的东西，恰是农村人碗中最朴素之食物。我们在村庄的一处场院驻扎午餐，吃自带的干粮。那个村妇自始至终一直站在旁边，就那么看着。干粮都很简单，面包、饼子、火腿肠，有个别人支了煤油炉子烧水煮方便面吃。这一切却成为村妇眼里的稀奇之事。

镇虏堡地处平原，堡子外是大片的农田，高粱、黍子、谷子形成壮观的阵势，与古堡有种密不可分的天然情分。对我等出生于农村的人来说，亲切自然之情油然而生。站在浩繁的庄稼地里，脚下都能感觉吱吱地生根，头顶似乎要发芽了。对于城市人来说，这一切竟然如同天外来物，纯粹属于"四体不勤，五谷不分"之辈，我有了几分感慨和浩叹。把麦苗当作韭菜绝非妄言，的确是不容忽视的一种现象。团队当中真有人把黍子当作麦子了。麦子是夏天成熟的，秋天了还有麦子吗？基本的常识都成为城市年轻人头脑中的盲区。

我更多思考的是当年堡子屹立起来时，戍边将士是否闲来也在堡外耕作一把？那时候的庄稼是否也如眼前一般颗粒饱满，丰收在望？我脑海中只留有村妇和庄稼的影子。

拒门堡是一座遗落在荒原上的空城。堡内堡外是无一例外的庄稼地。仿佛戍边将士把我们当作敌人了，瞬间撤得干干净净。面对一座空城，脑子也一片空白。头顶蓝天白云，脚踩荒废的城墙，眼前莽莽苍苍，庄稼地掩映着这片曾经战火纷飞的古老土地，留有无边的苍凉与想象。

助马堡却是另一番景象。热闹、繁杂，还有一种落寞贵族的遗韵流风。这里曾是长城双边要塞，蒙古部落首领不断袭扰，明朝政府驻重兵守卫。特别是"土木之变"后，明英宗加强了此地的驻军，即使在清朝周围很多军堡变为民堡后，助马堡依然是军堡。后来助马堡开辟了马市贸易，边贸做得风生水起。民国时期，曾短暂做过左云县政府所在地，也做过抗日根据地。一言以蔽之，助马堡历来是兵家必争之地，战略地位十分重要。历史都因时间的变迁烟消云散了，只留下如今这座残缺不全的城堡。古堡内住户拥挤不堪，沿街的老房子摇摇欲坠，昔日繁盛时期的样子多少还在。城隍庙前高高矗立的石旗杆依然坚挺，旁边一拨村民围坐一起正在打扑克，足显庄户人家的闲适心境。

走出城堡时，我与随行的严教授探讨一个现实问题，如今各级政府都在紧锣密鼓地驻村蹲点帮助贫困村民脱贫致富，完成上级制定的目标。像助马堡这样的村庄，畜粪遍地，垃圾围城，脏乱差的面子工程都丝毫没有改观，遑论更高级别的要求了。除了感叹，只有无语了。边塞要冲，当年金戈铁马，英雄用武之地，如今和平年代却沦为文明遗忘的角落。不光是助马堡如此，寻访古堡时经过的地方大多存在这样的窘境，难免让人唏嘘。

昨天的最后一站是踏访明长城，寻访古堡是我们的题中之义，不看长城肯定是遗憾。马头山脚下的明长城蜿蜒匍匐于大地，在夕晖下格外宁静。这段长城并不高，黄土筑就，站在长城上没有多么威严和自豪，长城内外也无多大区别，两边已分属山西和内蒙古两地。大片的高粱地铺排在两侧，像油画一般明艳。夕阳拉长了每个人的身影，在大地上有了变形金刚的颀长。远处的一个墩台完好如初，吸引了众人的目光，便去寻访。踩着泛黄的草地，向墩台走去的姿态有一种朝圣的感觉。马头山最后的一缕阳光照在墩台时，所有人都在摄影师的指挥下跳了起来，是摆拍，更是发自内心的一种激动。马头山送走了秋阳，牧羊人赶着羊群从长城外往长城内返程。我们也迈着疲倦的步子赶往住宿之地——管家堡天然居客栈，也就是我凌晨四点多钟醒来时盘点昨天一天行程的地方。

天快亮时又睡了个回笼觉，在众人的嬉笑与调侃声中起床。这面大炕昨晚只睡了三个人，我旁边一直是空的。最有悬念的呼噜声来自南京的撒旦，他已习惯了别人的调侃，只是一再念叨被子太薄半夜冷得受不了，到处找厚被子。他盖的是夏凉被，怪不得呢。而我一晚上热得受不了，我盖了一床冬天的厚被子。一下子来了这么多人，老板娘估计把所有能盖的被子都拿出来使用了。

乡村的早晨空气格外清新，丝丝的秋凉透着季末阑珊的味道。田野上的庄稼基本收割了，远处有一台收割机还在作业，马达声在清晨干净的空气中有着脆脆的感觉，远处马头山的纹理清晰可见，色彩分明。吃罢老板娘准备的小米粥和大烩菜后，我们继续踏上寻访古堡的行程。

今天的寻访目的地是月华池、威鲁堡、摩天岭长城、宁鲁堡、三屯堡、云西堡、旧高山堡、高山堡和云冈堡。

沿着二道边长城旅游公路行驶，月华池很快就到了，偌大的停车场就只有我们的车子，显得孤零零的。撒旦放飞了航拍器，月华池在高空俯瞰下像火柴盒一般精致和完整。据说这是世界上最小的城堡，也是我们寻访的古堡中离长城最近的城堡，它的北墙就是长城。月华池是威鲁口的关城，是走西口的通道之一。寻访时，不远处的边墙上站着一个人，说是牧羊人，这么早羊群不可能出来；说是干农活的，应该在地里呀，不会刚来就坐在边墙上歇息吧。接下来的举动让我们诧异不小，这个男人站在边墙上大段地背诵报纸头版上的内容。我想起了早年在乡村时村支书披着大衣、背着手给社员训话的场景，想不到这样的一幕今天出现在了眼前。我惊叹这个男人的记忆力，他讲话的语速和声音的抑扬顿挫把握得相当好，就像一名资深村支书。

摩天岭长城是海拔最高的长城之一，属于这次行走中最为震撼人心的景观了，山坡把我的目光逐渐地抬起，再抬起。长城的身姿呈现着蠢蠢欲动的形态。由山根底一直到山顶，再甩过山那边进入了内蒙古地界，长城像一头扎进河谷吸饱了水的巨龙，腰身一鼓一鼓地喘着粗气。山坡上出现了一座塔，是八台圣母堂遗址。阴山、长城、村寨、教堂塔构成了一幅晋北大地独特的风景画。远观，有一种强烈的视觉冲击力，近看，或许会获得这幅画卷的笔墨功夫和艺术延展。就这样走进了这幅大画之中。

一路上行，耶稣遇难的雕塑简单地竖在路边，让我们的前行有了一种悲壮感，这是为八台圣母堂造势。然而，始建于1876年的教堂被毁掉了，仅剩的钟楼处处留有毁灭的痕迹。即使如此，从残存的塔身上依然能看到砖雕，镂空，以及能工巧匠的独运匠心。不得不思考的是，在草原文化与农耕文化交汇的长城脚下，竟然出现代表西方文明的教堂。古老的东方大地上植入了这样的文明种子，也是让人思绪万千。站在这里，长城的故事似乎淡了，八台圣母堂的故事萦绕心怀。山下是一马平川之地，宁鲁堡已经出现在我们的视线之内。这里曾经以军事布防为重，长城延伸到哪里，哪里就有相应的城堡以及军事设施。而如今，这些边民依然驻扎其中，过着平淡无奇的人间烟火生活。

镇宁堡的箭楼是值得记述的，旅游公路铺设到了山脚下。我们徒步往上攀登，上面是什么景观一概不知。有些人看见要爬山索性不爬了，原地休息。我也曾动了懒惰的念头，不过还是上去了。想不到这是一处绝佳之地，不看会后悔一辈子的地方。箭楼，矗立在一个堡子里，高拔、伟岸，这是有关长城的建筑当中最完整的建筑，只有顶部做了必要的修缮，基本还是明朝的模样。登临箭楼，二层、三层上的回廊里能来回走动，哨口很多，四面八方一览无余。留有一个口，需踩了梯子才能到楼顶。居高临下，豪气陡生。紧邻的山顶上长城蜿蜒，远处的山上旅游公路闪现，一边墙，一公路，互为照应，相得益彰。箭楼景区与不远处的摩天岭长城景区构成一个大的旅游开发区，当地政府正在重点打造，所有的设施正在配套和完善，下一步将成为长城旅游的重中之重。

最后记述一下大同的云冈堡，由于处在云冈石窟景区内，不对外开放，要进入必须通过景区管理处。正好神驴认识管理处领导，一个电话过去，我们被一辆面包车带进了云冈堡。景区领导误认为我们要进云冈石窟，之所以打电话是为了逃票，一听要看云冈堡，似乎松了一口气。去过云冈石窟都知道，石窟顶上有一个土墩高高地矗立着，那就是云冈堡。这是一个巨大的保存完好的堡子。

我在云冈堡城墙上逆时针走了一圈，这是一处视野开阔之地，周围有煤矿，有村庄，都保持了相当的距离，只有身下的云冈石窟紧密相连，热闹非凡。石窟的热闹跟云冈堡没有丝毫的关系，云冈堡宁静如初。我在想，云冈石窟建于北魏时期，堡子是明朝所建，晚了很多年，为什么当初一定要把这座军堡选在云冈石窟头顶上呢？这是唯一选择吗？是否也有守卫石窟免遭破坏的寓意呢？当然不是。这就是军人的霸气。

后　记

三次寻访古堡，行走在平鲁、右玉、天镇、阳高、大同和左云地界，考察了四五十座古堡子，这只是众多古堡子的代表，如果全部走下来，尚需更多时日。窥一斑而知全豹，从中多少能感受到当年军堡的兴废与衰荣。不管建制高低，规模大小，功能如何，人员多少，都是在为山西境内"西起丫角，东至阳和，边长六百四十余里"的长城服务。这是一个庞大的群体，守卫长城，捍卫疆土是唯一的使命，为了这一使命，多少年、数代人，枯守一座城池，也是不易之事。

寻访之中，总有那么一丝丝的凝重。那何止是一座座城池啊，分明是一座座碑，载入史册的碑，这些碑如今业已漫漶，业已风化，业已烟消云散。然而，我们却隐隐感受到那片土地的深情，能感受到那片土地的厚重。行走的步履也会沉潜和迟滞。时间可以湮灭一切，散落在边地的古堡子难免被人遗忘，古长城也同样如此。值得欣慰的是，不绝如缕的长城爱好者常年走长城、寻古堡，用脚步丈量着寸寸山河，山西官方更是大刀阔斧地将长城列入旅游开发规划，历经千年风雨而保存下来的古长城不但可以得到更好的保护，让"长城精神永不倒"，更可让当地百姓守候的"土墙"变成"金饭碗"。

代州行

边靖楼

代县古称代州，是一座历史文化名城，与距离其二十公里的"天下九塞，雁门为首"的雁门关遥相呼应。走进这座城市，仿佛走进了历史的纵深地带。边靖楼，像一记历史的符号，镌刻在这座城市的中央，述说着曾经的故事和传说。我把寻找这座城市的钥匙锁定在了边靖楼。

让我感兴趣的是那专为登楼所建的附梯，又宽又长，气势不凡，在我到过的鼓楼（古楼）中所仅见，不由让人产生一种朝拜的欲望。也许这正是设计者的美好愿景。迈上庄严的附梯，到达了二楼巨大的露天平台。与其说是平台，不如认定为边靖楼的底座。地面使用的地砖，全部为"官砖"，仅此细节便能看出该楼的规格和地位。

边靖楼建于明朝，代县的历史却要往前追溯很多年，至少到北魏。史料记载，北魏时期把关外的广武城迁至代县城，广武城的建制在战国，多么遥远的年代。真正使代县出名而且名垂千古的，当属北宋时期的名将杨业，在民间流传千年的杨家将代表人物。镇守代县七年的杨业，威震八方，战功赫赫。连雁门关外的敌人——契丹人也佩服得五体投地，称其为"杨无敌"。杨业的事业如日中天时，遭奸臣潘美等人的嫉妒。雁门关之战中，杨业遭遇强敌，潘美等人不予支援，导致最后惨败。杨业面对契丹人的威逼利诱，绝不屈服，绝食三日，最后触李陵碑而死。"矢尽兵亡战力摧，陈家谷口马难回。李陵碑下成君节，千载行人为感哀。"契丹人不但没有为击败杨业而兴奋，相反为这位敌国战将罹难而慨叹，最后为杨业建了一座庙，以示永久瞻仰。

边靖楼坐北朝南。楼北边高悬匾额"声闻四达"，南边匾额"威震三关"，皆是对杨业一生守边的高度赞扬和褒奖。代县城雄踞边关两千年，为历代将士守边之重镇，军事之要地。历朝历代的戍边军人无数，独杨业及其杨家将彪炳千古。边靖楼虽专为守边将士所建，从某种意义上讲，又何尝不是专为杨业所建？那两块匾额不正是明证吗？

边靖楼是一座纯木质结构的建筑。柱子虽然略显粗粝，却是原木。横梁、檩条的连接都是利用建筑学上的斗拱、卯榫原理，不用钉子，体现了中国古建筑的风格和特色。没有过多的雕梁画栋，大气辉煌之意处处彰显，表达着对古代将士的尊重，对杨业们的敬意。一座代县城，是由戍边将士的鲜血所凝成，杨业们又何尝不是这座城市的精武之魂？

文　庙

远处的山顶，有一抹浅白，那是前些日子下的雪。山下也下了，只是消得快，没有留住。阳光出来了，那片浅白特别明亮。

没有雪的山下，一片枯黄。

一大早，来到文庙。天光敞亮，四周寂静。漫步在这座华北地区最大的州级文庙里，脑海中挥之不去一个疑问：代州自古乃兵家必争之地，怎么还有一座文庙，而且是最大？是否文武从来并行不悖所致？然也！

代州文庙始建于唐，原是一所儒学学府，孩子们读书的场所。唐朝始，孔子被封为大成至圣文宣王。宋代，儒家学说愈益兴盛。州、县学校以及国学，修筑殿宇，定期举行隆重的祭奠。元朝时文庙因战火被毁，元末明初重建。明、清两代不断增修，清朝同治年间再次大修，历时两年，形成现在的规模。文武之道，文为先。文庙雄踞城中，就是明证。

每一座文庙的建制布局都是一样的。先是泮池，再是棂星门，戟门，中间是大成殿，后院是崇圣祠，祭祀孔门后学和历代大儒的地方。文庙不但是一座学府，更是官署，掌管教育和考试的机构所在。

山西自古有"南绛北代"之说，南面的绛州即现在的新绛县，北面的代州即现在的代县，是两座历史文化名城。代县的文化底蕴十分丰厚，文庙是一个标杆。史料记载，仅从清朝立国，到光绪三年，代县高中进士者达四十一名。今天的发展更不可小觑，戟门两旁张贴着代县一中、二中自改革开放以来历届的高考榜，可谓群星闪耀。莘莘学子每年在高考之前瞻仰文庙，沾圣人的文气，发榜之后前来祭拜还愿。学校在这里张榜公布成绩，激励后学，其义自见。

惹人眼的还有戟门两边竖立着两尊两米多高的木雕，一尊为圣人孔子，一尊为亚圣孟子。两尊木雕均来自代县政府大院的两棵古树。百年树木枯死后，没有被俗人打制成家具，却做了圣人雕像置放于文庙，实乃明智之举，文化之举。

高耸云天的边靖楼代表着武魂，宽大威严的文庙代表着文魄。这两座建筑支撑起了代县的千年文明，延续了代县的百代辉煌。

杨忠武祠

杨家将，中国历史上一个特殊的代名词，代表着忠烈、勇武、忠贞、果敢……凡是美好的名词都可以毫不犹豫地作为其定语，这是非常罕见的。难怪后人通过评书、戏曲、电影、电视等各种文艺表现形式颂扬之、讴歌之。千百年来一直传诵不断，愈演愈烈。金杯银杯不如老百姓的口碑。杨家将不仅仅活在史书里，更是活在了人们的心中。

我小时候就是从听评书、看戏曲知道杨家将的，什么《杨家将》《杨门女将》《穆柯寨》《十二寡妇征西》《穆桂英挂帅》等，这些杨家将的故事，激励着一代又一代人。

参观位于代县城东北十九公里的鹿蹄涧村的杨家祠堂时，我满脑子都是杨家将的故事。想象力张开有力的翅膀，任思绪自由飞扬。杨业伫立边靖楼，眺望雁门关。运筹帷幄之中，决胜千里之外。战辽军，震契丹，势如破竹。雁门关、金沙滩，风烟滚滚。英雄飒爽英姿，一骑绝尘，手中剑戟飞旋，敌军闻风丧胆。关内关外美名扬，敌我双方交口赞。被称为"杨无敌"的杨业打出了大宋的威风，打出了杨家将的威名。

英雄不问出处。史载，杨业早年属于北汉的将领，追随刘崇。他骁勇善战，足智多谋，甚得信任。北汉灭亡后，宋太宗求才若渴，立即派遣使者召见杨业，并委以重任。杨业深孚众望，太平兴国五年（980年），在雁门关大破辽军，威震契丹。雍熙三年（986年），随军北伐，因监军王侁威逼，要求带兵出征。结果在狼牙村中伏大败，孤立无援的情况下，于陈家谷口力战被擒。杨业无限悲愤，为表忠心，绝不投降，绝食三日而死。朝廷追赠太尉、大同军节度使，赢得生前身后名。

杨家祠堂始建于元朝至元十六年（1279年），由杨家十七代孙奉旨建祠，至今已有七百多年的历史，明清时曾予重修。规模宏大，形制周全。坐北朝南，大门东西两侧栽有松柏，一对蹲坐的石狮子守护着祠堂。祠门以南，有三间楼台，名为"颂德楼"，是杨氏族人祭祀祖先的祭台，也是唱戏的舞台。

沿石阶而上，祠门上悬挂的金字匾额分别是："奕世将略""一堂忠义""三晋良将"。祠堂两厢有描述杨家将战绩的连环壁画，陈列着杨家将史迹展览和相关文物。后院是祠堂的主体部分，有正殿五间，正中是杨业夫妇的塑像，两侧是杨门的"七郎八虎"像。《宋史·杨业传》记载，杨家三代抗辽，杨业的六个儿子，包括杨延昭、杨延浦、杨延训、杨延瑰、杨延贵、杨延彬，都被宋廷封了官职，加上陈家谷口战役当中，和杨业一起战死的杨延玉，杨业确确实实有七个儿子。至于那个养子"八虎"，没有记载。此外，还有许多石碑，都是历朝历代褒扬杨门忠烈的文字，具有很高的史料价值。当代的杨成武将军也有一块题词碑竖立在院内。

战神只为疆场而生。杨业父子作为北宋拓疆守边的开路先锋，抒写了一曲曲壮怀激烈、可歌可泣的慷慨悲歌，继承保家卫国的事业成为其后代忠贞不贰的必然选择，继任者无不前赴后继，勇往直前。随着时光的流逝，一个个英雄的落幕，杨家将的时代渐行渐远，如烟般消散，只能成为故事和传说。

祠堂是英雄的魂系之地，也是祭奠的最佳场所。后世累代，绵延不绝，缅怀凭吊。怀十分敬意，献一瓣馨香。

白人岩

恒山山脉，自北而南，纵卧晋北大地。白人岩，山势奇峻，岩石孤绝，壁立千仞，谷沟幽深。山路不好走，车轮在沙石路上行驶，碾压摩擦声像摇滚音乐的低音区。颠簸中，心情在起伏跌宕，思绪也在不断飞翔。天下名山皆僧占，儒道也不甘寂寞抢地盘。众神为何选择孤绝高妙之处安居？"世外高人"难道就是这般命名不成？

东晋时期的慧远大师即代县人，他是中国净土宗始祖，汉地佛教早期奠基人之一。净土宗，乃佛教宗派之一，因专修往生阿弥陀佛极乐净土的念佛法门，故名。慧远年轻时，曾追随道安辅助弘法，二十四岁时便登坛讲说，颇负盛名，白人岩是慧远讲经弘法的道场。据考证，慧远在白人岩等北地一带活动不少于十年。正是由于这段时间的勤学苦练，修为得以大幅度提升，为后来南下庐山，创建"道德所居"的模范道场，打下了坚实的基础。白人岩，因慧远而钟灵毓秀；慧远，因白人岩而声名远播。二者相得益彰，互为昭彰。

进入山谷深处，豁然有一阔处，四周悬崖耸立，合围成瓮城形势，居于底如瓮中之鳖，端看北边，阳光洒下一条蜿蜒小路，便是前往白人岩寺庙的唯一路径。屈膝攀爬，气促微喘，山谷寂静，鸟声似乎也不曾耳闻，倒是录音机播放的梵音丝丝缕缕地传来。转过山坡，建筑物陡现，这就是白人岩禅寺了。背北面南，高居沟沿之上，大小不一，错落有致。红墙绿瓦勾勒出绚丽之色。

冬季寂寥，山门紧闭，游客仅我等数人尔尔。远观不解心底之渴，必须走进细细端详。扯嗓久呼，只闻犬吠，无人应答。寺庙既在眼前，闭门谢客，自是不妥。终于唤出一人的粗暴应答，山门不开，呼也无用。赶紧说明来意，宣传报道云云。此人直接怼了过来，用不着。语气拒人于千里之外，话语如三九般寒冷。愣怔片刻，兀自揣想，如果慧远大师在世，估计弟子们会在百步之外行迎迓之礼，如今寺庙却被封了起来，不让观瞻。若是香客，不知日后还会来否。

好在山门之外，风光绝佳，悬崖之上，有松有亭，立其侧，观四周，沧海茫茫。南山有一坡，落满白雪，乍一看，如白练瀑布，泻入沟底。梵音回响，不绝于耳。白人岩果一妙高之地也。感叹慧远大师读山水、识形胜的眼光。眼光来自窥探世事的能力，映出心底的绿野仙踪。禅寺未能进入，自然风光解了眼馋，方才慰藉了内心。

春季来，一定鲜花盛开；夏季来，肯定茂林青翠；秋天毋庸置疑，必然层林尽染。其实，这都不是白人岩的特色，充其量是其外在的附丽。白人岩真正的魅力是慧远大师所赋予的"禅慧并重"之精神与自然山水的完美结合。

阿育王塔

风从雁门关一带乘势而来，吹响了位于代县城中阿育王塔顶的梵铃。风是此时此地的风，而铃声似乎来自遥远的古代、遥远的西土佛国。塔底置放的佛陀真身舍利子通过风摇梵铃，智慧和高德传遍所能企及的地方，惠及众生。

敦煌文献记载："佛灭度后一百八十六年，摩揭陀国铁轮王名阿育，开前故塔，取其舍利八万四千粒，使七宝为资驱役鬼神，造八万四千宝塔，每一塔中安舍利一粒，请鸡头末寺十六万八千僧中，第一座号曰耶舍尊者，于五指端放八万四千道光明，敕鬼神寻光尽处，安塔一所，大唐国内得一十九所也。"

隋以前，我国有十九座佛祖真身舍利宝塔，代县的阿育王塔是其中之一。其他的十八座分别是浙江宁波阿育王寺舍利塔、江苏南京大报恩寺塔、山东临淄西天寺、山西永济普救寺舍利塔、陕西扶风法门寺真身佛塔、甘肃敦煌瓜州古塔、甘肃敦煌大乘寺塔、河南洛阳白马寺齐云塔、甘肃武威姑藏故塔、甘肃山丹南湖公园发塔、山西洪洞广胜寺飞虹塔、四川成都新都宝光寺宝光塔、四川崇州白塔寺白塔、河南新密超化寺塔、河南武陟妙乐寺塔、山西太原晋源阿育王塔、山西榆社县塔、山东莘县黄县塔。其中法门寺、大报恩寺和宁波三地的佛祖真身舍利对外开放。

代县的阿育王塔，一千四百多年来经过数次重建和修复，至今依然呈现建筑之美，艺术之美。围着塔身顺时针走动，四十米的高度调动了我的仰视角度。目光注视塔身的纹理和雕饰，塔是圆锥体，下面部分裸露的青砖与白灰混合垒就，往上似一朵倒扣的莲花与下面的砖体相合，倒扣的莲花上面顶着一枝盛开的莲花，叶脉流畅，花瓣轮廓明显。莲花上又用一层层的青砖转圈收缩，缩到一定高度后，塔身转直，布有均等的气眼若干。塔是实塔，气眼的作用并不清楚。再往上，又是青砖外露，圆周缩小，此段是塔瓶，瓶体颀长。再向上看，便能看到塔刹，承起塔顶铜制鎏金花瓣宝伞。伞边有一圈梵铃。梵铃随风摇响，整个塔园有了一种灵气和生动。阿育王塔显示了建筑师的美学创意和艺术造诣。

千年时光一倏而过，阿育王塔却见证着一切，在述说，在倾吐，只是芸芸众生无法破解其密码。伫立塔前，凝视、静思，试图从阵阵梵铃声中，从砖塔的每一道纹理中读出哪怕一丝丝信息。这块土地曾经并不宁静，兵家必争之地上迸发出电光石火。辚辚车马碾过，鸡飞狗跳人亡。

《譬喻经》中说，佛塔的建筑初衷是为了让众生不受贫困，寿命长远，得往生十方净土。阿育王塔并没能阻挡战火的纷飞，百姓的离乱。佛陀肯定很沮丧，很无奈，阿育王塔默默地矗立于大地之上，任风吹雨打，岁月剥蚀。

若干年后，边靖楼于左近赫然挺拔，戍边将士们驻守其上，瞭望雁门关，探察军情，指挥若定，军事地位和功能日益彰显。阿育王塔估计会更加黯然失色，暗自神伤。

动荡的岁月已成过往。如今，不管边靖楼还是阿育王塔，精神象征的意义更大。

滹沱河湿地公园

滹沱河一开始就注定是一条温柔缠绵的河。全然不顾及经山西，进河北，穿恒山，越太行，长途奔波六百公里路程回归渤海之使命，从繁峙出发，刚进入代县就设了道场，摆了龙门阵，展示滹沱河的精气神。

代县人民和滹沱河可谓心有灵犀一点通。巨资建造东西长二千三百米，南北宽七百米，总面积两千四百亩的湿地公园。留住了滹沱河的水，留住了滹沱河的情。

公园布局合理，设施齐全。防洪堤坝，景观大道。杨柳松柏，奇花异草。六大广场，人工湖泊。亭台楼阁，雕花栏杆。曲径通幽，洞若观火。

河水在此回环往复，峰回路转。与芦苇为伍，共白鹭嬉戏，与孩童为伍，享水乳交融之乐。

老年人来公园散步、打拳，吐故纳新，乐此不疲，乐而忘忧。

年轻人来公园，杨柳岸，晓风残月。

诗人来公园，发思古之幽情，荡心底之微波。

文化学者徘徊于此，遥想雁门残月，河畔夕照。白人岩，慧远大师诵经；边靖楼，抗辽杨业北望。杨业、杨延昭父子威风八面；李克用、李存勖父子当仁不让……

俱往矣，数风流人物，毛泽东自延安而来，过雁门、宿代州，前往西柏坡，挺进北京城。从此，中华人民共和国健步走来。

"春有百花秋有月，夏有凉风冬有雪。若无闲事挂心头，便是人间好时节。"宋代禅宗的这首诗偈，参透了很多人的心思。

湿地公园是城市之肺，城市的文化娱乐中心。亲朋互致问候，老友互相交流。谈天说地，聊的是心情；唱歌跳舞，玩的是情趣。

滹沱河的清澈照亮了代县人明亮的心，滹沱河的温柔感动了代县人。

保护滹沱河成了代县人义不容辞的责任。

湿地公园是代县百姓的公园，湿地公园也属于天地万物。

候鸟来了，栖息于湿地公园；客人来了，漫步于湿地公园。

滹沱河，你还想流走吗？

带着河流和草原远行

一

站在高岗上，渴望一条蜿蜒曲折的大河出现在眼前，由南向北或由北向南，由东向西或由西向东。远眺时，纵然不会看到大河的流动，那像油画中渲染的色彩，也会泛着银锭般的白光、透出宝石般的蓝色。这看似随意的浓墨重彩里，大河在奔流、咆哮、汹涌。

没有刻意地寻找河流，一条条大河却次第出现在了眼前。河流带走两岸，也带走我的万千思绪。

一进富蕴县，就看见额尔齐斯河从黝黑的山体中汹涌流出。早上从乌鲁木齐出发，一直往北，多半天的时间都是在戈壁滩上流淌，人和车子几乎绝望的时候，额尔齐斯河的清流倏然涌入眼帘，显得那么突兀和猝不及防，顿时有一种眩晕的感觉，甚至不敢相信这是真的。再三确认后，那种发自内心的激动不已，绝不亚于额尔齐斯河的翻滚。

我驻足额尔齐斯河岸边良久，也不完全是凝视，还谛听，还念想，还发呆。想眼前的，想遥远的。遥远包含了时间、空间，还有地理。只有走过荒漠和干旱的切身经历，才有这种体会。是的，我从严重缺水的故土，来到同病相怜的他乡，面对奔腾不息的河流，怎能心静如水，视若无睹呢？

一泓碧水、一湾清泉，都是值得珍爱的。故乡沟壑纵横的山体纹理，就像一张张沧桑的脸，渴望哪怕一条小河从村边缓缓流过，山间小溪飞溅出雪白的浪花也是好的。这些意象只出现在年少时的作文中，无法在现实生活里兑现。每年酷暑来临，偶尔大雨滂沱，田野的积水形成泥潭，成了孩童戏水的乐园。出事往往难免，快乐瞬间酿成了悲剧。这些都是从小亲历过的，悲情的种子留在了心里，至今仍有余悸。事情往往如此，越是怀有恐惧，越是充满渴望。面对故土一条条河流枯竭的惨状，在他乡看到一条丰沛的河流，激情洇染一册山河是必然的。

同行者见我如此迷恋河流，认定是被戈壁滩炙烤的缘故。不断向我透露信息：后面的行程中会出现不同的河流，没有最好，只有更好，积蓄能量慢慢欣赏吧，那时你会重新审视眼下的这一段波涛。

事实证明，后来的行程中的确有很多河流。额尔齐斯河上游的大峡谷展示的欢快和跳跃，喀纳斯湖绿松石般的颜色和河面升腾的云霞，布尔津河在禾木流过时的那份闲适和从容，巴音布鲁克草原上映在晚霞中的小河九曲十八弯的婉约和缠绵……这些河流尽显千姿百态的美，一次次地证明了"新疆是个好地方"。然而，在富蕴县第一次进入视野的那段波涛一直萦绕心怀，挥之不去。

额尔齐斯河的美不是留恋山间，而是不屈不挠、义无反顾地流过戈壁滩。蓝色的水域，像梦幻一样镶进了大地，镶进了荒漠。我甚至能隐隐感觉到河流被稀释、被吞并的疼痛。额尔齐斯河依然不露声色地流淌着。茫茫戈壁滩，连动物、植物、人类都惧怕的地方，唯独河流不怕。我只能揣想，额尔齐斯河的目标很远大，一定向往着诗意和远方。流过戈壁滩，权当砥砺前行的浪漫。

流经布尔津时，布尔津河由北南下汇入了额尔齐斯河，壮大了河流继续前行的力量。向西，进入了哈萨克斯坦境内，成为一条国际河流。我狂想追随其一路前行，理智告诉我，不能跟一条有理想、有抱负的河流相比，只好远远地看着它流走。

在新疆北部一带游走，并不是为了寻找河流，额尔齐斯河总时不时地出现在视野当中。河流在这片地理上的重要性不言而喻。喀纳斯很美，没有那一湾绿松石般的水会美吗？禾木很美，图瓦人居住的木屋星星点点散布在河谷一带，如果没有布尔津河的日夜伴随鸣唱，还美吗？巴音布鲁克草原很美，平坦辽阔，绿草如茵，牛羊成群，如果没有像九曲十八弯那样的河流匍匐迂回、相亲相拥，还会美吗？这片土地上有很多湖泊，比如赛里木湖，有人把它比作情人的最后一滴眼泪，意象非常美，却含了悲苦的意味。跟额尔齐斯河相比，境界完全不可同日而语。湖水贪图的是温柔、宁静和安逸，河流的志向是遥远的地方。

河流孕育了土地，还是土地滋养了河流？这是一个伪命题。只有二者完美地融为一体，才能共同哺育一方水土和一方的人文、自然。

站在高岗上，眺望远方的苍茫，一条波浪宽的大河若隐若现。不管其流向哪里，都是在传递着生命律动和生生不息的精神。

当把万千事物归结于人的修为时，总喜欢使用"胸中有丘壑""宰相肚里能撑船"等诸多词语。以山河喻人类，人类肯定渺小；以人心比山河，多少山河能揽入怀中。不过，能够藏一条大河在心中，也是至高的境界了。我执意要把额尔齐斯河带走，慢慢描摹，细细揣摩，融入骨骼，也算这次新疆之行的一个注解。

二

每一株草都是独立的、自由的。长在地头、墙角、院落，随风摇曳，四处张望。如果有机会走进草原，满目青草一望无际，草天相连，宛若置身草的海洋。这时能感觉到长于地头、墙角、院落的草是孤独的、势单力薄的。

公园的草坪属于草的集群，却没有草的自由，它是人工种植的，难以摆脱人类的支配，园林工人既是其朋友又是敌人。精心呵护，渐成茵茵之地，长出寸把高，割草机进来了，随着刺耳的马达声的轰鸣，青青小草瞬间倒下。

草原上的草，野生的、自由自在的，有自己的姿态，自己的特性。一旦融入草原，已经无法看到其独立与个性，早被草原的葳蕤和汪洋之势掩盖了。

不是每株草的命运都是一样的。草属于大自然，同时又属于羊群。羊群行走草原犹如迈进自家厨房。有的草原例外，只供游人参观游览，不许牛羊介入。比如喀拉峻草原和巴音布鲁克草原的主景区，大片的碧绿尽情延展，却不见一只牛羊马。游人贪婪草原的色彩，牛羊马们贪婪的是其垂涎欲滴的美味。脚下杂草生花，土拨鼠肆无忌惮地出入。游人的大脚踏过去会把盈尺的花草踩倒，一群人的脚印会形成一条路。草们估计会哭，宁可成为牛羊口中的美餐，也耻于被游人的大脚羞辱。

有些草原是给牛羊提供口粮的。去巴音布鲁克草原景区的路边，出现了让人目不暇接的羊群，密密麻麻、星星点点地散布在草原上，成为草原不可分割的组成部分。公路穿过草原，会引起羊群的不满和愤怒。羊群过马路时，不紧不慢，对无端造访的车辆和游人要么视若无睹，要么怒目圆睁。这里是它们的地盘，强行进入会打搅羊群的生存状态。

羊群卧在草地上，牛站立不动，目光四处逡巡，牦牛扎起尾巴奔跑撒欢……这是它们吃饱之后的闲适景象。牧羊犬站在羊群外围，摇晃着尾巴，眼前没有需要警惕的事物出现。孤鹰在草原上空像滑翔机一般飞翔，它的翅膀并不扇动，就像游泳健将躺在水面上休憩放松时随波逐流一样。

一进草原就注意到鹰了，没有发现成群的鹰出现，因为鹰从来不结群。形单影只的孤鹰，从来不觉得孤单，它的鹰眼只专注草原上的猎物。而捕获这些猎物，只能单打独斗。不像豺狼虎豹，有时候还得靠集群，靠围捕，靠合力。如果说草原属于牛羊等食草动物，天空则属于鹰。每一个随意的飞翔动作，展示的都是自信。

游览景区里的草原，更要了解牧区的草原，或者说，草原的牧区。羊群都是由几百只、上千只的羊组成的浩浩荡荡的大军。每只羊都被牧羊人做了记号——羊的身上被涂了颜色，以便区分。红色、蓝色、绿色、棕色，像云朵一般洁白的羊群被涂得五颜六色，破坏了应有的本色之美。羊的品种不同，黑头羊，棕头羊，山羊、绵羊。牧羊人骑着高头大马，来回飞奔，年纪稍大点的不骑马，坐在山岗上，犹如坐镇大营，目视羊群，指挥若定。一只只蒙古包随便驻扎在草原的一方，袅袅白烟点缀了草原油画般的效果。

进入草原，便有了几分小心翼翼。眼前那群羊与草原构成了美好的画面，拿起相机直奔过去，误入了牧羊人的住宅区域。高大威猛的看门狗向我狂奔过来，嘶叫声传递着绝对的忠诚和霸气。意识到进入危险地带了，汗毛陡立。猎狗张着血盆大口，狂吠不止，外形极似藏獒。我诚惶诚恐，立在原地不敢走动，却举着相机一直在拍，快门声不断——啪啪啪。似乎要用镜头记录猎狗的每一个表情和神态，事实上只是一种下意识。猎狗也许对我手中的相机有了怯意，暂缓了飞奔的四爪，几米之外站立不动了，狂吠也减缓减弱，最后索性原地卧下。确定不会反扑过来时，我才迈开步伐从容地撤离现场，方觉步履的沉重和绵软。

车子沿着草原上旧有的车辙缓行。越往草原深处行，越有一种误入动物世界的恐慌。土拨鼠非常活跃，三五只在草地上肆意撒欢。一种像猫一样肥硕的不知叫什么名字的动物，甚是灵动。路中间站立的土拨鼠看见我们的车子将要驶过，发出吱吱的叫声，向四周同伴传递着危险的信号。信号传递后，转身钻进了地洞，这一幕让我想到了地道战的场景。草原是动物们的世界，人类的进入对于它们就是危险的信号。

巴音布鲁克草原上的落日要到晚上九点多。观日落是巴音布鲁克的经典项目，想目睹这一壮观景象。天公不作美，漫天清明，只有太阳落下的地方围堵着厚厚一块黑云，我把它形容为禁卫军，太阳的禁卫军。没有看到落日，草原的天空瞬间黑了下来。

　　这时候才心生恐惧。返程几乎都在黑暗中行驶。白天的蓝天、白云、青草、羊群、牦牛、土拨鼠都被黑夜淹没了，只有车灯照过的那一道光明。颠簸中的灯光忽高忽低，忽长忽短，把草原安谧的画面撩拨得乱七八糟，就像一个孩童在画板上的随意涂抹。灯光照射处，能看到牛羊们有的已经安卧，有的还在站立，甚至还有低头觅食的，肯定是白天贪玩肚子饿了。灯光打在它们身上也没有多少不安，似乎已经见怪不怪了。

　　恪尽职守的牧羊犬出现了。一阵阵的狂叫，既是对贸然进犯者的极力阻挠，又是呼唤同类的友情驰援。果然，狗群随声附和，三五只已随灯光追来。这种紧追或者超越，是真正的拦截，绝不是作秀给主人看。司机师傅只怕压着它们，小心翼翼地行驶。远处有摩托车出现，牧羊人夜间骑着摩托车值巡，他们绝不是例行公务，曾经遇到过有人偷羊的事例，绝不能高枕无忧，一觉睡到大天亮的。牧羊人确认我们只是路过才放心。

　　车子沿着车辙行驶，就像在大雾当中沿着公路中间的黄线行驶一样。跨过一个水坑，车辙突然断了，四周全是高低不平的草地，四顾茫然。右边的雪山之上挂着一颗硕大的月亮，阴历将近十五，正是月圆时分。月亮蒙上了一层薄薄的轻纱，草原上却没有应有的诗意，相反被眼前汹涌而来的巨大恐慌所淹没。夜走草原最怕陷入沼泽，怕野狼的出现，当然还有饥饿，无助……各种想法在每个人的心里纷至沓来。我们已被黑暗所吞没。寂静、黑暗、害怕就像大气压，压迫得人有些喘不过气来。

　　天无绝人之路。眼前划过一道灯光，一辆车子从远处奔来，估计是牧民夜归。那道划过眼前的灯光就像一根救命稻草，大家的脸上映出了狂喜之色，虽然这抹喜色无法看到。

走出了草原，走出了动物们的世界。夜色越来越深，那轮圆月还是朦朦胧胧地挂在中天。

三

北方人喜欢吃面，尤其是山西人，走到哪儿都离不开面条。进饭店一落座，服务员过来问，先生吃什么？面！干脆利索。服务员本想让点几个菜，一看没有商量的余地，只好悻悻走开。在北方地区走动，吃面不是难事，内蒙古、陕西、甘肃、宁夏、新疆都可以满足这一并不复杂的嗜好。南方就不行了。不是说南边人不吃面，饭店没有面食，是吃不惯。单位在南方搞活动，菜上了一桌子，最后还是要额外吩咐一声，来一盆面条。大家就会打趣说，真没出息，到哪儿都离不开面。面端上来了——挂面，难吃。即使这样，还是一人一碗，味溜声不绝于耳。

陕西的油泼面、裤带面、岐山臊子面口感很好，宁夏的羊肉烩面令人印象深刻，甘肃河西走廊一带的炒面甚合吾意。北边的口味大致接近，基本能够满足味蕾的需求。

这次行走新疆，一路注重观光，难免疏于饮食。路途遥遥，午餐往往都是在行走间隙解决。这样一来，吃新疆拌面成了首选。以前只知道新疆的大盘鸡，这道名吃已经打遍天下，全国各地都有，即使小城小镇，也有新疆大盘鸡的招牌悬挂在街边。拌面却没有听说过。这次不仅领略，而且走一路吃一路。几乎每天午餐都是它，别无选择。吃了一路，竟然没有吃腻，相反有了依附感。新疆回来若干时日了，还时时想起。脑海中大美新疆的自然风物似乎已有些淡忘，拌面味道却留在唇齿之间，自己都莫名

／ 遍地风流 ／

感到匪夷所思。

拌面，并不复杂。面是拉面，粗细均有，根据个人喜好和面师说清楚，就会满足你的需求。拌面一般程序是煮熟后，过一遍凉水，再放进盘子里。拌菜有各种各样，西红柿鸡蛋、过油肉、蘑菇炒肉等，舀在碗里。用盘子盛面条，用碗盛炒菜，面是面，菜是菜，自己再把它拌在一起，就是一份拌面。味道跟山西的浇面一样。只是山西的面食是用碗盛，用盘子吃面的好像不止新疆，我在别的地方也吃过，只是忘记哪儿了。

新疆拌面还有一大特色，面条可以免费加。不够吃时，问老板增加一份，老板会端一碗面条给你；还不够，再上一份，不断吃，不断加。只要吃得了，老板不会拒绝的。菜不能加的，要加就得掏钱，那就另当别论了。

拌面的面特别劲道，这是拉面的特色，过水以后更显光、滑、韧，山西的面条没有过水的习惯，不管是浇面还是炒面，尤其是炒面，趁热直接捞进炒锅，面与菜融为一体，口感甚佳。新疆拌面的菜很特别，过油肉用的羊肉，几乎每种菜里都放洋葱头，当地人叫"皮牙子"。皮牙子在新疆非常畅销，整卡车的皮牙子不时地从眼前呼啸而过。我喜欢吃，也能够接受拌面中增加这种配菜。只是不习惯面条过水，每次要和师傅强调这一点。

陪我们行走北疆的杨总，儿子硕硕十一岁了，半大的小伙子。为了学业，一年前转学到了苏州，夫人也陪读前往。小家伙暑期去了一趟美国洛杉矶游学。我们到新疆时，他也刚回来。这一家三口与我们同行，他们也没有走过北疆这条旅行路线。硕硕特别爱吃拌面。我问他喜欢不喜欢苏州，他说不喜欢。问他为什么，他说，苏州吃不上拌面。孩童的眼里，吃是第一位的，而且拌面是首选。苏州没有拌面就被他打入另册，可见拌面在他心目中的地位。我起先并没有把此话当真，一路走来，发现他是真喜欢吃拌面的。每次一份面不够他吃，要加一份，甚至两份。菜只点过油肉，别的不吃。他吃面的表情和态度非常钟情与专注。杨总夫妇只怕孩子吃多了，特别是杨总每次提醒硕硕少吃，吃多了会发胖。硕硕也皮实，似乎习惯了大人的唠叨，该吃吃。我和硕硕的爱好一样，每次也只要过油肉拌面，我吃得没他多，可是口味一样啊。不同之处，我会把盘子里的菜和面吃得干干净净，而他会剩下皮牙子。在他眼里，只认面和肉。其实，每次午餐可选的品种不少，比如大盘鸡，比如手抓饭，我只认拌面，还就是过油肉拌面。有一次对丁丁炒面的名字感兴趣，要了一碗，口感不错，做法也就是把拉面切成丁丁再炒。

我喜欢硕硕的样子。年龄不大，说话有板有眼。有次开玩笑地问他，将来找什么样的女孩当媳妇，以为他会害羞呢，想不到他一本正经地回答，没啥条件，喜欢就好。完全大人的口气，把我们笑的。毕竟还是小孩儿，总是不断地跟妈妈撒娇，黏妈妈，就像妈妈的小尾巴。每天大部分时间都在坐车，大人都烦躁，何况小孩儿呢？硕硕嫌他爸爸的车子开得慢，坐我们的车，车子超越他爸爸的车时，会高兴得嗷嗷叫。这样的时候不多，只是偶尔为之，他还是要坐爸爸车子的，一是跟父母在一起，再就是要听课。我明知故问，为什么不坐我们的车了，硕硕不假思索地回答：我不能乐不思蜀。我立马一惊。再问，我们的车子快，你是不是不敢坐害怕了？他立马更正：不是害怕，是紧张。我再一喜。一个小学生娃娃这么注重用词，太厉害了，真为杨总夫妇骄傲。我知道硕硕每天随身带着平板电脑，网络授课一次不落。现在的孩子苦不堪言，跟着大人出来玩，还得惦记着学业。白天观光游览，晚上到酒店就不早了，我们累得躺倒便睡，一觉就到了大天亮。小硕硕还要写作业到半夜。这就是十一岁小孩儿的假期生活。

一盘拌面，伴随我一路。羊肉也是每天都吃，伊力小老窖每晚必喝。羊肉有烤串、烤肉、炖肉，遍尝各种做法，最后吃到惧怕，太好吃，而胃受不了。伊力小老窖好喝，五十度，号称"新疆茅台"，每次不敢贪杯，一二两即可。小酌解乏，多则影响旅行。只有拌面正合脾胃，本就是吃面食长大的人，日日吃面而不厌。

馕，也是新疆的一道美食，不列入正餐行列，只充当旅行中的干粮，以备不时之需。随口夸了一句馕的好话，说者本无意，听者却有心。返程时，行囊中多了一份礼物——馕，杨总夫妇专门托人排队一个多小时，买的是新疆著名品牌"阿布拉的馕"。

每一块石头都是文字

　　几度进入太行山腹地，除了对雄伟壮阔的崇山峻岭充满敬畏之情，就是对那一座座由石头组成的村庄的惊叹。石头，对于来自山野的我来说，再普通不过了。开门见山，低头见石。不过，当由石头诠释一座村庄时，无论如何还是惊叹不已。太行山腹地的村庄大都是由石头主宰，我看了几座村庄都是如此。可以说，无石头不艺术。一条条胡同，一座座院落，一孔孔窑洞，全是石头。几百年的街道，石头磨成了鹅卵石，光可鉴人，走在上面，需小心翼翼才行，稍不注意，就有摔倒的可能。院子因地势而筑，错落有致，有的几座院子相通，这是大户人家的身份象征，兄弟多，财富广，人脉旺。茫茫太行山，最不缺的就是石头，石头构成了其庞大的基础，并托举起了山之巅。

　　靠山吃山。太行山人打起了石头的主意。修窑盖厦要用石头。石头经过匠人的手艺后，就像开过光一般，被赋予了灵性。不管是铺在街面，还是镶嵌在墙体内，像一枚枚文字嵌入了文学作品。行走在太行山腹地的村庄，就像游走在一部部文学作品当中。村庄的方位，院子的大小，窑洞的面向，石头的叠垒，每一个环节的分布与安排，石头都被置于重要地位。石头是一切建筑

遍地风流

的最基本要素，石头统治着村庄。最不缺石头的太行山腹地，让人感受到石头的别样精彩。一部文学作品，是由文字组成的，最重要的元素是文字本身，文字在其中扮演着不同的角色，发挥着不同的功能。

穿梭村间，脑海中不断地联想到欧洲的建筑，那也是石头的杰作。不管是教堂，还是民宅，石头唱的都是主角，成了西方文明绕不过去的话题。希腊神庙、罗马斗兽场、巴黎圣母院……都是由石头主宰着。可以说，没有石头就没有了欧洲文明。而东方建筑却是木构，是砖瓦，是雕梁画栋，是亭台楼阁。故宫建筑群是这样的，山西灵石的王家大院、祁县的乔家大院、渠家大院莫不如此，其建筑美学所呈现的是东方的智慧。

太行山腹地的村庄特立独行，它是石头建筑，展示的是粗粝风格。作为平民居所，只能就地取材，把石头唤醒，石头犹如精灵，融入屋厦之中。这样的民居住得安然，睡得甜香。

不能不感佩那些在外经商发财之后，依然回乡修窑盖厦的贤达。每个村庄都有那么几户院落与众不同，比如井陉大梁江村的一些大院——这里原本属于山西平定县，也属晋商一脉。出举人，出官人，出商人，院子就别致。秉承了山西商人的特点，在外千般好，也没有在家一日安。房屋的设计和修建体现的都是百年基业，还有浓浓的乡土意识。普通民居也颇多讲究，建筑学的精髓处处有所体现。

石头建筑的村庄，石头自然会说话，这种话体现的是建筑语言，懂行的会被这种语言所陶醉。就像文学作品中的语言运用，朴实无华，大巧若拙，但能扛鼎。每一块石头所蕴含的气息和信息与整个太行山脉相通相融。

有一座村落叫于家村，名字颇有来历。明朝名臣于谦被朝廷杀害后，他的后人为了避难，落脚太行山腹地。于谦的长孙来到了于家村这里，先后生了五个儿子。几百年累世繁衍，才有了目前这个村庄规模，全村基本上都是于谦后人。这是一座典型的石头村，很少看到砖瓦木构，成片窑洞均为石头垒就。站在高处望过去，蔚为大观。最让人惊叹的是村头有一座"清凉阁"，高三层，下面两层由石头干垒而成，不用灰，不用泥，只有卯榫。这两层阁楼，由一个名叫于喜春的人，毕终生于一役独自修建而成。历经几百年风雨剥蚀，至今卓然屹立。阁楼有重达千斤的巨石，也有高达两米以上的石柱，这些石材是怎么搬运和如何垒上去的，至今成谜。清人在这座明代阁楼上加盖了第三层，用的是砖灰和木柱结构。明显逊于下面的两层石头建构。为何群体的力量输给个体的力量呢？于喜春的力量到底来自哪里？仅仅就是工匠精神的体现吗？似乎不是。是先人于谦的精神感召吗？也不能这么说。这座清凉阁，像哨兵一样，屹立在村头。

我惊叹了。清凉阁是那么简陋，无灰无泥，干垒的，到处走风漏气，却不怕风，不怕雨。一定是于喜春的毅力感天动地，也感动了每一块参与其中的石头，最终才有了这座清凉阁的不倒。

于喜春工匠，能把每一块石头，不管是巨石，还是片石，恰如其分地使用好，放置在其应该在的位置上，发挥着各自不同的作用。使用小石块，轻松自如，千斤重的巨石，可能费尽了九牛二虎之力，也可能失败过，而且不止一次地失败过。巨石太重了，以区区个人之力确有蚍蜉撼大树之比附。然而，他最终还是成功了，清凉阁屹立于于家村头，就像一位文学大师创作皇皇巨作一般，不管题材多么宏大，事件多么壮阔，挥写千百万文字，如同指挥千军万马于战场。心中有丘壑，笔底生云烟。

太行山的石头就像文字，建起了一座座文学殿堂，石头村不正是真实写照吗？

梨花带雨，把酒临风

一

我不是去采风，只是被风环抱着、簇拥着。进入黄土高原上的隰州大地，满眼的梨花白，遮蔽了我的望眼。

隰州，是隰县的旧称。塬上铺天盖地的梨花像一场盛大的花事，也的确是一场花事。梨花不是在绽放，倒似赶集市，是堆砌美丽与荣华，把富有向山野、向山民、向来自城市的客人兜售。

春天，拥有无数的花团锦簇，而隰州大地独拥梨花，别的花种在这里似乎没有了市场。当然，苹果花也在田野开放着，它不是主角，顶多算配角，本色演员。

那天，正值农历谷雨节气，一场春雨淅淅沥沥地降落在塬上。梨花带雨，多么好的意境。塬上的草木皆醉，梨花的醉态迷倒众生。本就洁白，春雨洗礼后，更是美艳不可方物。少女一样的脸庞，透着靓丽的光彩，欲语还羞。

"桃花红，杏花白，翻山越岭寻你来。"春天是寻找爱情的季节，漫山遍野的梨花会不会簇拥着美人伫立山崖眺望翩翩少年如期而至呢？爱情本就浪漫，有梨花做背景，想必会增加美妙的言说。

　　这里的山民似乎都是为梨花服务的花工。塬上的风柔柔地穿过梨园，树与树之间有了亲切的甜言蜜语，讲述着春天的故事：我们不是为了绽放，结果才是终身的修行。花儿只是为这场修行提前热场，因为梨花的美掩盖了事实的真相。其实，梨花一开放就把一场农事带到了修行的轨道上。同样，我们赏花不是目的，也是为了从那份洁白中寻找春天深处的秘密。梨花充当了使者，有了这位使者，春天的一切秘密都能洞晓。隰州大地上的历史、文化都会依次展示在眼前。

　　这次能够踏上隰州大地，是因为山西省作家协会驻隰县扶贫队在阳头升乡竹干村搞了一场"文化梨乡·书法进农家"公益书法活动。我和二十几位作家、书画家前来参加开幕式。开幕式当天，隰州大地春阳灿烂，梨花含羞，拥粉叠翠，尽情绽放。竹干村以及周边村庄的百姓衣着光鲜，赶集市一般，蜂拥而至。除了官方的仪式之外，民间的文化节目如唱歌、跳舞、诗朗诵、乐器演奏，丰富多彩，村民的艺术才华得以完美展示。竹干村文化广场真正达到了人山人海，热闹非凡的盛况。

　　扶贫，不仅仅是经济扶贫、物质扶贫，文化扶贫、精神扶贫更为重要。书法是中华传统文化之瑰宝，以书法进农家活动为切入点，推动乡村文化的繁荣和发展，把村民的精神境界、思想境界提高到一个崭新的高度，正是这次活动的意义和价值所在。文化广场上设置了几张桌子，专供书画家们挥毫泼墨，场面火爆。漫画家刘伟无疑是现场的另类风景。为村民绘制漫画肖像，把形象以笔墨的方式展现在宣纸上，对村民来说具有巨大的新奇感。刘伟的目光刁钻、犀利，抓细节、抓瞬间特别准，下笔也特别狠。夸张处不失真实，随笔中彰显幽默。拥有他作品的人，兴高采烈地与其合影留念，而更多无法得到者无不艳羡。

最惹人注目的要数作家、书法家柴然先生，硕壮的体格，伏着案、低着头。气沉丹田，悬腕走笔，龙飞凤舞。他的台前围满了人，每个人都手拿宣纸排队等候。多亏他精力旺盛，神情专注，几个小时不挪窝，平素练就的功夫真正派上了用场。"天道酬勤""一帆风顺""岁月静好""万事如意"等内容健康向上的榜书作品像山中清泉汩汩流出。当然，张生勤、张建亚、芦思白等几位参加现场活动的书家也是情绪高涨，有求必应，伏案疾书，挥汗如雨。一时之间，竹干村到处飘扬着书法家们书写的作品，墨香与花香氤氲四溢，欢欣与喜悦随处流荡，"文化梨乡·书法进农家"公益活动真正落到了实处。

已到了午饭时间，柴然不得不停止书写，村民们又排队等候盖章。柴然对待每一幅作品都极认真，殷红的印泥，落在雪白的宣纸上犹如一朵朵盛开的桃花。加盖印鉴后的作品更像开过光一般，在村民的手中翩然起舞。村民的脸上绽放的笑容与塬上的梨花一般纯洁、干净。

柴然在他的微信朋友圈不无自豪地写道："我要告诉友圈的朋友，2019年4月21日，在山西隰县竹干村里，有很多村中百姓拿着老柴的书法，笑逐颜开，喜不自禁；一时，拿着老柴的字，排起长队，等老柴一张一张加盖印章，也成了一喜景；乡亲们的精神面貌，正如这玉露梨乡的春天，心花怒放，焕然一新！"

二

我是第二次来到隰县，第一次是二十多年前，陪央视的少儿节目主持人董浩叔叔一行前来参观。这次参加山西省作家协会组织的"文化梨乡·书法进农家"公益书法活动，我特意偕妻子前往，有其特殊意义存焉。妻子是在隰县长大的，一直生活到高中毕业方才离开。1998年曾经来过，一晃也二十多年了。这次随团来，也算是故地重游。

到隰县的第二天清晨，太阳还未升起，我俩就走进了古老的隰县城。对我来说，逛一座小县城没有什么特别异样的感觉。对于妻子就不一样，她似乎从第一眼看到这座小城开始，就一直处于诚惶诚恐的状态之中。每走一步似乎都在求证，哪儿是哪儿，哪儿还在，哪儿已遍寻而不得。曾经感觉很远的凤凰山上的佛教圣境小西天，怎么跟城市连在一起了？城边的那条小河是周末踏青摸鱼的地方，现在成了城市的一部分。小西天几近被城市包围，不过还好，佛依然居高声自远，俯瞰小城芸芸众生，熙来攘往。佛与人看似相距并不遥远，却是两个不同的世界。

妻子感慨隰县城变化好大。不过，老城区基本没变。鼓楼还在，晨曦中，高高地矗立着。"三晋雄邦""龙泉古郡""河东重镇""长寿遗封"四块牌匾，分别悬挂在四方楼上。鼓楼乃城市之中心，所有的建筑物都是围绕着这个地标而建。妻子当年居住的院子离鼓楼不远，胡同也在，出入的一个个面孔都是陌生的。院子也在，只是大门上挂了锁，无法进去探视。隔壁的院子门开着，她进去转了一圈，用肯定的口气说，没问题，我家就住在隔壁。她给我讲谁谁谁住在哪里，方位准确，房屋已经翻修了，认不出来。一位七〇后男子站在院子里手握保龄球晨练，看见我们在胡同里逡巡，便询问找谁。妻子说了几个人的名字，一下子拉近了彼此的距离，男子用隰县话聊了起来，妻子已不会说当地话了，但是能听懂。某家的老太太已经年过八旬，就住在那个二层楼里，男子用手指了指。妻子说记得。由于时间来不及，无法贸然拜访。

周围是大片房屋，典型的小市民居住区。妻子说，以前都是菜地，还有果树，自己胆小不敢去摘果子吃，同学偷偷摘了给她吃。还有一个篮球场，一年一度的全县篮球比赛在这里举行。知青队实力超强，几乎每年都拿冠军，所以拥趸也是最多，妻子就是其中之一，因为她哥哥是知青队的绝对主力。只要有哥哥参加的比赛，她都会带着同学在现场使劲地喊，加油助威。能够对知青队多少构成威胁的是隰县师范队，曾经连续三年决赛都是在知青队和师范队之间进行，其中一次因为观众支持知青队而导致比赛一度停顿。妻子津津有味地讲着童年和少年时代的往事，我只当故事听。时光无法穿越，很难把眼前看到的景象还原成曾经的面貌。

妻子不是隰县人，爷爷早年为了支援山区建设来到隰县工作。父亲十八岁南下，在广西工作，属于南下干部。后来一家人从南方来到了隰县城，一待就是将近二十年。母亲是桂林人，生活习惯属于南方，难免被当地人不解。比如，他们喜欢吃鱼吃鸡，本地人觉得不可思议。母亲不管别人如何看，有机会就把鸡鸭鱼弄回来整饬，鸡毛乱飞，鱼腥难闻，邻居颇为不快。不过，当煮熟的肉味无孔不入、满院子飘香时，邻居家的孩子们闻香而来，自然会得到分享，而那些大人们只能忍受着香味的肆意侵袭，躲进屋子里吞口水。饮食习惯的形成是有一个漫长的过程的。我老家早年也如同隰县一样，老百姓不吃鸡，至少在我的记忆里不曾出现过，只有把大公鸡提溜到山下的集市卖掉换钱的经历。鱼更谈不上吃了，连吃的水都困难，哪有水养鱼啊。如今，南北已经无多大差异了，真乃此一时彼一时也。

隰县自古盛产美女。妻子说，这里的女人与别的地方不一样，穿着打扮标新立异，行为处世特立独行，黄土高原的土气无法阻挡她们身上的洋气。隰县自古以来属于陆路交通要道，五方杂处，民族融合，长此以往，必有绝响。

隰县城南有一所著名的学府——隰县师范学校，临汾地区西山上唯一培养中小学师资的中等专科学校。当年，我曾因几分之差与其失之交臂，而我的几位同学却昂首挺进了这所神圣的殿堂。进了这里，意味着从此脱了布衣，端上了公家饭碗，过上体面的生活，这是何等的荣耀啊。隰县师范学校几十年来为临汾西山诸县培养了无数的师资力量，可谓功莫大焉。如今，这所学校已经撤并到临汾学院了，一个著名学府就这样消失了，让人唏嘘不已。

三

隰州，还有一响当当硬邦邦的品牌——午城酒厂。该厂早年出品的"三春液"白酒，誉满晋南大地。毫不夸张地说，晋南的各县市、农村，大到婚丧嫁娶、宴会接待，小到私人聚会，都能看到"三春液"的身影。改革开放初期，市场经济发轫，还属于国有企业的午城酒厂没有商标意识，"三春液"的商标被人抢注了。无奈之下，只好把"三春液"改为"新三春"。这一改伤了元气，不管怎么折腾，再也无法重现昔日的辉煌。现如今，午城酒厂改制，由原来的国有归属了私有。接待我们的午城酒业副总经理程伟，年轻英俊，有勃然之气，带领一干人马，重整河山待后生。黄河牌"午城三春液"重磅上市，三十八亩的酒厂地盘之下，酒窖里藏了近千吨的美酒佳酿，国营时期的窖藏占了相当的数量，美酒飘香，佳酿怡人。午城周围千亩高粱生产基地专为酒厂提供原材料，确保优良品质，午城成了酒城。这是隰州大地上一颗璀璨的明珠。

我们参观酒厂时，品尝了四种酒，有六十五度、五十三度、四十五度的，绝对爽口。其中有一种玉屏酒，类似杏花村的竹叶青，但是不一样，各有其美，各善其长。带着酒意，我斗胆提笔泼墨，书写了两幅大字"酒魂"和"沧海一粟"。午城酒，酒质好，气味纯，回味绵长，如深阁之闺秀，山中之秀才，不为人知，却德才兼备，堪谓酒魂。毕竟，这个行当藏龙卧虎，高手云集，午城酒只能属于沧海一粟。但是，这一粟却不俗。假以时日，当惊世界殊！

梨花带雨，把酒临风。步履匆匆，浮光掠影。正值谷雨时节，种瓜种豆正忙。"文化梨乡·书法进农家"公益书法活动，也像一粒种子播撒在隰州大地上，一定会生根发芽，开花结果。

品味屯留

一场痛快淋漓的大雨过后，云层开始渐渐有序地退场，就像一场盛大的演出结束后演员们的离去。势去余威在，天边的山脉依然被黑云压迫得很低很低，随时有杀回马枪的态势。暑天的干涸已经让这片土地饱受饥渴，田野里无论庄禾还是树木尽显萎靡，尤其是田中禾苗。这场豪雨算是解了整个暑天的渴，无异于饥饿的人遇到了前所未有之饕餮大餐，好生一番大快朵颐后的脾胃，总算熨帖了几许。

好饭也得节制，否则适得其反。密布的云阵撤离了，天空的蓝明显增加了几个色度。我们行驶在雨后初霁的高速公路上，赶赴一场有关美食的文化盛事，恰似广阔田野里的茂盛植物，陶醉于久违的甘霖。

这场有关美食的文化盛事，设在屯留。这个位于上党盆地西侧、属于长治市的一个辖区，原本在我的视域之外。只知其名，从未涉足，更不了解。上党地区，也是我关注山西本土的最后一块土地。常言道，要把最好的留到最后。我并无此等蓄意，想不到产生了这样的效果。屯留，乃一方超乎想象的神奇土地，值得深度凝视的地方。

文化搭台，经济唱戏，是很多地方主打的一张牌，不管好使不好使，都在做。一度，文化成了画皮，只要披上它，就能提升品位，产生效应。一时之间，各种文化满天飞。不管有没有文化，都能借助文化大行其道，由文化滋生的活动犹如过江之鲫，多不胜数。

美食与文化结合，并不新鲜，新鲜的是，屯留这次搞的羿乡美食文化节所有的形式以及内容的别出心裁。七天活动，十四个乡镇参加，每天两个乡镇现场对垒，真枪真刀。两个乡镇抽签决定先后顺序。乡镇领导上台宣示，慷慨激昂，给本队鼓舞士气，既讲本乡镇的优势，又有挑战对手的自信。从省里请来了五位专家评委，个个身怀绝技，属于尝遍天下美食的资深饕餮者。专家到位后，服务生呈上特色菜肴，专家在主席台现场举箸，大快朵颐。当着满场的父老乡亲，吃得津津有味。趁评委们品尝美食之际，啦啦队演唱歌曲，调动情绪，加油助兴。歌手都是乡镇土生土长的农民，一亮嗓子，就把人们震住了。唱腔高迈划长空，音律迂回绕地行，没有丝毫的荒腔走板迹象，相反，直逼专业水准。一曲歌罢，意犹未尽，再来一曲，羿乡美食文化节俨然成了赛歌会。这样的嗨歌，不知有没有影响到评委们对美食的品尝，至少把气氛调高到了疯狂的程度。第二支队伍上场了，有了前面乡镇的热场，他们似乎更有底气，如法炮制，气氛几乎要被燃爆了。夜空湛明，田野宁静，麟绛广场成了欢乐的海洋，浪花朵朵，一浪高过一浪。

我陶醉在这样的欢乐中，品尝了不少美食，也认识了更多美食。比如，张三炒凉粉、黄芽馅饼、李大莲七彩酿皮、五里庄崔氏煎饼、丰宜十大碗、老军庄回味香驴肉、渔泽荷盘托出、屯峰驴肉火烧、黄金玉米折饼、潞州陈香源药膳大盘鸡、山羊肚菌汤、上村迎春炒饼、萱炜驴肉甩饼、余吾黄金发财丝、老军庄驴肠炖豆腐、李高炸蚂蚱、河神庙云岗焖锅鱼、常金糖花、姚家岭鸡蛋炒小米、薄馍卷万物、屯绛干炸银鱼、西流寨积善堂土鸡、张店石磨黑豆腐……至少上百种。

印象最深刻的要数驴肉甩饼，这是我多年前就在长治老街上品尝过的美味佳肴。只要想起来，还会口齿生香。那时吃的不一定是屯留的驴肉甩饼。上党地区，好像每个地方都有这道名吃。这次尝了屯留的驴肉甩饼后，感觉依然回味无穷。陡然发现，驴肉只有跟甩饼搭配才是绝配。跟别的搭配，比如切成方块凉拌、驴肉火烧等，都不如切成薄片，与同样薄如蝉翼的甩饼卷在一起效果好，二者一结合，瞬间把你的味蕾征服。还有很多标有地方名称的菜品，也令人印象深刻，它们特色明显，味道别具，霸气侧漏，不让其他。

羿乡美食文化节持续了短短的七天时间，这七天，整个屯留大地都在沸腾，仿佛到处都飘荡着美食的香味。我们仅仅停留了三天时间，已经很长了，再待下去，估计会流连忘返，乐不思蜀的。特别是在麟绛广场度过的那两个夜晚，我甚至想象到后羿和嫦娥看到故土美食飘香的场景，会强咽涎水，偷偷下凡，到屯留参加聚会，与民同乐。然后，把这一活动引进到广寒宫，每年的相同时间，天上地下两相对应，美美与共，何其美哉。

这里，我特意提到后羿和嫦娥二位神话人物。羿乡美食文化节的"羿乡"，是指后羿的故乡，当然也是嫦娥的故乡。后羿射日、嫦娥奔月，均发生于屯留。还有"卞和获璧""王翦战屯留""张良得兵书""二仙奶奶"等传说亦发端于此。我一再强调文化的重要性，在屯留，文化底蕴之深厚，之广博，仅有神话传说还不足以托大。其后接续了无数的历史事实，比如抗日军政大学一分校在屯留，播撒了中国革命的红色种子；上党战役的主战场在屯留，谱写了可歌可泣的英雄史诗。血与火的洗礼，山水与人文的结合，把屯留这块土地锻造成了底蕴丰赡的胜山秀水。

屯留，占据了上党地区的上风上水。山有麟山，水有绛水，麟绛便成了屯留的代名词；屯留还拥有广袤的沃野。有山有水有良田，自然会吸引天南地北的劳动者前来淘金。这里历来就是移民之地，特别是山东等地的灾民，翻过太行山，驻足于此，成了这块土地的拓荒者、建设者。屯留是一个多元文化交融之地，有海纳百川、兼收并蓄的气度，以及高远广阔的视野。

这里要重点提到妇女同胞，她们在民间美食的创造上做出过惊人的贡献，屯留的妇女也不例外。男主外，女主内，无论城市还是乡村大都如此。做家务，做饭菜，几乎是中国妇女的本分。饭菜的改变是随着口味的挑剔而逐渐改变的，特别是生活条件困难时期，食物有限，在有限的食物当中，尽量做出花样翻新的菜品，调剂口味，渡过难关，劳动妇女奉献了过人的聪明才智。一道道美食就这样产生了。真正的文化都是从土地里生长出来的，不是凭空臆想得来的。

屯留举办的羿乡美食文化节，展示的都是散发着菜根香的地道土菜，老百姓须臾不可缺少的果腹之食。如今，从田野走向城镇，走向富丽堂皇的高等餐桌，成了城市居民趋之若鹜的珍稀美味，有值得思索的地方。为何曾经带着土气的饭菜一夜之间红遍大街小巷？是人们的饮食理念发生了根本性变化，重新发现了土地的秘密，发现土地和人的关系。不管走到哪里，你是人，不是鸟，不会飞，永远离不开土地。你的视野可以漂洋过海，可以心无旁骛、四野八荒地遨游，但是你的双脚只能植根于土地，吸收土地的营养。

美食看得见摸得着，文化看不见摸不着，但是，文化可以感受到。屯留的美食，是地地道道的美食与文化的完美结合，不需要借助后羿和嫦娥的神力，也能够飞出上党，走向更广阔的世界，同时，也会吸引无数的南来北往客，闻香而来。

山水之间

　　每一步走动，都有可能踩响历史深处的那颗惊雷。每一声呐喊，都有可能唤起沉睡万年的记忆。有历史，有传说，有故事，有活生生的现实。眼前触目的就是佐证：新能源领跑，新经济坐镇，新跨越腾飞——这块神奇的土地就是芮城！

——题记

　　站在中条山之南，黄河左岸，辽阔的古魏大地，秋阳热烈地直射着，周身的微热连带内心的澎湃，使我激动不已。绿色葱茏的田野上，柿子在树枝间探头探脑，红彤彤的脸庞与艳阳相映成趣，苹果、酥梨、红枣绽放着迷人的笑脸，只要是属于这个季节的果子，争先恐后地奔向热闹的农贸市场。大小秋作物，如玉米、大豆、谷物，整装列队，丰收在望。萝卜、红薯、土豆、芥菜，大规模地进入消费者的餐桌。金秋时节，意味着繁盛与收获。所有播下的种子，都在炫耀着金灿灿的希望和收获。

　　古魏，如今的芮城，不仅仅有这些瞬间就能够捕获人心的飘香瓜果和有机蔬菜，它在近些年来，最引人注目和自豪的是覆盖全县域 35.39% 的绿色森林面积。这不是一个简单的数字，它是全县干部、群众，坚持"一张蓝图绘到底，一任接着一任干"的生态发展理念的体现。每一颗种子植入土地的同时，也植入了每一个人的心中。多少个日子，多少人在肩挑水，手植树，铁镢开垦荒山，钢锹翻挖鱼鳞坑。

高文毓老人就是这样的一个典型形象。当初，他原本能考一所更好的大学，却报了中国林业大学，并且成了一名高才生。自小立志在家乡种树育林，源于小时候差点被洪水冲走死里逃生的经历。洪水肆虐，是因为土地上植被的减少，而只有足够的植被覆盖，才能杜绝洪水的泛滥成灾。这个心愿像一枚种子，一直默默地埋在他的心底。高文毓是一位林业工作者，研究林业、植被几十年，为吕梁山的披绿、树木的抗灾做出了积极的贡献。退休后，本该安居城市，享受晚景，可心底的那颗种子复萌了，他毅然决然返回了家乡，回到了生养自己的芮城县虎庙山。面对熟悉的土地，高文毓心情十分复杂，这里的一草一木，一山一水，与当年离开时没有多大区别。甚至土地被洪水冲坏的程度，树木减少的程度，有过之而无不及。作为一名林业人，同时有初心使然，高文毓更加坚定了治理虎庙山的决心和信心。家人极力反对，众乡亲不解以及闲言碎语，这些都没有压垮他，反而激起了内心深处的原动力。他扛起镢头上山了。这不是一个普通的举动，这是义无反顾、破釜沉舟的大无畏精神的展现。愚公移山的画面在眼前闪现，他清楚，愚公其实并不愚，之所以能感天动地，其精神和意志坚不可摧。高文毓一干就是二十年，七千三百多个日日夜夜啊，总共植树造林八千余亩，一百多万株，其中经济林占30%，次森林占70%。虎庙山披上了绿装，肆虐的洪水得到了遏制。他那沧桑的脸上露出了甜蜜的笑容。

见到高文毓老人，是在聆听他的报告会时。1937年出生的他，坐在主席台上多少有些紧张，高级工程师出身，一生从事林业研究，晚年却属于土地，属于家乡的虎庙山。他的故事很感人，短短的一个多小时，讲述了他艰难的创业史。每一个故事都饱含血泪，每一句话都五味杂陈。比如，二十年来，用坏了无数把镢头、铁锹，磨破了无数双鞋子；手上的血泡破了一个，还未好，又磨出一个；冬天，脚后跟皲裂的口子用胶带已经无法包扎，只好用针缝住伤口；至于挖了多少鱼鳞坑、搬了多少方石头，都是无法统计的。如果为他建一座博物馆，所要陈列的物品会十分丰富。我始终都在惊讶，一位八十多岁的老者怎么能有如此蓬勃之力，支撑他的到底是什么？少年时期的生死经历只能算个由头，仔细思忖，应该是对家乡的那份情怀，是人间大爱的彰显。

联想到这片古老的土地。厚厚的黄土层，遮蔽了历史的纵深和厚重。一百八十万年前人类的第一缕火光，在这里的西侯度点燃。华夏民族的文明史照亮了这片土地以及更加辽阔的疆域。火的出现标志着一个新时代的来临。这是一片神奇的土地，是啊，中条山和华山山脉在这里对峙，黄河流经此处时，向东逶迤而行。表里山河，锁钥之地，山西、陕西和河南三省交会。气候温润，土地肥沃，任何奇迹的出现都不足为奇。

我们在西侯度遗址凭吊怀古。几十丈、上百丈高的黄土层下散布着很多的碎石，这些石块，就有我们的祖先曾经使用过的。一百八十万年前，这里应该是天人合一、安居乐业的宜居环境。当第一缕火光被捕捉到之后，人类的生存质量产生了质的飞跃。

时间是看不见、摸不着的，覆盖在这些遗迹之上的黄土层就像时光隧道，印证着一个个事实，厚厚的黄土层，不是一时半会就能堆积起来的，它经过了一百八十万年的时光。每一阵风吹过来，携带一些黄土，就像精卫鸟衔石去填海。一百八十万年，有多少次携带黄土的风吹过来，黄土一点点留下来了，留下来了。世事沧桑，实在太漫长了。西侯度被掩埋了，而由西侯度所产生的文明延续下来了。这片土地近水楼台先得月，举起了文明的火把。

把目光从一百八十万年前撤回，看看大禹渡，也是这片土地上值得记载的文明佐证。大禹在中国大地上留下了无数治水的传说，三过家门而不入成为妇孺皆知的范例。黄河由青藏高原出发，九曲十八弯蜿蜒而下，流经这里时，陡然掉头向东。正是在这个大的转向处，大禹兴修了水利工程，为当地百姓谋得了齐天洪福。

我们迎着晚霞，走进了大禹渡口。那棵树龄四千多年的柏树，巍然屹立于高高的悬崖上，站在这棵见证历史的柏树下，眺望黄河，晚霞洒满河面，像镀了一层金色，绚丽无比。遥想当年，大禹站在这里，一定会跟我们一样畅想、感怀。特别是看到滔滔河水为民所用后，定会诗兴大发，口占一首黄河颂。不知是大禹为人过于低调，还是曾经吟诵了，只是没有流传下来。我们作为参观者的激动只是皮相，只有亲力亲为者，才是发自内心的。

我们看到的水利工程兴建于 20 世纪 70 年代，近半个世纪过去了，至今依然发挥着应有的功能。后人不薄古人情，大禹精神永相传。我对大禹渡口的水利工程颇感兴趣，询问了工作人员相关知识。浩大的净水工程的作用是什么？工作人员告诉我，黄河水抽上来后，必须经过沉淀才能灌溉土地。作用至少有三个：第一，沉淀以后，不会对二级输水管道造成损坏；第二，不会对水渠造成堵塞；第三，不会使耕地土壤沙化。黄河水含沙量大，不做净化处理会出现上面所说的情况。还进一步得知，黄河水属于阳水，富含养分，比井水更适合灌溉。井水属于阴水，同样一吨水，黄河水灌溉后墒情保持是井水的至少一点五倍，也就是说，如果井水灌溉后，能保持一周的话，黄河水可以保持十天。这些水利科学知识是我之前从未知晓的。

大禹钟爱这片土地，那么出生于唐代的吕洞宾，热爱这里便理所当然了，他是土生土长的本地人。八仙过海各显神通的故事，耳熟能详，一直以为只是神话故事。来到芮城才知道，吕洞宾实有其人，多么神奇的事情。民间流传吕洞宾积德行善，广播道教，为民谋福祉，甚得百姓厚爱。驰名中外的永乐宫就是为吕洞宾而建，其中的元代壁画描绘了吕洞宾各种动人的故事。狗咬吕洞宾——不识好人心，这个歇后语所来有自。

西侯度，大禹治水，吕洞宾，这三例故事，代表了三个特殊的时间节点，是讲述芮城故事时，无法回避的话题。正如此，这片土地才能文脉相连，传承有道。强大的文化基因，文明的火种烛照而今。

新时代的芮城人，继续在这片土地上充当文明使者。县委县政府已经为"生态立县"设计了整套科学的思路，每前进一步都铿锵有力。芮城不同于山西的其他地方，这里没有煤炭，缺乏矿产，只有厚厚的黄土。地下没有资源，就在大地之上寻找资源。

光伏领跑技术基地，2015 年申报，2016 年国家能源局批复，是当年全国八个获批项目中唯一的县域级项目。总投资八十八亿元，总装机容量九十七万千瓦，涉及全县七个乡镇。光伏人喊出了振奋人心的口号"邀请太阳，点亮芮城"，多么大胆又富有诗意的想法。有想法，更有干劲，高高的山岗上安装了成片的太阳能板。耕田里，安装的是随着阳光转换角度的活动式太阳能板。日出时，朝东；日西斜时，朝西，最大限度地吸取太阳的能量。活动式太阳能板下面，还种植了油牡丹。上面采光，下面采油。这一举动，彻底改变了人们对能源大省山西的固有看法。矿产资源不是唯一的，邀请太阳为我所用，才是最值得赞美的。一百八十万年前的古人类在这里发现了火种，如今的芮城人充分利用了太阳能，真可谓薪火相传，一脉相承。光伏领跑技术基地的建设，无疑是打响了环保的发令枪，这一枪震天动地。

芮城人的绿色情结，已经染绿了芮城的企业。宏光医用玻璃股份有限公司，经营医用玻璃管、安瓿、管制瓶制造等产品，是山西省唯一的医药玻璃管生产企业。为了环保，公司克服种种困难，炸掉高烟囱，对传统火焰炉进行改造，成功研制了世界领先的电熔炉。电熔炉生产现场清洁干净，无生产废水、固废（废玻璃全部回炉再用），真正实现了绿色生产。该项技术被中国节能协会玻璃窑炉专业委员会评为"全国节能样板炉"。"全电马弗炉"改造、"棕色医药玻璃全电熔技术"等，均属行业首举。这些专业术语，我们这些外行听起来云里雾里，背后包含着创新和探索。厂长介绍情况时，有人发现了他的手指受过伤，工人私下透露说，这都是研发新技术时付出的代价。是啊，没有任何一项新技术的诞生是轻而易举的，有付出才会有回报。医药玻璃管是为医疗行业服务的，生态环保更是关乎千千万万人的健康和幸福，两者协同发展，相得益彰，正是现代企业的目标。

其实，这样的目标，早就有了它的先行者。就像亚宝药业，这样集药品和大健康产品的研发、生产、销售、物流及中药材种植加工于一体的老牌企业，已有四十一年的历史了。企业下设五大中心，二十三个子公司，员工六千余人，总资产四十八亿元，净资产三十亿元。著名的专利产品丁桂儿脐贴是国内儿童用药品牌，为千千万万个儿童解除了病痛。公司牢记"与健康携手，创生命绿洲"的使命，秉承"环保与健康携手同行，环保与效益和谐并进"的发展理念，多年来，投入大量资金解决环保问题，大气污染物排放低于国家标准。此时，我想到了吕洞宾。吕洞宾当年不喜仙界，只爱红尘，与老百姓打得火热，用修来的神奇道术，以解除世人疾苦为乐。如今的亚宝人，做医药事业，跟同根同祖的吕洞宾属于同道，所谓道相同，相为谋也。

不管是光伏领跑技术基地、宏光玻璃管，还是亚宝，都属于环保企业，是集体项目，家大业大责任大。高举生态文明大旗，率先垂范，引领风骚。而我还是要回到高文毓老人这里，他是一个特例，是中条山和黄河之间这片土地上，新时代的一个人文和道德楷模，其精神与中条山一样站立，与黄河水一样奔流。他是这片土地上千古文明的继任者、传承者。

这片土地上，在西侯度、大禹、吕洞宾之后，是否可以加上高文毓呢？至少他们的血脉是相连的，一以贯之的。

1991，穿行在上海的大街小巷

如果细细回想，过往的每一个年份都让人充满缅想，每一个年份都有足够的理由称之为特殊的年份。

比如1991年。

为什么？因为远了嘛。

如果仅仅是因为久远，似乎也不是。

1991年4月的某一天，语文报社全国中学生读书评书活动办公室负责人王老师找我，看能不能去一趟上海，处理定制活动的证书、奖品诸般事宜。我当时被学校校史办借用，只怕史院长不同意，想不到跟史院长一说，他很痛快地答应了。

我赶紧去办临时身份证。办临时身份证需先到学校保卫处开证明，然后再到市公安局办理临时身份证的地方登记。24日下午上街照相，25日下午上街取相。我的户口在学校的大户口本上，当时，有个年轻人要往大同调，拿走了户口簿，不知他住在哪儿。刚好碰上一朋友打水，问他，原来拿户口簿的就住他隔壁。但是，此人已回大同了，户口簿不知放在何处。我很着急，便问他，大同家平时跟谁关系好？朋友说，隔壁有个襄汾人，也回老家了，什么时候回来还不知道。我感叹自己运气怎么这么差。

晚上，在楼下晃悠，碰上几个单身汉，凑到一起玩麻将。心不在焉，自然手气就差，打到半夜，输得一塌糊涂，撤了。睡也睡不好，快到凌晨，有人敲门，白天打水遇见的朋友给我送来了户口簿，我一下又来了精神。

9时许，居证办门外已拥了数十人。工作人员很烦躁，要求也就严。我拿了户口簿和保卫处的证明，说不行，要西街派出所提供的身份证号码。我解释道，学校保卫处证明上已有号码。他坚持说，那不算，只要派出所的号码。好多人也同样被拒绝。我很沮丧，好不容易拿到户口簿了，又出现这样的幺蛾子。又驱车到了西街派出所，户籍室的人没来上班，即使上班也不一定办理，办理时间只在每周的一三五日，今天正好是周四。无奈，到学校北区居委会，一位老太太告诉我，办身份证没有这么复杂呀。这句话提振了我的信心，又到了居证办。这回人明显少了。

我站在办理人员身边怯生生地说，办个临时身份证，说完把户口簿和信函放在桌子上。办理人员瞄了一眼，我的心里慌得如十五个吊桶打水——七上八下。再说不行，我真的没招了。还好，办理人员把手伸进身边的抽屉里拿出一张表格给我。我赶紧拿到旁边的桌子上填写。填写的过程中，又遇到了麻烦。保卫处证明上我的出生年月与户口簿上不符。好不容易拿到了表格，给作废了，岂不是屋漏偏逢连夜雨吗？我略加犹豫便改了过来。当表格移到办理人员的手头上时，我的心陡然紧张了起来。这两处涂改太明显了。也许是命运捉弄够了，办理人员并没有任何刁难，顺利通过。我走出了办理大厅，还在频频回头张望，心里的忐忑一直没有停止。

4月26日，我乘坐376次列车，12时12分从临汾发车，前往太原。下午5点左右到达太原站，先到售票厅购买了次日去上海的火车票。太原朋友多，抓紧见了几个人、办了几件事。

翌日，上午11时10分，我乘坐174次列车开往上海。这趟车需要坐26个小时，我买的硬座，旁边几个南方人，做生意的，口无遮拦，聊生意的同时，也聊女人，声音很大，毫无忌讳。我们的座位离厕所很近，有女人上厕所，他们也会放肆地引出话题。这些人第二天在南京下车。我正点到达上海。

给分部的工作人员穆栋打电话，他让我先在车站附近找个旅馆住下，明天再说。我找了好几家旅馆都没床位，连车站附近的中亚宾馆三十层也没床位，天开始下起了小雨。最后，好不容易在恒丰路的恒通大楼地下室，也就是闸北区房产管理局第三招待所安顿了下来。一个房间四张床，每张床位10元。房间潮乎乎的。

早上还未起床，穆栋打来电话，让我打车去他们学校——上海第二师范学校，在四平路999号。我三下五除二收拾完毕，便提了行李到大街上打车。穆栋特意提醒，不要坐"大奔头"，那全是个体户，要坐小轿车。我等了估计半小时一辆车也拦不住。看见附近有个出租车站，前去打听，里面的老头说，没车。我又拎着行李去了火车站。在站前转悠了一圈，也不见出租车。只见有车进去，却不见拉客，皆扬长而去。大奔头的司机倒是十分殷勤，一直在你面前唠叨。我问他到四平路大连路口需要多少钱，他说40多元。我其实并不知道车站离那里到底有多远，只知道个体户肯定宰人，便不应承。他又缠着我说，报销不？我说不报销。他说，不报销可以便宜些。我心里想，便宜也便宜不到哪儿去，没理他。

看见一辆出租车驶了进来，急忙上去拦，司机指了指西边，开走了。我没弄明白什么意思，旁边一同志说，这里不让拉客，要到西边去坐。我绕到西边，果然看见有一招牌，写着出租车出口处，原来这儿是出租车招呼站，已经排了几十人，我是最后一名。这时，又有一小伙子过来问我坐不坐摩托车，他是用摩托车拉客的。旁边一女子帮腔，估计是一伙儿的，我没有答应。他掏出发票诱惑我，意思多给我几张票，我还是无动于衷。我站在队伍里慢慢往前移动着。那个摩的司机，看我不上钩，又跟刚来的两个老外套近乎，老外也不上钩，只好把目光盯着后面来的人。

上海早晨的风很大。等了一会儿轮上我了，坐的是没屁股的夏利车。司机是江苏人，生在上海，车上装有计价器，起步价9元，每公里1元。豪华的桑塔纳、皇冠等车型，每公里1.2元，不足9公里的以9公里计，超过9公里按实际公里算。从火车站到四平路大连路口，计价器上显示13.8元。我给了15元，司机找了1元，说没有2毛。

到了第二师范学校，向门房打听，老头认为我是从北京飞过来的。今天，陶校长和秘书从北京飞上海，穆栋把秘书也安排住在这里。他可能把此事告诉了门房，所以，看见我很惊讶，这么快就来啦？我说，不是，我是山西来的。老头让我到总务处找穆栋。总务处在办公楼一层，办公楼是红色三层楼。穆栋不在，一位同志便招呼我坐下稍等，他出去叫穆栋。一会儿，穆栋进来，带我到旁边的招待所。招待所是老式建筑。住进了二层208房间，房间好大。从进门到窗户有十几米。一进门是会客厅，放有两张写字台，一张沙发，还有衣架、花台等。中间是卫生间，也大。

再就是卧室，放了三张床，一个电视机，一个衣柜，两只床头柜，一部电话，还有一套三组合转角沙发。由于地方限制，三组合沙发被分开放置。房间有空调，能制冷，能制热，能通风。窗外便是学校的操场。窗下的路边，绿色的篱笆墙，青草鲜嫩得能滴出水来，小鸟不停地鸣叫，给人以都市田园的感觉。

穆栋和我坐下来闲聊。他曾在我们报社的小学编辑部工作了一年多的时间。工作上打交道不算很多，毕竟一起待过，还是有感情的。中午11点30分开饭，我跟他到教工餐厅就餐。餐厅在招待所旁边的二楼，一楼是学生餐厅。吃饭的教工比较多。穆栋的儿子也过来吃食堂，他十一二岁，挺活泼的，正在师范附小读四年级。穆栋的爱人在教育学院党委办公室工作，离家较远。

饭后，我们坐校车去虹桥机场接陶校长，司机是位瘦瘦的女子，机场在西郊，车子由东向西驶去，穿越了上海北区。街上车多、行人多，行驶四五十分钟后才到达机场。虹桥机场正在大兴土木，到处堆积着沙石、建筑材料，有的工程建了半截，有的在打地基。车子在机场外围绕了一会儿才到了出站口。接站的车很多，大部分是豪华轿车，我还注意到有辽宁的牌照，还有江苏的，有个司机买了面包坐在车上啃。

飞机预计13点50分到，晚点了，14点20分才到。我们等了一个半小时。陶校长穿着他那套蓝灰色带白点的西装出了站，秘书穿着粉红色衬衫，背了行李紧随其后。我跟陶校长和秘书握了手，陶校长问我，你怎么来啦？我说，评书活动的事。他再问，评书活动什么事？我说，印制证书、制作铜像，还有拉广告等事情。他没再问了。

一路上，陶校长对上海目前还没有立交桥很是不满。大家就这个话题，纷纷发表意见。修立交桥要拆掉多少住房，又要建多少住房。车子不知被堵了多少次，返程竟用了一个小时。陶校长回家住，他家在一条小胡同的上下两层楼里。车子开到胡同口，陶校长让我进去，我没去，秘书跟着进去了，我和穆栋回到了学校。

　　30日上午，我骑了穆栋的自行车上街。上海不熟悉，1987年12月和妻子旅游结婚时来过。只记得公交车拥挤的程度一点不比罐头好多少，人挤人，都成鱼干了。骑上自行车随便走，漫无目的，走哪算哪。

　　沿着四平路往下走，到了溧阳路，过嘉兴路，再到吴淞路，然后上了今日正式通车的苏州河上的悬挂闸桥。看到两岸高层建筑辉煌，特别是文汇报大楼，给人威风凛凛的气象。从桥上望下去，便是外滩，外滩的壮观建筑才是上海的标志。中国工商银行上海分行、中国粮油进出口公司、海关、上海市委市政府的建筑全是欧式风格，高雅不群、威严壮阔，这些建筑由大块石头砌起来，石块与石块之间的缝隙很深，显得粗拙、古朴。

　　外滩路继续往下走，是十六铺航运站。这条路叫中山路，一直往下走，最后到了外马路。黄浦江上正在修建大桥，工程十分壮观。尚未合龙的桥面在两岸高高的桥墩上横卧，长长的斜拉钢索似乎只要一松，桥面就会坠入江中。桥墩上悬挂着上海基础公司的字样，看来是这家公司承揽的项目。在这里开了眼界，我就掉头踅回去了。

　　一路穿街过巷，从豫园路进去，行了好多街，最后从浙江路到南京东路。把车子停在浙江路。在南京东路溜达了一会儿，又骑上车子，过北京路往上走。不知晓怎么到了密云路。买了点吃的，再上去到大连路，过了大连路便是四平路，这才回到学校。

晚上，马建民过来。这次来上海，有些事情就是让马建民办的。

马建民个儿不高，戴个眼镜，前两年到过报社。好像当时刚结婚，还给同事们发喜糖呢。马建民很精干，特别能侃，就职于《上海经济报》，社会能量大，结识的人杂，三教九流都有。初次见面，会被他的高嗓门和滔滔不绝所震撼。我专门说了让他拉赞助的事。他直言，太迟了，应该早点告知。印选票时，就应该把赞助商印上去。现在活动基本进行了一半，再拉赞助，商家多是不干的。他有他的道理。他一再表示对承揽下一届活动的广告感兴趣，只要给他挂个公关部主任即可。瞄准一家或几家，搞个十万二十万的没问题。我听他说得天花乱坠，云里雾里，都是在畅想，而我急需的是当下的活动赞助。他一再表示，迟了，不好搞。他强调名和利，我明白他的意思，明确告诉他，赞助费的 15% 给他。他不以为奇地哂笑，这是行业规矩。

穆栋有事要到国权路一个朋友家去，马建民和我又聊了一会儿。我把带来的资料交给他，需要印制的证书，一共六种：优秀作品奖、提名奖、出版奖、组织奖、编辑奖，还有读书奖。他是个闲不住的人，不断打电话，其中有一项与今日在中山公园举办的民族文艺演出有关。他解释，要跟《新闻报》的朋友采访一个人。俨然一个文化经纪人。我发现他的点子很新颖，夸奖了几句，他来了精神，又口若悬河，要做新点子，一般的点子报纸都报道过了。我为他竖起了大拇指，你有新闻眼光。他不无自豪地说，搞这一行必须这样。

我想买一架照相机，让他帮忙，他问我，多少钱的？我狠了狠心说，四五百元吧。他不屑一顾地说，四五百元能买啥好机子啊？我笑了笑说，自己用呢，有总比没有强。他略一沉思道，那就买 DF 吧，目前国产最好的相机，四百五六十元的样子，将来可以换镜头，傻瓜机是没有这个优势的。我也不懂，只考虑价格，听他这么说也就同意了，拿出四百五十元，交给了他。

五一节到了，穆栋答应带我去逛街，只是迟迟不见他来。我有些不耐烦了，他才姗姗而来。一来就解释，本来早来了，苏州的老丁来电话，陶校长在苏州要给外公外婆扫墓，却不记得外公外婆的名字，让我去陶家问个明白。

我们俩一块坐车，先去了五角场，替陶校长买 4 日回太原的机票，五角场有个东航机票代售处。一问，4 日的票已售罄，买了 6 日的。上海到太原的机票 237 元。买票出来，我们坐车直接到外滩。在吴淞路堵了很长时间，街上的车明显比平常多了。

从外滩的南京东路口进去，依次逛来。南京东路是最繁华的商业区，人头攒动，摩肩接踵，商店里更是人挤人。华联商厦比较大，人也多，它在浙江路的路口，旁边是上海电视二台。我们进去看了看，有几件女式衬衫比较不错，花色多为深色的各种图案，价格 56 元，服务员年轻漂亮，穿了一件深黄色的短上衣与裙子配套，现场展示，效果很搭。服务员都是阅人无数的促销高手，窥见我内心有波动，有针对性地狂轰滥炸。穆栋在旁边使眼色，我哪有时间看他呀，他干脆把我拽开了。出来，穆栋埋怨说，哪有你这样逛店的，进来就买，货比三家的道理都不懂吗？我嘿嘿地笑。

　　下午 1 时许，我们上旁边的闽江大酒店吃饭。这是一家专营闽菜的馆子，饭店里挂有"海派闽菜"的牌子。上了三楼，一个穿粉黄色上衣、黑色裙子的服务员引我们入座。另一穿绿色上下装、带黑边的服务员便端上了两杯茶。我们开始点菜。穆栋翻着菜谱，我也把目光凑上去，价格贵得吓人。最后点了个铁板牛肉、铁板鱼，还有一道什么，三个菜每个都在 20 元以上。铁板很稀奇，像北方摊煎饼的鏊子，铁板烧红后，放在稍大点的耐火胚子上，打开盖子，放进洋葱头、牛肉或鱼肉，捂上一会儿，再打开，便飘出奇异的香味。这在当时的北方比如太原都少见到，至少我没见过。我们要了大瓶中德啤酒，每瓶 5 元，上来的却是小瓶，又要了两瓶力波啤酒。吃到最后，感觉菜有点少，又加了一道乳鸽，二三十元。乳鸽其实没什么吃的，又瘦又小，仅有的一点肉还被烤焦了，粘在骨头上，咬也咬不下来。我对穆栋说，这道菜够宰人的。他笑言，不管好吃不好吃，我们吃过。穆栋强调，这句话是徐同总编说的，原来有出处。我还想要个汤，有吃有喝会舒服些。穆栋让我看菜谱，最次的汤也要 12 元，而且不懂行的人绝对上当受骗。比如，金钩白玉汤，多好的名字呀，其实就是几根黄豆芽和几块豆腐做成的，要你十几块。这都罢了，还要外加 10% 的服务费。我很惊讶，甚至有合不上嘴的憨态表露，穆栋倒显得平静，坦言都是如此。发票送来，上面写着 133.1 元，这个数目我怎么算都不对劲。穆栋说，算它干啥？我想想也是，对不对都是它了。

　　饭菜很贵，依然无法阻挡红火的生意，食客甚众。过节了，人肯定比平时多，这里是商业中心，外地的客人逛街总不能饿肚子吧，只能就近解决吃饭问题，即使像我们这样尽量点便宜的，也是花得心惊肉跳。走出酒店了，我还为酒店算了一笔账，一天多少人，平均消费多少，能有多少收入。

吃了饭，蓄养了精神，接着逛上海第一百货商店，也就是南京东路天桥跟前那个高大的商店。只逛了一层，穆栋便建议回去休息。我们来到西藏路，打出租，好半天拦不住车。穆栋也是一番感慨。好不容易打了一辆，回到了四平路999号，计价器显示金额13.4元。

5月2日，上午8时许，我和穆栋去陶校长家。四平路一直往南走，临平北路进去，再到宝安支路，很窄的胡同，忘记是多少号了。穆栋敲门，里面传出一老太太的声音，穆栋报了家门。老太太开门，说陶校长还没回来，让我们坐。老太太模样周正，端庄慈祥，能从陶校长兄弟的脸上看出来，也就是说，陶家兄弟长得像母亲。没看见陶校长的父亲。我随意浏览了房间布置，一边放着不太高的书柜，另一边放着沙发，中间是个餐桌。主人介绍楼上有三间卧室。

穆栋把机票交给了老太太，我们便出去了。到了临平路碰上了陶家老三，手里拿着一个盒子，里面是三只包子，显然是上街买早点。陶家老三跟他哥哥相比，显然养尊处优，兄弟俩长得像，性格却截然不同。

穆栋回学校去了，我去南京东路买衣服。把车子停放在浙江路旁边湖北路口的上海电视二台底下，又去了华联商厦。在二楼给自己买了一条浅白色的牛仔裤。没有再去那家卖女装的铺位。出来后，到了上海第一百货大楼。服务员热情得不得了，只要看见你稍一驻足，马上就过来了。我看上了一套三件套女装，116元。服务员穿着这样的套裙，我怎么看怎么好，就买了。结婚后，还没给妻子买过这么贵的夏装呢。钱花出去了，服装拿到手了，一阵轻松。

又到了卖 T 恤的专柜，花样很多，大都在 20 元以上，只有一种 17 元。从家里走时，一位同学吩咐，替他买一件十几元的 T 恤，我便买了这一件。西裤专柜的价格吓人，大多是七八十元，便宜点也要四五十元，不敢问津了。后来，在女衬衫专柜，看上了一件花色不错的，19.5 元。还在这个商店买了一个磨刀器，产自河北霸县，服务员拿把钢刀做试验，跟街上跑江湖的路数一样。边示范边说，男的一天少抽一包烟，如何如何。最后到了地下商场，这里卖家电、摩托车之类，有好几种洗衣机，方方正正的，跟单筒的差不多，标价都在一两千元以上。冰箱、冷柜不少，冷柜在一千元以上。吸尘器有进口的，价格也在千元以上。小型国产的品牌在二百元以上。凤凰自行车专柜，买了一条链条锁，价格 4.38 元。

从商场出来，才感到口渴，花了 0.7 元买了支雪糕，仍不解渴，舍不得再买了，骑了自行车赶紧往招待所返。

中午睡饱了觉，下午 6 点多，骑上自行车沿着四平路一直朝北走。这里高校不少，依次有同济大学、空军政治学院、五角场往西是邯郸路，复旦大学就在这里。还有上海工业专科学校、上海商学院等学校。复旦大学校园很大。我从上海军医大学过来，上海军医大学在与邯郸路平行的翔殷路上。前几天，上海的新闻报道，中国女足在二军医大与该校男足比赛，结果输给了男队。今天路过此校，便有进去一看的想法。从校门进去是八一大道，沿着此路往前走，东边有个足球场。黄昏时分，足球场上有很多大人小孩，个别人穿着短裤跑步。有个工人模样的走了过来，我赶紧上去询问，足球队在哪里？他的话我没有听懂，瞎找了半天，无果。

八一大道往北走，顶住墙后，有一条向西的路叫康复路，都是一些实习场所，还有一栋刚刚落成的十几层高的医疗大楼，非常漂亮，叫上海长海医院。旁边有个一层高的康复楼，楼前有条路往南，有座小桥，河水都是不流动的臭水。让我想起苏州河也不干净，臭气熏天，以至出现苏州河与黄浦江汇流处清浊分明的景观。可想而知，居住在苏州河两岸的居民常年饱受恶臭之熏陶的苦衷。苏州河还在流动着，像二军医的这种不流动的臭水河，在上海又何止一二呢，其环境之恶劣，有过之而无不及。

小河周边，楼房林立，什么"群英楼""精英楼""毓秀楼"。群英楼是本科生楼，精英楼是研究生楼，毓秀楼可能是博士生、青年教工居住。从这里出来到了复旦大学，天已黑了下来。我驱车疾驰，见路就走，逛了一大圈。引我注意的是行政楼全是小楼房，呈灰色，类似于欧洲风格。一栋校长办公室，一栋组织部，一栋某某部，小巧玲珑，一排有五六栋。这些独具特色的建筑，见证着复旦大学的悠久历史。

5月3日，继续逛街。专门给同事和朋友代购物品。上海是中国最大的城市之一，同事和朋友总希望捎一些东西。四川路上有家新华书店，进去给同事购买了一册《中国古代算命书》。然后，往西行驶。走着走着，看见一条横幅：热烈欢迎各民族兄弟来沪演出。才知到中山公园了，新闻里说过，中山公园举办民族表演。愚园路上有上海第一师范学校、上海大学。中山公园门口人很多，入场券6元。据报道，开幕时，现场购不到票，出现票贩子倒票的现象。对我来说，宁可把6元钱留作他用，也不可能进公园看演出。

继续往前走。不知怎么拐到了上海教育学院总部门口，校名由彭真题写。门口还挂了"中学生知识报"的牌子，由周谷城题写，该报由陈刚主编。上海教育学院有我们的老朋友，1987年12月份，我和妻子旅游结婚就是朋友介绍住在该校的地下招待所。刚刚工作时间不长，手里钱少，权衡了一番，还是旅游结婚最省钱，选择了华东地区一行。一路省吃俭用，住也是拣最便宜的住。上海教育学院地下招待所便宜，每个房间两张床，每张床位14元。不过，让人不可思议、同时又忍俊不禁的是，该招待所有条规矩，男女不能同房，夫妻也不行。我们旅游结婚是带了结婚证的，那也不允许。服务台解释说，招待所没有办这方面的手续，公安局不允许。今天，偶然路过此地，脑海中又想起了这一幕。

淮海中路，是除了南京东路之外最繁华的商业中心。街面一家小店门楣高悬减价标语。进去逛，看上了一件黑色长袖秋衣，一件14元，两件25元。我挑了一件，付了13元。往前走了一段路，看见了相同的衣服，只卖9.8元，特意标明全市最低价，心里叫苦不迭，这一当上的。幸亏买了一件，当时差点买了两件。逛到金陵路，再没有发现卖14元的，也没有9.8元的，都在10至11元之间。来之前，朋友叮嘱在上海五星公司，也就是淮海中路424号，买两件睡衣。到这里一问，没有要的货。还给女同事买了一瓶苗条霜，这是刚刚流行的产品。淮海路没有逛完就折返了，两腿累得走不动了。

4日早上，给马建民打电话，一块儿去陶校长家。当时下着小雨，陶校长还未起床。这次见到了陶的父亲，是个瘦瘦的老头，倒是个勤快朴实的人。老爷子闲不住，一会儿忙这个，一会儿忙那个。等到陶起床后，我们问他什么时候从苏州回来的。陶说，2号，你们刚走就回来了。马建民应该快来了，我出去张望。马建民穿着雨鞋，手拿雨伞，嘴里嚼着个大饼子，如约而至。他怕我笑话他不文雅的吃相，主动解释说，在市内买不到这样的饼子，一下公交车，闻到了饼子的香味，循着香味，虽然吃了早餐，还是挡不住诱惑。以前只卖3分钱，现在涨到了2角1分钱。马建民总是这么健谈，边说边嚼着饼子。我们来到了陶家。在陶家，大家谈论的主题就是评书活动的证书如何设计，大小尺寸、颜色、字体，定做钥匙链、笔记本等事情。最后，还是定不下来，商量明天下午再来议定。

上午10点多，从陶家出来，大家各忙各的。12点多，我从四川路往北走，过了苏州河，旁边有个邮电局，决定给妻子打个电话。而妻子下午2点上班，必须等到下午2点以后才能挂电话。刚好在邮电局歇脚。不到2点钟，打长途电话的人开始排队了，这里的直拨电话只有四部，等了很长时间，好不容易轮到我，怎么也拨不通，拨通了没人接。妻子可能在开会。那就溜达一会儿再拨，这样到了四川北路1761号。当时应该要个人工长途也许会解决问题，可我坚信直拨快，又排了好长时间的队，轮到我时，拨出去干脆就是忙音，怀疑是直拨机有问题，又返回到第一次打电话的邮电局，又是排队，比第一次时间还长。像过了一个世纪、两个世纪。一拨，还是没人接的信号，这才相信是拨不通，不是没接。妻子的单位不可能没人上班，即使她不在，别人也会在啊。已经下午5点了，赶紧骑车往学校赶，平时练就的车技在上海得到了超常发挥。一路风驰电掣，闯关过隘，仅用了10

多分钟时间，便返回第二师范学校，正好赶上吃晚饭。

上海下了整整一晚上的雨。

5月5日清晨，倚窗听雨，淅淅沥沥的声音像细丝浸入房间。今天是周日，校园安谧无声，招待所里更是寂静。前台有一伙人忙着，张罗着全国邮电系统的一个培训会议。

上午没事干，在房间待着。下午2时许，穆栋过来了，穿着雨衣。他说，自早上出去给朋友帮忙收拾家，刚刚忙完。我们起身去陶家。我穿了穆栋的雨衣，他穿的风雨衣。两人骑着自行车出发了。雨下得不小，雨衣前帘上一会儿就积满水，需要用手抖一下才能流出去。

来到陶家，陶校长正在跟报社的法律顾问谈话。此人在苏州大学任教，家住上海，周日回来度假。谈话的内容大致是中美高校合作交流之类的，我们也不便细听，隐隐约约拾到耳朵里零星信息。随后，马建民也来了。手里拎了个塑料袋，他把证书的样品带来了。还告诉我相机也买了，一会儿抽时间专门讲如何使用。

陶校长跟法律顾问的话题一直说不完，我们在旁边恭候着。马建民拿起相机对我说，相机价格398元，是橱窗里的展品，稍微有些脏，所以便宜了七八十元，都是通过关系搞到的。相机的皮套22.1元，共计420元。我曾经在街上注意过此款相机，相机和皮套加起来大致468元，肯定是便宜，不过，不像他说的便宜那么多。

法律顾问走后，陶校长开始跟我们说证书的事。他看见我手里拿个新买的相机，问了一句。陶老三刚开始还在家里，我们进来他给开的门，后来谈事时，他好像出去了。我感觉只要陶校长

190

在家，他显得有些不自在。在陶校长的眼里，他就是个听话的小弟弟。陶老三有两个女儿，十几岁的样子，从楼上下来喝水时，我看见过。

事情谈完后，陶校长问我什么时候回去，我说，一两天吧。他说，回去时给捎带几件东西。说完递给我一张纸条，上面写着：竹垫四个，笔座一个。他告诉我，笔座已经看好，在某某地。我牢牢记着。

穆栋插话说，明天于漪老师要去广西讲学，早上 8 点的飞机，要不一块儿乘车去机场？陶校长说，明天不知天气如何，飞机能不能起飞？穆栋说，应该没问题，这天气不会影响飞机起飞的，除非起雾。于漪老师是上海第二师范学校的校长，穆栋的顶头上司，今年 62 岁，面临退休，她无论学业还是政绩有目共睹。我在校园里见过她两次。一次是在办公楼，一次是在小径上。她看上去很老了，脸上皱纹比较多，但身体硬朗。穆栋对我说过，最近于漪老师搬新家了，一套四居室。这在上海已经很好了，她是人大代表，人大出面解决的。不过，穆栋说，还不如以前好，以前住两套房子，面积比这大。

下午 5 点左右，我们离开了陶家，雨还在不停地下。

周一，天气放晴，我准备离开这所不大的上海第二师范学校。这里环境非常雅致，各种名目的花草树木郁郁葱葱地生长着，给人以蓬勃向上的生机。特别是当早晨尚未起床时，鸟儿一个劲地鸣唱，增添了几分亲切，好像夏天来了。北方的夏天不是如此吗？尤其是听到布谷鸟叫时，思绪总能跳回到遥远的故乡。在故乡，只有给谷子间苗时，才听得到布谷鸟的叫声。

住招待所的数日里，除了听鸟叫，看窗外的绿色，还有一种特殊的享受，那就是每天从中午开始一直到晚上这段时间，楼下琴室所飘出的悠扬的琴声。学生在这里弹琴，一拨走了再来一拨，虽然琴声还很稚嫩，传到我耳朵的感觉，依然很美很美。琴声响到什么时候，我能竖着耳朵听到什么时候。音乐骤停，我耳边还余音袅袅。我有了一种音乐依赖，没了琴声，显得寂寞而又无聊。听琴声的时候，我能想象到那些练琴的孩子脸上的稚气，手指的犹豫，脑海里弥漫的旋律。认真的老师会一遍遍不厌其烦地手把手教着，只有这样的环境才能有这样的温馨和浪漫。我陶醉在这样的气氛中，权当免费欣赏着一场场音乐演奏会。学琴的孩子，并不知晓，这个楼上住着一位痴迷琴声的客人。

　　这所学校的女生比例非常高，应该在90%。从校园走过，满眼几乎清一色的少女。学校有规矩，全部着校服，校服一律是蓝色。我的眼里充斥着迷人的蓝色风暴。

荒腔乱弹

Chapter 2

与狼共舞

透着浓浓的汗臭味、苞谷糁子味、农家院落里弥漫的灶火味以及地域文化中洋溢的神秘味，贾平凹所营造的商州就这样走进了我的阅读视野。商州成了一个独特的文化品牌出现在当代文学中，寻根文学风靡之时，商州是一个基地。读者通过这块基地对中国的西部文化开始了崭新的认识。贾平凹提供给我们的艺术视角和文学视角，曾多少次地满足过无数的读者，并为此而不止一次地激动。当阅读了其长篇小说《怀念狼》后，这种印象除了进一步加深之外，别样的感觉却深深地震撼了我。这不是一部普通的有关商州的作品，这是一部带有明显寓意的寓言式作品。

熟悉贾平凹作品的读者都会多少感受到贾氏喜欢在作品中摆弄一种神秘的文化氛围，而在这种氛围当中，他会把自己所擅长的讲述故事的本领发挥得淋漓尽致，会把自己熟悉的人物掌故描写得精彩纷呈。就像一个做道场的法师，从形式到内容都铺张得纷纷扬扬，这场法事才算圆满。在《怀念狼》中，作者不同于以往的是他把整个商州这个地理意义上的区域当作自己的道场，在这广阔的区域里，他尽数施展法力，展示了一场惊心动魄的法事。正如贾平凹在后记中所说："在《怀念狼》里，我再次做我的试验，局部的意象已不为我看重了，而是直接将情节处理成意象。"

把狼作为重要人物来写，这在贾平凹作品中尚属首次，虽然以前作品中曾出现狗、狐狸等富有灵性的动物，那只是为了叙述的需要或者故事本身的辅助来安排。这次狼的出现绝不是普通意义上的一个意象，也就是说狼不是作为动物角度的狼来写。虽然有好多评论家从环保的角度来诠释《怀念狼》这部作品，当然作品中的确表现过这种寓意，比如狼与猎人的悖论式出现；失去狼时，猎人如舅舅、烂头的莫名其妙的生理及心理失衡等，都在说明着大自然中人与动物共存的一种依赖关系。我认为这只是作品所折射出的极小的延伸意义而已。真正的寓意在于对人性的怀疑甚至道德的拷问。作品所透出的狼的人性品质和人的狼性品质，时时处处在作品中荡漾弥漫。我们总是把贾平凹当作一位儒雅的道学之士和神秘主义制造者来看待，他以往的作品也正是给人这种印象，把世事沧桑说个前尘风雨，后世烟云，宛若羽扇纶巾，青牛老道。而在这部作品中，他的笔底玩出了刀光剑影的血腥气，使人看出了这个道场的法事做法绝非一般，而且很有来头，不禁瑟瑟地从心底冒出寒气来。

现代文明给人带来了无限的欢乐与愉悦，同时也带来了种种灾难。在人类以膨胀的心理侵占地球家园而对家园中无数的动物进行格杀勿论时，人性中的弱点与残忍就无可避免地暴露出来，假设当所有的动物退出大自然，地球上只剩下人类时，那么人与人之间还会演绎什么呢？不过，现代社会中正在上演着的人与人之间的钩心斗角、拳脚相向甚至兵刃相见等惨剧，已经不必要等到动物绝灭之后才有所证明了。这就是《怀念狼》中隐隐透出的真正意义，也是贾平凹作为道场高手向读者展示的一场精彩法事。

怀念狼，多么好的一个口号，留给读者的仅仅是对失去的狼的怀念吗？那么我们还需要怀念什么呢？

凤姐的辣

凤姐是《红楼梦》中的重量级人物，作者对她的刻画可以说是形神兼备，极尽所能。作品的前半部分对凤姐是浓墨重彩，把一个能说会道、有智有谋、八面玲珑的荣国府大管家形象渲染得淋漓尽致。小说中凤姐的第一次登场是在林黛玉刚进荣国府时，那个与众不同的女人一出场就特别强势，不同凡响。叽叽喳喳，个性张扬，老太太形容她"辣"。那时候的凤姐也就二十出头的年龄，掌管了荣国府的财政大权。后面的情节发展中，作者通过几个大的事件的处理把凤姐的能干和韬略尽显了出来。初露她机关能力的是对色眯眯的贾瑞的戏弄，几次设局整惨了贾瑞。第二次表现在对宁国府贾蓉的媳妇秦可卿的丧事处理，还有老太太们去铁槛寺的场面张罗。把凤姐能力推到巅峰的应数对尤二姐事件的处理上，这才真正用上了"机关算尽"这个词。此后，凤姐因为小产基本上就退居"二线"，由三姑娘探春出任管家。

凤姐的为人处世做到了滴水不漏，内方外圆，有理有节。不管是对上面老太太的逢迎，还是对下人的态度，让人无话可说，即使是指责下人也能做到不得罪人。最让人佩服的是对乡下来的刘姥姥，她也能适度地接待，能看出凤姐的大家风度。凤姐在世时，印象当中刘姥姥来过三次荣国府，正是由于她在对待这个乡下人的态度上的宽容和厚道，才有了在她死后，女儿巧姐遭遇被拐卖的厄运时，刘姥姥能及时出现从而挽救其命运的善果。这里面埋藏了因果关系，这个果是因为前面的因。不过，凤姐最终的命运并没有逃脱其生命当中带来的劫数。还是那句话：机关算尽太聪明，反误了卿卿性命。

凤姐在荣国府的内政外交处理上尽显大家风采，是个难得的领袖人物，在家她依然无法摆脱男尊女卑的地位。丈夫贾琏的胡作非为、为所欲为，她也无能为力，只能把气撒在别人身上，比如把鲍二的老婆置于死地，把尤二姐置于死地。

凤姐是王夫人的内侄女，也算是大家闺秀，奇怪的是她不像荣国府里的那些女儿们那样诗词歌赋样样都会，她甚至连字也不识，是个文盲。在这个问题上，我没有弄懂怎么回事，很是纳闷。这是不是曹雪芹老先生故意要让这个绝顶聪明的、完美的女人留有一点缺憾？

凤姐短暂的一生，轰轰烈烈，飞黄腾达，最终难逃悲剧人物之命运。

《白鹿原》的风水学

八百里秦川、渭河平原，文明富庶的地方，俗语说"陕西的黄土埋皇上"指的就是这里。几千年来多少个王朝在这里演绎着风云故事。这是一块神秘的土地，一块让人遐想的土地。陈忠实的长篇小说《白鹿原》描写的正是这块土地在 20 世纪上半叶发生的种种惊心动魄的故事。这部史诗般的小说，其中透视着神秘文化的内涵，也就是华夏五千年文明当中的风水学。

风水学，一种神秘主义文化，华夏文明当中由来已久，根深蒂固。《白鹿原》里主人公白嘉轩因为家道中落，流年不利，连娶六房老婆都前后死掉，这种打击对于一个当家立业的男人来说是巨大的、致命的。面对这样一种现实，他不得不去找自己的姐夫朱先生来寻求主意。也许是否极泰来的因果缘由吧，一个冬日的早晨，因为一泡尿白嘉轩竟然发现了天大的秘密。整个原上的灵魂所在，也就是白鹿原的绝好风水宝地，让这个几近崩溃的年轻人给发现了，绝处逢生的机会出现了。

一向正直、威严、气度不凡的白嘉轩为了得到这个宝地，平生第一次使用了计谋和手腕，用自家的天字水地换取了鹿子霖家的坡地。把自己无法改变的命运终于寄托给了风水，父亲的坟地迁移到了这块宝地。这个看似平常的情节，洋洋洒洒几十万字的小说当中，的确微乎其微，可以忽略不计，却成了整部小说发展的伏笔，这部鸿篇巨制的基石。没有这个情节就没有后面的故事。

这个关于风水的楔子嵌进了小说当中并起到了关键的作用，从此改变了白嘉轩的命运。不管小说中描写的白、鹿两家如何明争暗斗，白嘉轩和鹿子霖、白孝文和鹿兆鹏、白灵和鹿兆海等爱恨情仇、是非曲直，其实质都是源于和终于白嘉轩的风水观，也就是白嘉轩对风水之说的传统认知。

建立在风水学基础上的白、鹿两家的故事成了小说发展的主线。通过这条线索，小说描写了渭河平原自清朝灭亡到民国后出现的一系列的政治斗争画卷，包括农民的"交农"事件，县府的城头变幻大王旗，土匪的横行，国共两党初期的政权建立等宏大叙事。由此成就了《白鹿原》，成就了陈忠实。

风水学是中国传统文化当中不可或缺的重要组成部分，几千年来人们对其有各种解释，不管对精华还是糟粕如何界定，依然与文明同在。暂且不论其现实意义，单在《白鹿原》当中，它的美学价值是无与伦比的。

喷涌的诗情　坚毅的歌吟

　　我是一个既不会写诗也不懂诗的人。上大学时，系里面搞什么诗歌大赛，很懵懂地斗胆写了一首自认为诗歌的东西，送给比我高一届的学兄。学兄从我手中接过那张有些发皱的诗稿后，很惊讶地问我：你也写诗哪？我立马脸很红，言语更是说不出来。学兄也许是随便一问，并无别意，我心里绝对是很在意这样一句问话的，因为我真的不知道诗该怎么写。从此，特别自卑，后来也没有涉足过这样的高贵文体。所以对写诗的人——诗人，特别崇拜，到现在都坚信：诗人是天生的。如果你是诗人，我会把你出生的第一声啼哭认为是诗，是你诗歌生涯的第一首诗。看了不少诗评家对诗的评价，把诗归为文学殿堂的精灵，文学语言的至高；诗人是这些精灵的缔造者，人类灵魂的工程师。相比较诗歌，小说、散文自然等而下之，下里巴人也。我的自卑因为自己写散文，偶尔写些小说，从来都是不敢越雷池地隔岸把诗及歌者仰望。面对诗人，心存忐忑，连讨教都不敢。喜欢读诗，读优秀的诗。此等作为，给人的感觉好像偷窥。

一

诗人王晓鹏是乡党，又是兄长。我们两个人所住的村子相距不过十几里地，他比我大几岁，一个让我崇敬的诗人。说起我们的关系还挺复杂，早年我在故乡的初中上学时，王晓鹏在学校附近的大队保健站当赤脚医生，曾到我们学校讲生理卫生知识课。土生土长的我看到本该也是土生土长的王晓鹏时，感觉他那么另类，身上丝毫没有土气，那么潇洒和俊逸。不是因为他身上有药水味，也不是那只让人羡慕的保健箱，但就是与众不同。

几年后的王晓鹏忽然在全县的中学生中间名声大噪。因为高考，他放弃了赤脚医生的工作，走进了学校，重新拿起课本，开始了向文学殿堂的最后叩击。复习期间的王晓鹏，他所写的作文，成了我们争相传阅的范文。老师通过各种关系从县中弄来用蜡版刻就、油印出来的小册子作文资料供我们参考。手头没有任何复习资料的我们，将用手一翻还沾油墨的油印小册子奉若至宝，这里面就有王晓鹏的作文，不止一篇，好多篇。印象最深的是对故乡桃花洞的赞美和讴歌。桃花洞离王晓鹏的村子不远，我是知道的。下山赶集时，路过桃花洞那座山。桃花洞的传说隐隐在耳边回响，仅此而已。看到王晓鹏笔下的桃花洞后，才发现，为何同样的一个地方，我从来没有这样的感觉而王晓鹏就有呢？这种差别，不仅仅因为年龄、阅历，最主要的原因是王晓鹏天生是个诗人，而我不是，这就是我等争相传阅他的文章的理由。

/ 荒腔乱弹 /

二

　　喜欢文学的人，要在生活中寻找自己文学的根。文学没有根，就无法支撑文学这棵大树。不管是诗人，还是作家，要把根深深地扎在自己熟悉的土地上。否则，只能成为文学这片园地的匆匆过客、看客。王晓鹏把诗歌的根须深深地扎在了故土上，扎在了生养自己的村子——太池村，太池村成了王晓鹏诗歌的出发点和归宿地。王晓鹏为太池村讴歌了几十年，这完全是一个赤子的情怀。

　　太池村，我非常熟悉的一个山村。从早年生存的视角来审视，首先没有我所生活的村子富足。我村是当地数一数二的富足村，土地肥沃，粮食丰产。其次，地理条件差，山岭嵯峨，交通不便。太池村的对面是一座更为高大的山峦，桃花洞在此山中。此山是巍巍吕梁山在我们那里的东边山沿，再往东是一马平川的汾河平原了。我曾站在此山的山峰上，俯瞰山下那由南向北的辽阔和平展，还有镶嵌其上的像方格子一般的村庄。如此的苍茫与辽阔，不是诗人的我，也曾大发感慨。太池村的地理、地形，把我一个外村人激发得疯狂不已，何况生于斯长于斯的王晓鹏。所以说，王晓鹏的诗心是天然的，他的诗情是与生俱来的。太池村给了王晓鹏诗的灵感，给了他诗的灵魂。注定王晓鹏早年拼命要逃离的太池村，如今又拼命地回归了。

三

翻开王晓鹏诗集《太池村》，感受强烈的是大江出峡般的喷涌诗情。跟朋友们一起聊天时，大家不约而同地惊叹王晓鹏怎么还在写诗，而且写得这么好——印象中写诗应该是年轻人的事情。所以，干脆称他为"不老的诗人"——虽然他并不老。正因如此，才有了前面我强调的"诗人是天生的"这样的命题。这样才能解释王晓鹏，否则，无解。

当年诗人贺敬之在其代表作《回延安》里有一句"几回回梦里回延安，双手搂定宝塔山"，曾感动了无数读者，以至于热泪盈眶。艾青在《我爱这土地》中那句"为什么我的眼里常含泪水？因为我对这土地爱得深沉"，同样让人唏嘘不已。王晓鹏的诗中也展现出了不亚于此的激情。当年都有逃离故土的记忆，为了求生存，逃离故土像逃离瘟疫一样，那种心情足以让故乡哭泣，让故土悲痛欲绝。如今，又在感情上重新回归，即使肉体不能重返故土，感情的回归是不可避免的。这是乡村出来的诗人或者作家经历的心路历程。王晓鹏也脱离不了这种宿命。所以，才有了那喷涌的诗情淋漓尽致地宣泄。

故乡值得歌颂，需要有一个出色的歌者，王晓鹏就是一个这样的歌者。从这个角度讲，太池村是幸运的。

王晓鹏用激情写出了《太池村》，《太池村》同样点燃了我的阅读热情，让我不断走进诗人设置的诗歌王国。王晓鹏笔下的太池村与我印象当中的太池村完全不一样了，它升华到了理想的王国，升华到了艺术的世界。全景式的描写让我们随着诗人的节奏与律动走进了那一片一羽。方圆不大的土地被王晓鹏多角度、多层次地循环往复、渐次递进地渲染了个通体透亮。呈现在读者面前的太池村是那样饱满、丰盈、圆润。山水风物，花草鸟虫，猪栏牛棚，羊圈鸡舍，春水秋池，狗吠蛙鸣，柴门小院，石阶土巷，牧笛炊烟，晨曦晚霞，红柳绿杨，蓝天白云，山泉小溪，社情民意，俚俗风情……这些意象无一不成为王晓鹏诗歌中的基本元素。太池村的所有都成为王晓鹏的最爱，所以说，太池村有了一个王晓鹏是幸运的。拈来《都是你的太池村》读一读：

炊烟在窑洞上缠绕

溪水在大山深处鸣歌

小路上有你的羊群

树枝上有你的麻雀

轻轻刮过的风　细细走过的雨

那夜晚洗过的曙光

那阳光喂养了一整天的晚霞

太池村　这一切都是你的

都是你的　那开满蒲公英的小径

那在苍穹之上盘旋的雄鹰

那缀满野豌豆花的田埂

那随风飘动的金黄色的麦浪

那生离死别哀怨的饮泣

那迎娶新嫁娘的唢呐声声

都是你的　太池村属于你的

还有那夜晚闪烁的星斗

那如水如银的月光　月光下的梦

梦中眉头的浅蹙和嘴角的浅笑

还有山顶上震天动地的大吼

和花椒树下那远古歌谣如泣如诉的吟唱

那风雨中坚守的草垛

和那群草垛上嬉闹的孩子

太池村都是你的　都是你的

都是你的　那渐行渐远的脚印

那血液中流淌的浓浓的乡音

我微小如尘的思念　思念的锐疼

和那些不为外人所知的哀愁

泪的灼热让我经受着火焰的炙烤

灰烬中捡拾发烫的词语　词语的

温暖　凄冷　忧郁　愤懑颓唐……

都是你的　都是你的

太池村　我的生与死都是你的

我不说　所有的人也会知道

　　王晓鹏有了一个太池村更是幸运的。诗人要把终生交给太池村，把满满的爱意交给太池村。"太池村　我的生与死都是你的/我不说　所有的人也会知道"，这是怎样的诗句，这是对太池村的庄严承诺！

四

诗集分五辑，《永久思念》《回望亲人》《思绪如风》《温情山水》《春夏秋冬》，每辑都是诗人的精心之作，每辑当中都有精美篇什，重点评析第二辑《回望亲人》。这是诗人的泣血之作，也是诗人永远的歌哭。比如写三爷的《麦香》："干枯的手指抓着空气，空气中麦香飘动/我死不了，我闻到了麦香。""村里不会有一个人/在麦子成熟的季节死去/那年的夏天来得太迟/要不然，三爷一定会说/我还不走，我闻到了麦香哩。"三爷弥留之际，不写三爷对亲人的留恋，而是写对麦香的留恋，对土地的留恋，多么高明的一招，大有点石成金之功效。作为农人，生生世世守护的是自己的收成，是自己脚下的那一片土地。还有比这样的切入更准确的吗？说明诗人对农人的了解、对三爷的了解。写作不一定讲究宏大命题，讲究的是恰如其分地把握所要抒写的对象的特征，这首诗做到了这一点。

还有《父亲》中这样写道："父亲，你却如山地上独行的耕牛，在凄凉的悲壮里播种价值。我不知道该是哭泣，还是放歌，夕阳中，怎样解读你如弓的脊梁。"为了生计、为了生活，父亲的脊背弯了，自身的价值并没有真正地体现出来，这是悲壮，更是悲哀。

母亲写得最多，诗人总觉得对母亲亏欠太多，与母亲厮守的时间太短。所以，多少有些难以控制自己的情感，含蓄和内敛不见了，几近声嘶力竭呼喊母亲远去的身影："母亲。我一直在找你/日日夜夜风风雨雨每时每刻/你常常说我就是你的太阳/三十多年，难道就照不亮你回家的路/你守着藏着无边无涯的孤寂/我的泪流成滂沱的大河。"（《寻找母亲》）什么是家？有母亲就有了家，否则，一切都是空的。还是在《寻找母亲》这首诗里，诗人继续写道："老屋被风掏去了所有的内容/没有你的故乡一贫如洗/除了峡谷中杜鹃一声声带血的啼鸣/我一无所有四处漂泊的弃儿/母亲黄昏的夕阳宣泄着哀伤/我用黑夜浇灌久远的梦幻。"细细品咂，能不与诗人一同泪流满面吗？我们也在歌咏故乡，歌吟对故土的那份思念和缅怀。只有真正从那块土地上经历很多很多时，那种歌吟不是娇吟，不是作秀，而是与生俱来的、水乳交融的真情表白，是打断骨头连着筋的缠绵悱恻。

还有写姐姐的诸多篇什。诗人转换角度，不再抒写痛苦，让人体会到更多的温暖、依恋和幸福。"苹果花一样的姐姐/你的青春是你唯一的嫁妆/还有我流水一样的眷恋/汹涌在你出嫁的路上/大风吹着成熟的稼禾/你用泥土喂养你的儿女/我是你最乖巧的儿子/是你含着泪的星空/当我坐在山坡上写诗/田野里到处都是你的光芒/苹果花一样的姐姐/今天我只为你一个人歌唱。"（《苹果花一样的姐姐》）诗人终于在姐姐的身上找到了家的感觉，找到了感情皈依。

五

王晓鹏的诗歌语言非常朴素，非常真切。没有荡气回肠、排山倒海的长句子冲击读者的视觉，也没有艰涩深奥、不知所云的怪句子折磨读者的神经。平日里说话都是满口的方言土语，特别是面对乡人，他绝不会说出"我坐碗儿（昨晚）回来的"那样的话，让乡人用"你倒是坐盆子回来的"之语以迎头痛击。故土面前，太池村面前，你敢放肆吗？做老老实实、乖乖巧巧的孩子，嘴上抹蜜说好听的还来不及呢，撇洋腔阴阳怪气，想在乡人面前找不自在吗？

王晓鹏在诗集《太池村》中更多地汲取了传统诗歌的写作手法，用合适的语言艺术来诠释合适的主题。语言朴素、平实、真切，并不等于不讲究语法、修辞。相反，越是朴素、平实的语言，越要巧妙使用语法、修辞手段，才能使其为诗的内容增光添彩、锦上添花。比如，前面引用的《都是你的太池村》，诗人运用了精妙的构思和恰当的修辞，完成了这首力作。诗中那句"都是你的"多次出现，意义绝对不一样，效果更是出奇好。这里不妨简单分析一下。全诗分两大部分，还有个小结。两大部分对比，不难看出诗人的匠心独运。第一段最后一句是"太池村这一切都是你的"，第二段第一句是"都是你的　那开满蒲公英的小径"，用的是顶针手法。第二段末句"都是你的　太池村属于你的"，这是对上半部分的总结；下半部分第一段末句"太池村都是你的　都是你的"，重复使用了一句"都是你的"。第二段第一句又是"都是你的　那渐行渐远的脚印"还是顶针，与上半部分照应。第二段末句使用的是"都是你的　都是你的"语气明显加重。诗歌从始至终围绕着"都是你的"这个诗眼来书写，感情由此递进和升华。

《太池村》的韵律演绎的不是大合唱，不是交响乐，它是田园牧歌，它是山曲乱弹，它不振聋发聩、歇斯底里，它沁人心脾、润物无声……

用朴素的语言、精巧的结构、温婉的旋律演绎着故乡太池村的种种故事，这就是诗人王晓鹏奉献给读者的《太池村》。

诗坛也是江湖，花拳绣腿无法立足，功高盖世者才能仰天长啸。王晓鹏还在像一个负轭的黄牛默默地耕耘着。

我不会写诗，更不懂诗，我对王晓鹏的诗歌创作却有"顽固不化"的期待。

人性的光辉　生活的史诗

一

作为一个电视新闻制片人，孙金岭能获得"中国广播电视新闻奖""中国新闻奖一等奖"等荣誉是理所应当的；能够创作出电视新闻专著《〈焦点访谈〉红皮书》并荣获"第十四届国家图书奖"，能写出《直问中国电视人》《花边新闻》等专著并畅销市场，跟敬一丹做客新浪畅谈关于《直问中国电视人》的创作体会……这一切的一切，一点都不奇怪。孙金岭的性格和才华我很清楚，再说，这还是属于其职业范畴。然而，当他创作出洋洋洒洒四十多万言的长篇小说《田家父子》，并且引起广泛关注时，我是表现出了异乎寻常的惊讶，这完全出乎我的意料。

我一直认为，孙金岭是适合从政的人，而且能够在政治上大有作为的。

我们是大学同学，上学期间，他一直是我们班的团支部书记，整整四年时间，班长的位子被调整和更换过，只有团支部书记的位子他坐得稳稳的。也许因为他的过于出色，这个位子好像别人连觊觎的念头都未曾有过。不过，四年时间，孙金岭的表现的确夺人眼球。无论学习成绩，还是社交活动，那是样样不落。由他策划成立的中文系"学雷锋小组"，专给孤寡老教授干活，不是买米，就是买面；不是挑水，就是扫院，那是真干啊。到目前为止，三十多年过去了，这个小组没有消失，还成了母校社团中的金字招牌，依然薪火相传，生生不息。无数的后来者，从这里借船出海，扬帆远航。由此可见，孙金岭同学当年的组织能力和创意能力。（后来沾足了这个"小组"光的人，如果得知孙金岭是创立人，一定会感念这位"先贤"的。）

孙金岭多次参加系里和学校的演讲比赛，常常获奖。在这上面他是下了大功夫的，每次比赛前都要演练无数遍，逢人就讨教，连我这个在班里默默无闻的人，他也过来征求意见。我们俩宿舍门对门，记得有次他在宿舍里朗诵时，把"朋友"的"友"字发成了"友"字的本音。我听着不对，告诉他说，"朋友"的"友"应该发轻音才对。我的自由散漫由来已久，在大学时就表现出了无宗无派、无教无流之秉性。大学即将毕业时，班里就剩下我一个人不是团员了——当时已有几人入了党。孙金岭作为团支部书记给我做工作，其意无非是：我们班就剩你一个人不是团员了，再不入的话，我这个团支部书记交不了差。我直截了当地告诉他：你觉得我实在拖你工作后腿了，麻烦你替我把这个入团申请书写了吧。孙金岭二话没说，为我代劳了这份工作。自此以后，我们班就成了全部团员的先进团支部。

孙金岭之所以这么重视他的团支部书记工作，实在是有自己的政治追求。他领导的班级绝对不能拉后腿，而且要遥遥领先。中文系的学生干部曾经照过一张照片，照片上标有"中文系里的小官僚们"之字迹。此语虽有调侃之意，其政治意图十分明显。这张照片里，孙金岭算是小字辈——我在孙金岭那里看见过这张照片。可以想见，当时的学生干部具有多么强烈的政治抱负。我一直以为孙金岭将来肯定是要从政的，而且能在政界大展宏图。然而，事情并没有按照我们的设想发展。上一届毕业生还有进政府机关工作的指标，那些号称"小官僚"的学兄们，乐呵呵地进入了政界。到了我们毕业时，政界的门似乎一下子给关住了，连个门缝都不留。同学们只好纷纷地走进了高校，更多的是到中学从教，当起了老师。孙金岭进了省城一家教育杂志社，这算是当时最好的指标。从此，干起了编辑、记者的行当。

这显然不是他的目的，却在这个位置上干得很出色。这就是孙金岭的特点，不管干什么都力求最好。大学期间，孙金岭也写过散文，在校报上发表过，当时他的追求不在这上面，没有显得多么出色。工作后，他利用工作之便，倒是写过几篇散文，发表在他供职的杂志社的报刊上。这些散文我看过，描写家乡的山水风物，文笔很淡，意绪清浅。没有形成气候，给人的感觉就是戏笔。不久，孙金岭得到了领导的重用，被任命为部门主任，一干就是数年。杂志社工作期间，孙金岭试图继续冲击政界，相关的招聘、选拔、考试也参加过，最终无功而返。

也许都是命运的安排，孙金岭放弃了对仕途的追求，专攻所从事的行当。偶然的机会进了央视，做起了新闻制片人。天高任鸟飞，海阔凭鱼跃。孙金岭终于有了属于自己的天地，做制片人出了名，就写书；写书出了名，又到处做报告；还被几所高校聘为兼职教授。事业可谓是风生水起，如日中天。同学们羡慕不已，同时又骄傲无比。这还没完，如今又创作出了洋洋洒洒四十多万字的长篇小说来。孙金岭可是从来没有写过小说的。这一举动至少惊着了我。

拿到孙金岭亲手送给我的这部小说时，我只是礼节性地接收并答应拜读，随后放至案头没当回事。孙金岭倒是认真了，没过几天就发短信询问我的读后感。我感觉搪塞不过去了，赶紧读了起来。毕竟是老同学的书，而且是很认真地向我征求意见，所以一定要认真地阅读，这样才算对得起他的一片诚意。

多年来，没有看过这么长的小说了，提前做好了吃苦的准备。想不到随着阅读的逐渐深入，慢慢地有种快感和享受沁入身心，最后完全沉浸其中了。由于读得仔细，用了两天时间才读完这部小说。掩卷而思时，涌入脑海的是孙金岭又在一个新领域——文学领域获得了成功。我由当初的惊讶、惊奇，转为了惊喜。

二

《田家父子》是一部别开生面的大气厚重之作。理由可以归为四点：第一，小说描写了一个家族史，而不只是一个人的历史。田兆丰、田加河以及儿子们，整整三代人——以田加河为主要线索统领全书。立足当下，又辐射了中国近百年的沧桑历史。第二，作者把它放在了中国改革开放这样的一个大背景当中，以小市民的生活作为切入口，详尽地描写和展现了以田加河父子为主的小市民生活的方方面面。这是一幅城市小市民生活的风俗画，是中国改革开放三十年发展的一个缩影。第三，这是一部有关宏大叙事的小说。书中描写了民生问题、政策问题，还有敏感

/ 荒腔乱弹 /

的官僚腐败问题等。第四，小说大胆地直面海峡两岸关系。通过描写田兆丰和田加河的父子重逢，以及其感情的发展变化，客观真实地反映了两岸之间血肉相连的真情，以及民间文化交流与互动。这是《田家父子》所具有的独特的政治含义和社会价值。

这是一部描写现实生活的力作。作者表现出了勇于担当的社会责任意识。描写当下，直面现实，这是众多作家唯恐避之不及的主题。描写不及，有消极落后，萎靡不振之嫌；渲染过当，又有迎合政治、阿谀逢迎之虞。所以，作家们扎堆地钻进历史，拼命地去戏说、去演绎，能够真正直面现实的作家，一定是有勇气的，是敢担当的，孙金岭做到了这一点。波澜壮阔的现实社会，无一处不展现着生机和活力，无一处不激扬着生活的律动。作为一个有责任心、有热情、有激情的作家，怎能熟视无睹，置若罔闻呢？放下身段，扎根生活，了解百姓的真实生活和感受，生活才能升华为艺术，艺术才能感染人。《田家父子》的问世，不能说是横空出世，起码也是脱颖而出。

《田家父子》是一部感染人的作品。小说从人性入手，反映人生，反映社会。细节决定成败，小说的创作当中，这是一个颠扑不破的真理。四十多万字的鸿篇巨制，不是靠无关痛痒、无病呻吟的干瘪材料堆砌而成的，是靠活色生香的最真实的细节链接而成的。细节推动情节，情节推动故事，由此成就了《田家父子》。作品通过对人物的七情六欲的描写，悲欢离合的刻画，人情冷暖的揭示，既反映了城市最底层小市民的市井生活，又反映了敏感的社会问题。既触动了社会的神经，又奏响了时代的主旋律。正因如此，作品才有血有肉，血肉丰满；才真实感人，富有艺术感染力和穿透力。

三

小说成功地塑造了田加河的形象。这是一个硬汉形象。出身卑微，生活在最底层，却有着不屈不挠、坚韧不拔、自强不息的性格。出生于乱世，年少时又遭遇父亲田兆丰的出走，只有靠着母亲的抚养，艰难度日。然而，命运多舛，母亲很快死掉了，只能过继给伯父，很快，伯父也死掉了，家族的豆腐坊也失火了，他真正地孤苦伶仃了……小小年纪的田加河受尽了人世间的所有疾苦。他像荒原上的一棵野草，任由风吹日晒雨淋，自生自灭。令人惊奇的是他却奇迹般地生存了下来，不断地成长了起来。在这里不能不重提，苦难，是一部人生哲学书；苦难，增强了人生的免疫力。田加河童年、少年时代吃尽了苦、受尽了累，才有了山城以后的故事。主人公才真正开始主宰着这部小说的发展脉络。

山城生活的几十年，是田加河人生最出彩的阶段。先后生了五个儿子，把他们一个个培养成人。小心翼翼地适应着社会，苦心孤诣地经营着家庭。田加河始终坚信，只要自己行得正，坐得端，恪守道义，遵纪守法，不怕一切困难。他品尝着生活的酸甜苦辣，憧憬着美好的未来。一步步地摆脱了贫穷并向富裕的小康生活迈进。原本平静的生活，因为意外地找到了失散了半个世纪的亲生父亲——田兆丰——如今身处海峡对岸的台湾，田加河的生活又平添了几分色彩，又增加了重塑父子关系的新内容。小说的发展进入了一个波澜壮阔的新阶段。

一部作品是否称得上成功，关键因素之一就是所塑造的人物

/ 荒腔乱弹 /

217

性格是否有所发展，是否充满张力。田加河这一形象具备了这样的特点。他是中国最底层百姓的典型代表，对生活始终充满着乐观主义的精神。面对那么大的压力，那么多的困难，都能一一化解。他又有着自强不息的韧性，能吃苦耐劳，永不言败；又恪守道义，既正己，又正人。这里不得不重点强调田加河在对待父母的问题上所表现出的传统孝道。父母的合葬一事，更多地体现了对母亲深深的爱，对父亲的无微不至的关怀，更体现了深深的孝，两者之间有着本质的不同。田加河身上同时还具有海纳百川的包容性。比如对腐败分子张培华的态度。张培华是官僚阶层腐败分子的典型代表，忘恩负义，唯利是图，见风使舵，应该说其所展示的都是负能量。田加河为什么在其身陷囹圄时，还要特意去看望他呢？在田加河眼里，张培华首先是一个人，不管犯下多少罪孽，从人性角度出发，应该受到尊重。田加河树立了一个做人的标杆，闪耀着人性的光辉。田加河用自己的一生演绎着中华民族的传统美德，演绎着中国传统文化的无穷魅力。田加河无疑是作品重点塑造的艺术形象。他朴素的价值观、人生观以及道德观，在某种意义上代表了中国最底层的劳动人民，是值得我们社会去弘扬的。

小说塑造了很多活生生的个性鲜明的人物形象。比如蒋英兰的吃苦耐劳，老刘头的精明、圆通，老大田励国的忠厚老实，老二田励民知识分子的书生气，老三田励军的尖酸刻薄，老四田励革的精明……这些人物形象给人留下了深刻的印象。正是有了这样的世俗众生，才有了《田家父子》的真实和生动。

四

　　《田家父子》的结构匠心独运，令人耳目一新。一部成功的小说，不仅要有好的故事情节来推进，更要有新颖的架构来支撑，否则，是很难抓住读者的阅读兴趣的，特别是一部四十多万言的书。作者为此做足了功夫。

　　《田家父子》分两个版块，第一个版块是田加河和他的五个儿子，第二个版块是田兆丰和田加河以及同父异母的五个弟妹。第一个是主版块，第二个是副版块。为了保证作品的整体架构，同时又使得故事具有更加波澜壮阔的矛盾冲突，作者设计了两条线索贯穿始终，那就是以田加河为主线，以老刘头为副线，两条线索复杂交错并行不悖。如果把作品比喻为一座大厦的话，那么这两条线索就像两根立柱支撑起了整座建筑的主体。田家父子的两个版块也被串在其中。作品还有一条精神线索若隐若现地贯穿其中，葛先生就是这条线索的代表人物。他不仅仅代表着一个民间知识分子，重要的是传统文化的象征。满口的"天人合一"学说。立天之道，顺乎自然；为人之道，合乎情理。作者是否有意为作品注入了文化的力量？还值得一提的有，剑齿虎化石的发掘，被赋予了神秘主义的色彩。为了强化其神秘性和重要性，作者专门设计了让田加河到山城古化石博物馆当讲解员这么富有戏剧性的一出。山城，是中国乡村的延伸，具有浓郁的乡土文明和神秘主义色彩。这种精心构思，无疑增添了作品的宽度和厚度。此时，我联想到了陈忠实的《白鹿原》。

五

孙金岭第一次写小说就是一部鸿篇巨制，胆量和魄力来自丰富的生活素材。换一个说法，《田家父子》的取材主要来自作者的生活，然而，并没有拘泥于生活，作者把所拥有的素材进行了科学合理的运用，从而诞生了这朵美丽的艺术之花。

孙金岭激起了我重新阅读的兴趣，有理由对他的下一部小说充满期许。

张居正的刚与柔

　　读了茅盾文学奖获奖小说《张居正》，颇感新意。作家熊召政奉献的这道文学大餐，让人大快朵颐，直喊过瘾。书中描写的系列形象个性鲜明，小说对二号男主人公大内总管冯保的刻画入木三分，不重要的小角色也采用写意的手法。如对太监吴和"吃对食"的描写，对金学曾化装去斗蟋蟀的描写……处处都是画龙点睛。当然，小说还是由张居正唱大戏。

　　对张居正的处理最主要抓住了两点：刚和柔。刚性的东西体现在治理国家大事上，柔性的东西体现在处理与女人的关系上。正是"柔"使张居正这个形象完整地树立了起来，丰满了起来，生动了起来。大凡写历史小说，特别是重要人物，通常流于写大事件，疏于写儿女情长，好像伟大人物都是神而不是人。熊召政的聪明之处恰恰在于抓住了这个要害，击中了这根经脉。我从这两个方面谈谈作家对张居正的把握。

　　张居正是万历皇帝的老师，也是万历皇帝的首任首辅。万历皇帝登基时才十岁，国家大事还没有能力料理，皇帝的生母李太后非常信任张居正，给了张居正很大的权力。张居正在政治上、经济上进行了大胆的改革，取得了巨大的成功。张居正上任伊始，由于国库亏空，不得不实行了苏木折俸。剑走偏锋，取得了成功。一着险棋使张居正在政治上旗开得胜。后来，他又对前任首辅高拱的嫡系京官、朝臣进行了顺利的更换，夯实了首辅的根基，坐稳了首辅的宝座。紧接着又实行了一系列改革。例如重廉吏、轻清流，对皇亲国戚的利益限制，对田亩的丈量……张居正在政治上称得上是铁腕人物，把一个政治改革家的雄才大略发挥得淋漓尽致。由于他的励精图治，隆庆皇帝留下的烂摊子，在万历皇帝时期得到收拾，国家被治理得国库充盈，人民安居乐业，显示了一个政治家的风采。

这是作家对张居正刚性一面的刻画，我感兴趣的是对张居正柔性一面的展示。比如，张居正对前任首辅高拱的小妾（实际上并未被高拱所纳）玉娘的爱慕，后来归己所有，积香庐的风花雪月故事那么浪漫而又凄迷；对戚继光献给他的几位外族女子的宠爱；商量国家大事时，对身边风姿绰约的李太后的心猿意马……这一切都在丰满着张居正的形象。有了这柔性的一面，张居正的形象不但没有被削弱，反而更真实、更鲜活。

在精神的高地重建村庄

　　每个人都把自己的出生地尊称为故乡。自从懂事起，尤其是长大、离开故乡到外地打拼后，每每在叙事当中总要谈起故乡，谈起那块土地上种种清晰的过往。如果你的故乡恰好在乡村，那片曾经贫瘠，如今依然贫瘠的村庄，可能会有无数值得回味的意象和咀嚼的故事永记心间。

　　很多作家的文字都离不开故乡，或者说，故乡是其创作的源泉，往往一起笔就进入了那个魂牵梦萦的环境。尤其是随着年龄的增长，越来越怀旧，文字中带有浓重的主观色彩。适当地倾诉这种情感是必然的，过于渲染可能会给读者一种矫情或者矫饰的印象。任其恣肆，就会使人产生逆反，从而失却阅读的耐心。比如，描写当初如何千方百计地逃离故乡，走进了繁华都市，过起了城市人的生活后，又充满激情地缅怀故土，恨不得把所有的情愫挥洒在故土上。文字难免多了一分感性，少了一分理性，呈现在读者面前的大多都是歌颂和赞美。评论界一直给这类文章贴上"伪乡村""伪乡愁"的标签，关于故乡的文字便这样被读者和评论家们所鄙夷和抛弃。

　　其实，作家的感情也是真实的，并非有意矫情和矫饰。当初的离开是生活所迫，理想使然，如今精神的返乡又是真实记录。每个人都有一个成长的轨迹，不管当初如何出发，不管自己走了多远，最终会在情感上找寻原乡，寻找皈依。故乡就是这样一个栖息地。

关于故乡的文章，通常看到的是有关作者的成长岁月，还有心路历程。严格来讲，这些跟故土没有关系，是作家们自说自话而已，这也是被评论家们所鄙夷的地方。真正把触角伸进土地深处进行挖掘的少之又少。站在城市高地审视曾经的熟稔之地，岂不知那块自认为熟得不能再熟的土地已经发生了某种改变，这种感慨似乎有种刻舟求剑的自我安慰。其中的原因皆是在状写故土时，并没有站在故土上，一种回报和感恩的思想在作祟，笔墨难免失真，这是有关故乡文字所犯的通病。

读了刘亮程的《一个人的村庄》后，感觉眼前一亮。他的文字完全改变了前面所提到的不足或者说缺陷，以全新的视角来写故乡，非常独特。

刘亮程把自己的触角深深地扎进故土之中，从中汲取营养。谢有顺曾就散文"向上"和"向下"的问题发表过评论。他说："写作者普遍带着文化的面具，关心的多是宏阔、伟大、远方的事物，而身边那些具体、细小、卑微、密实的事物呢，不仅进入不了作家的视野，甚至没人再对它们感兴趣。一种远离事物、细节、常识、现场的写作，正在成为当下的主流，写作正在成为一种抛弃故乡、抛弃感官的话语活动。这种写作的特征是：向上——仿佛文学写作只有和天空、崇高、形而上、'痛苦的高度'密切相连才是正途，而从大地和生活的基础地基出发的写作——也就是一种向下的写作——则很容易被视为文学的敌人。但我认为，向下的写作向度同样重要，因为故乡在下面，大地在下面，一张张生动或麻木的脸在下面，严格地说，心灵也在下面——它绝非是高高在上的东西。文学只有和'在下面'的事物（大地和心灵）结盟，它才能获得真正的灵魂的高度——这也是文学重获生命力和尊严的有效途径。"谢有顺进一步阐述道："所谓向下的写作，其实就是一种重新解放感官的写作，或者说，是一种将感官残存的知觉放大的写作。感官、身体、记忆、在场感，作为写作的母体和源泉，在任何时候都是语言的质感、真实感和存在感的重要依据。文学的日渐贫乏和苍白，最为致命的原因，就是文学完全成了'纸上文学'，它和生活的现场、作家的记忆、逼真的细节丧失了血肉的、基本的联系。这个时候，重新解放作家的感官，使作家再次学会看，学会听，学会闻，学会嗅，学会感受，就有着异乎寻常的价值和意义——这些基本的写作才能，如今很可能将扮演着复活文学精神的重要使命。"刘亮程的《一个人的村庄》似乎就是在为谢有顺的观点做阐释和注解。正像谢有顺所提的，刘亮程学会了看，学会了听，学会了闻，学会了嗅，学会了感受。那块土地上的一草一木，一山一水，甚至每一根毛细血管的呼吸、脉动几乎都在刘亮程的掌控之中，他的高超之处，正是对那块土地上的巨细事物知道得太多了。

《一个人的村庄》并不是村庄只住着一个人，既然称为村庄，肯定是由众多人口所组成。这里所说的"一个人的村庄"，指的是作家自己眼里的村庄的样子。就像常说的"一千个读者就有一千个哈姆雷特"是一个道理。不过，刘亮程眼中的村庄的确不同于一般人眼中的村庄。他的村庄是置身于大西北辽阔土地上一个独立的存在，这种存在有其神圣的不可替代之生命意义。老皇渠村、黄沙梁村、元兴宫村是作家生活过的村庄，尤其是黄沙梁是作家重点状写的对象。它们的存在本身就是一个个传奇，是人与自然抗争的传奇。我们从中读到了一种悲悯、悲壮，也读出了一种无助和苍凉。这其实正是一种真实的写照，是对苍天、大地、自然以及人类的深刻解读和客观认同。

然而，这并非作家的状写目的和旨归，他要在精神或者说灵魂的高地重塑村庄的形象，而不是重现。这样，村庄就有了某种魔幻现实主义的色彩。撷取书中几段文字予以了解："有几个虫子，显然趁我熟睡时在我脸上走了几圈，想必也大概认下我的模样了。现在，它们在我身上留下了几个看家的，其余的正在这片草滩上奔走相告，呼朋引类，把发现我的消息传播给所有遇到的同类们。我甚至感到成千上万只虫子正从四面八方朝我呼拥而来。"（《与虫共眠》）"……我紧围着火炉，努力想烤热自己。我的一根骨头，却露在屋外的寒风中，隐隐作痛。那是我多年前冻坏的一根骨头，我再不能像捡一根牛骨头一样，把它捡回到火炉旁烤热。它永远地冻坏在那段天亮前的雪路上。"（《寒风吹彻》）"他们家住在最东头，西北风一来，全村的土和草叶都刮到他家院子里。牛踩起的土，狗和人踩起的土，老鼠打洞刨出的土，全往他们一家人身上落。人和牲口放的屁，一个都没跑掉，全顺风钻进他们一家人鼻孔里。"（《野地上的麦子》）"枯树下面是一架只剩一只轱辘的破马车，一匹马的骨架完整地堆在车辕中间。显然，马是套在车上死掉的，一副精致的皮套具还搭在马骨头上。这堆骨架由一根皮缰绳通过歪倒的马头拴在树干上，缰绳勒进树身好几寸，看来赶车人把车马拴在树上去干另一件事，结果再没回来。"这样的文字传递给读者的感觉如梦似幻，亦真亦幻，现实当中断然不会出现这样的情景。作家刘亮程分明是想通过魔幻现实主义的手法，勾勒大西北辽阔土地上自己所生活的那个村庄，从而掩饰和避开那份悲怆和苍凉。这样的写作不但没有让读者失望，相反兴趣更浓；村庄不但没有虚幻，相反更为真实。这就是刘亮程的高明之处。

同时，作家还赋予了村庄事物以灵性和神性。作品中多次描写到风、树、驴、马、蚂蚁、农具……这些意象从始至终贯穿其中，一定意义上构筑了村庄的自然生态和文学气场。"刮了一夜的风。我在半夜被风喊醒。风在草棚和麦垛上发出恐怖的怪叫，像女人不舒畅的哭喊。这些突兀地出现在荒野中的草棚麦垛，绊住了风的腿，扯住了风的衣裳，缠住了风的头发，让它追不上前面的风。它撕扯，哭喊。喊得满天地都是风声。"（《剩下的事情》）"不管你喜不喜欢，愿不愿意，风把你一扔就不见了。你没地方去找风的麻烦，刮风的时候满世界都是风，风一停就只剩下空气。天空若无其事，大地也像什么都没发生。只有你的命运被改变了，莫名其妙地落在另一个地方。"（同上）刘亮程与风、树、驴、马等事物似乎命运相同，同病相怜。这样的通灵感应描写起来便得心应手。这些意象频繁地出现在笔底，使文章活色生香，波澜壮阔。

作家采取了"向下"的方式，把自己深深地扎在土地之中，与村庄的风、树、鸟，以及万物归为一体，不可分离。同时又把故乡置于崇高之上，仰望着村庄，仰望着故乡，仰望着土地。这样的村庄，故乡，土地，在某种意义上成为大地上人类共同的家园。

大地之上，还有别的

茫茫宇宙中存在了四十多亿年的地球，在数百万年前出现了人类，数十万年前、数万年前逐渐地被人类所接管，并称其为家园。居住其上的人类以主人的身份开始大行其道。岂不知，这个星球之上，除了人类还有别的。仅动物就有脊椎动物和昆虫。"在生命树上，这两个分支占据人类文化中动物学视野的大部分，然而它们仅代表多种多样动物结构中极小的一部分。"植物、生物、微生物……更是多到难以统计。这是一个复杂的地球，一个莫测的世界。而人类往往只重视了自身的存在忘却了周围的一切。

抛开动物界不讲，让我们看看森林，那种大海般的浩瀚，那种如烟的绿色，即使有微风拂过也可能吟出巨大的林涛。不妨选择这样的绿色王国里哪怕一平方米的地方做一个探测、探秘，就会有惊人的秘密发现。在这样的秘密面前，人类似乎只有喟叹，继而会无选择地放下身段。大地之上，不仅仅只有人类居住，还有别的一切。

美国博物学家戴维·乔治·哈斯凯尔所著的《看不见的森林》一书，堪称奇书。他对田纳西州老龄林中直径一米的所谓的

"坛城"，进行了像病理学家那样的切片分析。以林中自然笔记的形式，用一年时间持续不断地对动物、植物以及生物进行观察，终于发现了很多不为人知的秘密。比如发现了依附于石头的地衣就是两类生物的复合体：其一是真菌，其二是藻类或细菌，其覆盖陆地表面近10%的疆域。对雪花的观察，为何是六边形小星体形态？结论是"温度和空气湿度决定着最终的形态""堆叠球体的几何学，是促成雪花形态的终极原因"。在寒冷的冬天，作者把自己野外的体验与山雀做了对比，发现人类抵御寒冷的能力实在无法跟山雀相提并论，而山雀需要大量维持生存的能量，这些能量的获得主要是靠其超凡的视觉，这是人类远远无法比拟的。山雀不光有发达的视觉，更有发达的色觉，它能发现更加多彩的世界。苔藓、蝾螈、獐耳细辛、蜗牛、蜜蜂、飞蝇、飞蛾、植食性昆虫、花朵、春生短命植物……都成为作者在那一米之上重点观察的对象。这些平时被人类所忽视的事物，以主角的意象集中充斥了我们的视觉，从而脑洞大开。种子如何行走、雌体、雄体、雌雄同体……这些冷僻的知识似乎拥有了一丝温度，温暖着我们的好奇心。无论对大型动物如鹿，还是对微生物如线虫的分析研究，作者结合自己所独有的知识，带领读者穿越了几十亿年，介绍了动植物的演变过程，证明了人的周围存在着一个巨大的可感知和不可感知的世界。

地上的风、地震、阳光等事物都是可以感知的，相应也是被人类所重视的；而有些事物几乎不可感知，比如蚊子、蜱虫对人体的肆意侵犯，就像人类对一座高大山体之上一棵小草、柴火的折断一样。这里不妨引用一段有关蜱虫的文字："与蚊子不同，蜱虫要花费时间来进食。它们将口器紧贴在皮肤上，然后慢慢地划开皮肤。一旦这种不大美观的切割在皮肤上开出一个足够大的洞，蜱虫便将一根带倒刺的管子，也就是垂唇放下来汲取血液。一顿饱餐需要花数天时间来抽取。因此蜱虫把身体黏附在皮肤上，防止寄主把它们挠走。这种黏合剂比蜱虫自身的肌肉还要坚固。这就解释了，为什么用火柴烧蜱虫是徒劳之举。即便火烧屁股，蜱虫也无法迅速拽出头部。孤星蜱比其他种类的蜱虫钻得更深，所以格外难以清除。"作者像教科书一样形象描写了蜱虫吸血的过程，其目的无非要强调像蜱虫这样微乎其微的小东西都会对人体造成伤害，而且几乎是无法防御的，何况别的呢？

《看不见的森林》为读者介绍了地上各种各样的事物后，没有放弃介绍坛城地下存在的事物。"大约二十五亿年前，光合作用产生时，氧气才成为地球上大气的一部分。""而氧气的出现致使很多生物被歼灭，另一些被迫躲藏起来，厌氧生物们生活在湖底、沼泽和土壤深处。""死亡是土壤主要的养料来源。一切陆生动物、树叶、尘埃、排泄物、树干和菌盖，全都注定要回归土壤。我们所有人都注定要穿过黑暗的地下世界，用我们的骸骨来滋养其他生物。""地上世界貌似占据主导地位，实则只是一种幻象。尘世间至少一半的活动，都在地下展开。"地上、地下，看得见、看不见的形形色色的事物，形成了一个生物链，彼此依存，互为表里。尤其是"看不见的森林"，构筑了一张密不通风的网，限制了人的行为，迷离了人类的眼睛，不得不迫使人类重新思考和对待周围的一切。

由此，产生这样的感想：人类作为灵长类动物，一方面由于自身的庞大和聪明，在这个世界上做出了一些惊天动地的事业，滋生了傲视群雄的自大心态；一方面因为生理的限制，忽视或者说轻视了很多微观的世界，难免失之偏颇。结论是，在这个丰富复杂的大千世界里，人类一定要放低身段，恪尽职守，做好自己应该做的事，不要越俎代庖。地球很大，除了人类，还有别的。

寻找静谧

谁都喜欢拥有一个安静的环境，窗外有树林，树林上有小鸟在鸣啭，丝毫没有人为的噪音存在，头顶有蓝天，蓝天上有朵朵祥云飘然而过，给大地投下片片云影。静静地在窗前看书、写字、听音乐，那是一种怎样惬意甚至浪漫的情调啊！多少年前的地球就是这样的一个静谧之地，农耕文明留下的都是原生态的记忆。然而，自从工业革命开始之后，人类以势不可当的力量侵占地球家园的每一寸肌肤，处处浸透着工业化的臭味，噪音已经成了困扰人类的杀手。大街上肆无忌惮地行驶的车辆，随之而来的就是汽车喇叭声的疯狂鸣叫，街巷的回音强，楼上的住户无一能逃脱这狂躁不安的嘶鸣。当然，还有头顶上不时飞过的飞机，那一瞬大地都在轰鸣。城市的宁静不见了，那么乡村呢，同样也在逐步地被侵蚀着。寻找静谧成为一种奢侈，或者说是虚妄。

《一平方英寸的寂静》是美国作家写的美国故事。作者是一位声音生态学家，几十年来在世界各地专门搜集各种各样的大自然的天籁之音。在"奥林匹克国家公园的霍河雨林，距离游客中心大约三英里的地方，把魁洛伊特部落长老送给我的一块红石放在圆木上，并将那里命名为'一平方英寸的寂静'"，这正是本书题目的来历。作者在书中引用了特蕾莎修女的诗："看大自然的花草树木如何在寂静中生长，看日月星辰如何在寂静中移动……我们需要寂静，以触碰灵魂。"作者写道："安静的地方是灵魂的智库，是真与美的诞生地。"正是由于安静、静谧对于人类的重要性，所以作者在霍河雨林放置了"一平方英寸的寂静"，意在倡导杜绝或减少现代文明对环境的破坏，多留一些安静之地。因为这是"真与美的诞生地"。作者不仅仅是一个口头主义者，他身体力行找有关部门反映自己的想法，并一而再地督促落实。同时他也用行动践行减少噪音绿色出行的理念。

这是一个听起来多少有些匪夷所思的故事，大半辈子时间用在搜集大自然的各种声音，在雨林深处建立"一平方英寸的寂静"。其意无非就是：第一，各种天籁之音会越来越少，必须抢救性地保留，那就只有录音，所以，他走遍了几乎全世界；第二，呼吁相关部门尽量减少原始森林上空的噪音，比如改变飞机的飞行路线。虽然在本书中没有透露出最终的结果，但是能看出来相关部门并未推诿扯皮，还是热情接待。仅仅为了保留那片原始的寂静，作者就付出如此大的心血，做着孜孜以求的努力。

作者在书中强调"静谧，是一种国家资源"，静谧已经上升到一个相当高的高度了。

发展与保护，历来是一对矛盾，如何处理二者的关系成为考验智慧和能力的砝码。发展势头过猛，一味追求GDP（国民生产总值），置自然生态于不顾，最后导致的结果就是万劫不复，我们的现状就是这样。不发展也不行，一味故步自封，人们的生活水平上不去，国家无法发展进步。唯一可行的办法就是先行制定合理合法的制度、法规，必须在这个范围内做事。

　　作者的这一想法和做法，在我看来无异于乌托邦理想，更多是象征意义。正像常常看到的那些动物保护主义者一样拒绝穿皮草，拒绝吃肉类，对现实没有多大改观。能提出这样的观点并且身体力行已经让人敬佩。作者在序言中写道："如果我们要解决全球的环境问题，就必须永远改变现今的生活方式。我们比以往更需要爱护大地，而寂静正是我们与大地交流的管道。"

　　不管是耸人听闻还是警世之言，都是如雷贯耳，给生活在地球上的人们以有力的警醒，敲响了警钟。不要只图眼前利益，造福千秋万代才是人间正道。

月满去耕山

初识石云是在一个酒局上。中等的身材、侧分的发型，一副眼镜架在鼻梁上，动辄有笑容从白皙的脸上溢出，给人以亲和的感觉。只是，那次他没喝酒，说是有状况，到底什么状况，第一次见面也没敢多问。不过，感觉此人可交。后来，就有了多次的相聚，大多是在酒桌上。以前说过的"状况"好像过去了，频频举杯，不惧来者，是我喜欢的那类酒风。有次，我们谈兴正浓，意犹未尽，就去了他的办公室，抽烟叙茶。两人已经敞开了心扉，海阔天空，无话不谈，似有相见恨晚之意。话题由诗文到生活，到交际，再到工作，随着谈话的深入，这位诗书双绝的才子形象，在我眼前逐渐高大了起来。

透过浓浓的话语，还有氤氲的烟雾，书柜上悬吊的一幅书法作品映入我的眼帘。从沙发上站起，把近视的目光凑了上去，仔细端详。只见小楷秀出了如此诗句："幽林拥小筑，独卧且临流。抱酒听清曲，邀风散旧愁。微霜观古木，细雨摆轻舟。不为凡尘苦，空心醉壑丘。"真乃诗书俱佳也。石云看见我两眼放光，就爽快地做了个顺水人情，我大笑而受之。石云还赠送了大作《石云诗草》《周鼎唐香清韵袤》《石云诗书》。

拿了人家的墨宝，还有著作，自然要揣摩和思考，梳理出以下几点看法。

仕人与文人的关系

石云应该说是正宗的公务员，古代叫仕人。浸淫官场多年，世事的纷纭复杂经历过无数，遍尝了个中滋味。然而，他能掐准官场命理，便有了不错的地位，成为风光的仕人，引得不同身份的人士表示艳羡。在仕途上，石云是一个纯正的官员，行公事、做公文，张弛有度，有板有眼，不露丝毫文人之气；而在文场，他又能把官场的习气抛却到九霄云外，不摆官家气派，不打官家腔调，是一个书卷气浓郁的文人形象。他把官场和文场厘得很清，官场上他是纯粹的官员，文场上又是纯粹的文人。不像有些人把二者混为一谈，官场上露出文人酸腐气，文场上又摆出官架子，两头不讨巧，惹人厌恶。石云游走在二者之间如鱼得水，游刃有余，颇有心得，深得各路朋友交口称赞，五湖四海皆有兄弟。

诗歌与书法的关系

石云的诗歌是古体诗，不写现代诗甚至散文篇章。我一直以为，专事古体诗者绝大多数是老者，闲暇之时吟几句古体诗附庸风雅，聊表心迹，以遣余耳。而石云坚持写古体诗并且成了气候，实属另类。诗的内容无一例外表达的都是寄情山水，回归自然，气质高蹈，古意绵绵。诗句都是平常词语，明白如话，没有

236

生涩字词，更没有故弄玄虚的典故，明显走的是平民路线。如陶渊明"采菊东篱下，悠然见南山"般的闲适，如谢灵运"池塘生春草，园柳变鸣禽"般的生动，如王维"明月松间照，清泉石上流"般的自然。山水、野趣、竹林、茅屋、明月……种种意象贯穿诗歌之中，每首诗都是田园牧歌。

石云的书法不张不狂，清丽中藏坚劲，敦厚中蕴神韵。书卷气里有琴音，翰墨纸上起云烟，可谓海纳百川一壶收。我手写我心，我手写我口，我手写我诗。诗中的文人气从书法中溢出，书法中的禅意在诗中氤氲开来。诗书同体，合二为一。只有这样的书法才能表达这样的诗意，也只有这样的诗意通过这样的书写才能彰显魅力，这是一个完美的结合。甚至可以这样认定：石云的诗歌是为他的书法而生，石云的书法是为他的诗歌而生。到目前为止，很少看到过石云的书法书写他诗歌之外的任何只言片语。书法是其诗歌的外衣，诗歌是其书法的内核。正是这样的一层关系，才使得石云的诗书不同凡响，别出心裁。

石云诗歌的山水情怀

石云的诗歌从来不涉足政治，不谈国是，只谈山水风物，他属于山水诗人。我们过去总是习惯用阶级的观点分析古代文人士大夫的山水诗，难免对这类诗歌贴上落后的标签，做出逃避现实的主观判断。这种迂腐的文学观念必然产生狭隘的思想，甚至毁掉诗歌应有的文学价值。石云诗歌中的山水情怀，是一种纯粹的情感慰藉，他是在寻找诗意的栖居。

我们不妨就前面提到的那首诗逐句予以阐释。

/ 荒腔乱弹 /

"幽林拥小筑，独卧且临流。"置身于深山老林之中，在湖边盖一座茅草屋，独享安宁与静谧。"挹酒听清曲，邀风散旧愁。"温一壶老酒，边听小溪的潺潺声、穿林而过的松涛声，边慢慢啜吟，一切烦恼都消散了。"微霜观古木，细雨摆轻舟。"冒着霏霏细雨在茂林修竹、参天古木中悠闲自在地游走，还可以驾一叶扁舟在湖中荡漾。"不为凡尘苦，空心醉壑丘。"置身于这样的人间仙境，早已物我两忘了，哪还有苦恼？

诗歌表达的是山水情怀，回归山林的情思，这种回归和向往与逃避现实无关，更与政治无涉，纯粹是为了寄托情感和安放灵魂。向往大自然，热爱大自然，是我们现代人共同的价值选择。石云诗歌营造的也许只是一种乌托邦世界，然而，这种乌托邦建在了所有人的心里。

石云诗歌的人文情怀

如果我们只看到石云诗歌的山水情怀的话，显然是不够的。向往自然、热爱自然的同时，更需要有一种人文情怀和稼穑意识。崇尚劳动之美、体验劳动之乐，极大地提升了石云诗歌的精神高度和艺术品质。下面这首诗就是最好的诠释："辟地养桑蚕，围竹数万竿。兴来吟古句，月满去耕山。"不仅要诗意地栖居、诗意地生活，更要诗意地去劳动，这正是石云诗歌所透视出的终极意义。

文字穿过丰沃的土地

　　徐道胜的散文集《一个人的风景》出版了。寄赠我时，还附了一封信札。信开头写道："高老师您好！给您寄书，其实内心很忐忑的。这些年，忙于生计而疏远了文学，偶尔写点什么，也是不成文的心情文字，算不上作品的。真的，这本书污了您的眼睛。让您见笑了。……"中间写了出书的经过，最后说，"书，您不一定要看的，真没什么价值。寄您，只是我的心意。"读罢信札，真正忐忑的倒是我了。我索性一口气读完了这本不是很厚的书，发现道胜写这封信是个计谋，这本书不但没有"污了"我的眼睛，相反把我的眼睛打湿了好多次。

　　道胜寄书给我有一层特殊的意义。20世纪80年代校园文学热的时候，我是语文报社《中学生文学》杂志的编辑，经我们编发的中学生作品，在校园甚至社会上引起过强烈的反响。好多小作者因发表作品而被高校免试录取。道胜当年也是这批狂热的文学爱好者之一，也在《语文报》上发表过作品，在同学们中间享受过明星般的礼遇。只是他的运气似乎差了些，最终并没有像别的同学那样被保送进入大学，相反被抛在了故乡苍茫的大地之上……

　　《一个人的风景》散发着浓浓的亲情。父子之情、母子之情、儿女之情、夫妻之情……亲情支撑着这本散文集的人文情怀和道德力量。作品的每个字都是从道胜心底汩汩流出的，濡染着他的生活底色、浸润着他的文化基因。陪伴女儿读书的日日夜夜、与妻子打拼的点点滴滴、兄弟同处的默契、跟父母在一起的天伦温馨……这些都成为他笔底的风云，成为他的如泣如诉。真情永远是读者阅读欲望的燃点，是读者阅读兴趣的切入口。道胜用朴实的笔调、真切的话语带领读者走进了那些温暖的感情地带，感受着无与伦比的亲情与温情。这是作品最有力量的部分，也是最感人的地方。

母亲的英年早逝成为道胜心中永远的痛，每当回忆起与母亲在一起的时光，就会出现一种生命的瞬间定格。几次写到母亲在生气的时候自己扇自己的耳光，这是一种特别的惩罚方式。耳光扇在母亲的脸上，其实疼在儿子的心上。还写到每年过生日时，母亲煮两个鸡蛋的铁打不动的"规矩"。而当自己有一年由于过于激动把鸡蛋掉到地上打碎了，母亲说了句："你今年的这个生日算是过过了。"看似平淡的一句话，至少蕴藏着两层意思：一是母亲生气了，再就是日子的贫穷。其中流露出生活的无奈和人生的无奈。还有对父子心灵感应的描写，莫名其妙的烦躁催促自己回到故乡看望父亲，就因睡过头，父亲去世时不在身边，错过了父子永别的那一刻。那种肝肠寸断、伤心欲绝的场面，仿佛就在读者的眼前闪现。道胜的笔墨是节制的，然而透出的感情却是喷涌的，血脉也是偾张的。读到这里时，我已难掩久淤心中的块垒，索性与道胜一同向尘嚣放声悲歌。

道胜一直生活在古老的南阳，从来没有离开过这片土地，所以他的文字散发着泥土的气息，流露出浓浓的乡情。作为一个新闻工作者，道胜每天骑着摩托车穿行在大街小巷，体验着底层民众的生活状况，感受着小市民的人间情怀，一篇篇新闻报道新鲜出炉。作为一个散文作家，道胜又会从新闻采访中过滤出文学的素材，创作出一篇篇表达性灵的真情散文。无论是故乡宛城区，还是南阳城，都有着让人迷恋的湖光山色之美，人文历史之美。走进了道胜的文字如同走进了这片历史，走进了这方水土。南阳的历史底蕴深厚，文化辉煌灿烂，可谓群星荟萃。生活在这样的文化地理上，既是一种压力，更是一种动力。道胜正是在这两种力量之间生存和成长着。

《一个人的风景》记述着徐道胜的人生轨迹。宛城区离南阳市区区区几十里，然而就是这几十里的距离，让道胜走了几十年，今后还会继续行进在这条拼搏的道路上。道胜以笔为犁，深深地插进这片土地，感受着土地的气息，同时汲取着土地的营养。记载着时代的发展，也同样记载着自己的发展。正是在这样的记述中，我们发现了一个默默无闻而又坚韧不拔的徐道胜。没有抱怨、没有迷茫，只有隐忍和坚守——对理想和信念的坚守，对生活的坚守，对亲情和人性的坚守。只有双脚行走在大地上的人才有这样的素质，才有这样的才情，才有这样的信仰。

中学时代就立志要成为作家的徐道胜，虽然选择了新闻事业，文学的梦想依然在胸中沸腾，在胸中燃烧。《一个人的风景》正是最好的见证。这不是一本平凡的书，它记载的是徐道胜的奋斗史和成长史。文字穿过那片丰沃的土地，具有了那片土地的底色和温度。

一个人的风景，其实就是一个时代的风景，一个地域的风景。

剑戟划过岩石的回响

　　知道杨碧薇的名字是在 2016 年 12 月底，参加桃花潭诗会之前。会议有个环节就是研讨青年诗人杨碧薇的诗歌。杨碧薇把诗集《坐在对面的爱情》电子稿通过微信发给我，出发前，我抓紧时间拜读了所有篇目，做到了有的放矢。会上，我对杨碧薇的诗歌谈了四点看法：首先，杨碧薇有超乎年龄的经历和阅历，为她的写作打下了坚实的底子。第二，题材的驾驭能力很强，凡是目力所及皆能入诗。比如那首《妓》，完全是小说或者电影的题材，她用叙事的方式写得从容不迫，有节奏感，有空间感，有画面感。第三，她的语言像一位武士骑着战马飞奔在大地上，手中的剑戟划过脚下坚硬的岩石，发出金石一样尖锐、响亮的声音。第四，对父亲意象的独特视角，可谓大胆。父亲的形象，传统诗歌中有"恋父情结""弑父情结"的表现，然而，她把父亲写成一个"负能量"的形象，并不多见。可见她在诗域的拓展上是开放的，甚至是放荡不羁的！这是我读了杨碧薇诗集《坐在对面的爱情》所生发的感悟。

　　我最近读了她刚刚出版的散文集《华服》，这样的感觉更加明显。也就是说，她诗歌所具备的特点在散文当中同样具备，而且进一步发扬光大。杨碧薇年龄不大，她的阅历极为丰富。从闭塞的云南昭通大关，一朝离开就像一枚飞矢，天南地北，四海纵横。年轻的她用稚嫩的脚步跨越了无数的大江大河，目睹了斑斓的人间烟火，年轻的心承载了过多的色彩和重量。千帆过后重回故土，便有了异样的感受，曾经沧海，有了同龄人少有的平和与冷静。不管是写故乡的亲人，还是同学，不管是写天涯羁旅，还是学园生活，有了淬炼之后的淡定从容。她用匆匆的步履迈过了人生多年才能迈过的坎坷。所以，笔底才有了活色生香的故事，流彩溢金的华章。

杨碧薇是一个透明的人，又是一个乐观向上的人。每篇散文都是人生的感悟和真情描摹。没有年轻人的那种矫情，没有成年人的虚与委蛇，有的是青春激情的肆意发散和真情的释放。她的诗歌有这样的特点，她散文把这种特点演绎得淋漓尽致。才情也就在这样的滋蔓中尽情展示。

我喜欢杨碧薇的这种表白，艺术是一道纯粹的视觉盛宴，色彩、味道、质地、搭配等诸般要素必须齐备才能赢得青睐和礼赞，一团懵懂、混沌无法取悦读者。杨碧薇的诗歌和散文直抵读者心底。她用文字寻找精神的高地，用文字寻找文学的根底。自小喜欢文学，热爱文学，文学到底是什么？文字背后的迷人景象为何能够绚烂一个少年、青年，甚至成年人的精神天空？从家乡走出以后，她的求学之路其实就是寻觅文学之路。不管走在哪里，文学都跟随着她的足迹，沿着她思维的紫藤攀爬、升腾。她的每一句诗，每一个词组，透出的都是那种跌宕起伏的铿锵之音。

《华服》写了大学期间走出校园参加模特走秀活动的点点滴

滴,揭示了模特走秀华丽外表下面所掩藏的复杂和辛酸。《我和大白摆地摊》写了研究生期间在海口练摊的故事,验证了生活的不易和艰难。《梅雨江南,想我的吉他手》写了与野猪一起狂歌曼舞的浪漫故事,坦荡地敞开了一个年轻人的心扉,展示了青春以及爱情的纯真和美好。这些都是亲身经历的桥段,都是人生的历练和真切体会。只有像潜水员那样一个猛子扎进生活的大海才能学会游泳。少年不知愁滋味,为赋新诗强说愁。杨碧薇没有强说愁,她比同龄人过早地介入了社会,有了同龄人难得的人生经验,尝遍了生活的酸甜苦辣,她把愁滋味当作甘甜来品尝,这就是她的过人之处。读这些篇什,能感觉到杨碧薇用笑脸面对一切,她把苦难当作佳酿,把岁月当作花衣裳。她有一颗坚强的心,一个明艳的心态。杨碧薇的成名和成就是有其渊源的。任何人的成功都是如此,再聪明的人,没有在生活深处炼狱般的体验和磨炼,才华只能像一张风干的纸,在风中瑟瑟发抖,了无生趣。

杨碧薇把目光探入故土,打捞岁月的沉银。用冷静和理性描写故乡的人与事。如《没有名字的回忆》《外公的那些事》《让我这样来述说她的离开》等篇什,把外祖母、外公、奶奶的形象逐一展示在读者的眼前,每个人物都有各自的特点,有客观描摹,也有主观解析。文笔老到沉稳,劲道十足,饱满的感情挥洒得有曲有张,有急有缓。没有一味宣泄,有的是删繁就简,点到为止。抒写感情文字最容易陷入无尽的絮叨之中,总怕挂一漏万。杨碧薇在这一点上做得非常好,越是感情激越处,越是一笔带过,宁可把泪留在心底,也不愿洒在纸上。然而,读者看到的却是满纸泪痕。

杨碧薇一直在行走，天南地北，五湖四海，有时候为了求学，有时候纯粹为了行走，天涯孤旅，踽踽独行。求学是有目的的，她的行走看似漫无目的，她自己都说想走就走，拉上拉杆箱就出发。其实，不管是怎样的行走，都是一种寻觅，一种探究，心灵深处有一种声音的呼唤。那是文学的呼唤。有时候，文学不一定要用文字表达，文学是一种修养，是一种潜于血液之中的修为和存在。有意或无意所从事的一切，在你的骨骼上会刻下艺术的烙印。文学行走不是浪迹天涯，不是笑傲江湖，是剑戟滑过岩石的刻骨铭心。

　　杨碧薇的才华和她的行走千回百转融汇在了一起。她所做的一切为文学做着层层铺垫。她潜沉于学府的高墙大院，做着学术的研究，为了下一步的腾跃。诗歌一旦镀有金属之色，必定会发出金铎之声。

一根绳索的纠结

一

《大野》是一部文本独特的长篇小说，双线条结构，两个不同的线索并行不悖，从始至终，两个女主人公没有丝毫交集，直到小说最后一节才汇到一起。而最后一节的交集，其实讲述的是整个故事的中间阶段。也就是说，两个女主角是从故事的发展中间结识的，小说的叙述是从文本的开头就进行了，只是到了最后结尾时才揭晓的。

小说以今宝为主线，以单节形式，比如一、三、五节呈现。她是一个生活在小县城的女孩，自小家境贫困，父母都是底层小市民，工资微薄，勉强维持生活，还有两个弟弟。她学业很好，也很好学，只是由于父亲过早去世，母亲一人难以维持一家人的生活，她只好勉强上完高中后，回家帮助母亲打理一家人的生活。两个弟弟由于贫困，无心为学，过早混入社会，尤其是大弟弟跃文偷盗工厂发动机一事，对今宝触动很大。还有舅舅家的表弟被人活活打死而得不到公平的审判等事情的迭现，刺激了今宝，最后选择了出嫁。她嫁给了城乡接合部脑筋比较灵活、做生意、拥有别墅的丁建新，人称丁老三，过上了相对平静和安稳的生活。这似乎改变了其生存状况，然而，今宝并不愉快。老三没文化，只是赶上了好时候，做电缆、电材料的生意发了财。今宝的脑瓜比较活，把两个弟弟跃文、清泉交给丈夫老三学生意，也算解了她的燃眉之急。聪明的两个弟弟跟着姐夫很快就上了道，不断地出谋划策，使得老三的生意日渐兴隆。老三干脆自己开了公司，把两个内弟拉进来做了股东，公司三分天下。老三做总经理，两个内弟当副手。公司进一步风生水起。今宝的情绪也慢慢好了起来。

故事陡转。今宝的两个弟弟合伙把公司的全款骗走，等总经理老三知道后已经追不回来了。老三从此一蹶不振。而今宝的两个弟弟打了翻身仗。今宝和老三不咸不淡的日子过了不久，今宝因为要参加外地女友的婚礼出走了。这是小说的主线。

小说以女二号在桃为副线，以双节形式，比如二、四、六节呈现。讲述了农场子弟在桃从小父母离异，父亲的再婚对她打击太大，带着少女的叛逆精神，逃离农场闯荡社会，遭遇了种种挫折。包括跟剧团走穴唱歌、参军不成、被武装部干事奸污、歌厅卖唱、被男人包养、追随歌星被歌星玩弄……可以说社会底层的屈辱都被在桃一个人完全彻底地经受了一番。在桃在摸爬滚打当中渐渐成熟了。由原来的叛逆到最后回归家庭，嫁给农场一个老实巴交的男人为止。在桃的故事也就结束了。

两条线索毫无交集，叙述的是完全不同的两种人生结局。今宝一开始非常有志向，学业好，心气高，她能把世界地理地名背得滚瓜烂熟，目的就是要闯世界，不甘于现状。只是由于家庭的负担过重，而她又是一个有责任心的女孩儿，在好友杏红、梅园相继离开县城远走北京、上海后，她依然选择留在家中帮助母亲。理想的种子一旦埋在心底，发芽只是迟早的事。所以，在弟弟们都成家立业后，她还是选择了出走。故事交代的是她要参加在桃的婚礼，但是，作家李凤群在最后一节中明确交代过，车站就是她们两人唯一的一次见面。肯定地说，今宝并没有参加在桃的婚礼，只是给了丈夫老三一个出走的借口而已。今宝的人生设计充满了预判和设计，包括她的退学还家，结婚，怀孕后的流产，对两个弟弟的安排，最后的出走——都是今宝有意设计的。

相反，在桃的出走感觉是赌气的。稀里糊涂地被抛向社会，任其野生疯长。她的个性也适合这样的环境。人出落得也漂亮，容易沾惹是非，这种是非环境正是她成长的土壤。少女的一切梦幻慢慢地生长着，也慢慢地泯灭着。可以说，她吃尽了所有的苦，也见识了所有的乐。在懵懵懂懂之时就洞开了人生的门。在这样的风雨中成长起来的在桃，慢慢地有了良心发现。自己以前对父母的不孝，甚至是怀恨，在得知她并不是亲生的，而是被人遗弃后父母捡来抚养的，她对父母的仇恨渐渐地从脑海中消除了，对养育了她的父母终于尽了自己应有的责任。为父亲送终，把房产转让给父亲和后妈生的傻弟弟名下，最后跟农场里的一个大龄男子结婚。

今宝和在桃的人生路径不同，今宝是先安顿好了自家后院才出走的，显得很成熟和从容；在桃是先跌进社会的大染缸，滚滚风尘，尘埃落定，最后回到了出生地。一个最终出去了，一个最终回来了。她们的名字也是被作家刻意设计过的：今宝＝今天保守？在桃＝在逃避现实？最后，今宝不再保守了，要出走；在桃不再逃跑了，要回家。她们两个就像两股毫无交集的绳子，被一次偶然的车站奇遇纠集在一起。漂亮的在桃由于跟包养她的男人闹别扭逃出后，身无分文，遇上也是从丈夫身边跑出来的今宝，两人彼此相望，惺惺相惜。终于结对吃饭，今宝付钱。最后分手，今宝给了在桃路费。在桃以定时给今宝写信的方式抵扣向今宝的借款。这才有了这部文本独特的小说的诞生。

这是我近年来看到过的比较奇特的小说文本。小说之所以名之为"大野"，应是她们两个纠结的这根绳索通过一次偶遇，最后解开了。这种"野"也是观念上的野，思想上的野，精神的野。

二

小说的人物描写非常到位，不张扬，不拘束。随着故事情节的发展，人物年龄的增长、情感的变化，人物描写和心理刻画笔笔到位。比如写到今宝与丈夫老三结婚的第四个年头，今宝终于怀孕了。今宝把这个喜讯告诉老三时："他停止咀嚼，含着一嘴的饭菜，抬眼看着她，嘴巴鼓鼓的。她吃惊地看到那一向漠然冷峻的脸一瞬间有了一种陌生的、不知所措的和一闪而过的胆怯的神情。他的眉头收缩了一下，像做了什么错事被发现了似的，但是很快，像在攒力气面对这好消息似的，他瞬间把满嘴的食物一口吞下去。清空了自己的口腔后，他咧开嘴，露出牙龈，微笑慢慢绽放，先是从眼角，然后到眉梢，紧接着他张开嘴，最终，狂喜抢占了他脸部的所有空间，他的眼睛挤到一起，然后又瞪大，不由自主地笑了一声。她以为他会像一般人那样问，真的吗？真的吗？他问的第一句话是：你想要什么？"这段人物描写和心理刻画极为高超和精准。反映的是两个人的精神境界和情感反差，完全不在一个频道上，这就注定今宝最后的出走是必然的。

在桃跟流行歌手南之翔的情感故事，也被作家处理得张弛有度。先是早年他们在一起时的两小无猜，在桃还小，像颗毛桃子，南之翔只是把她当个小姑娘。即使成年后，在桃以为南之翔会对她表达意思，而南之翔并没有这样做。后来，无意中在另一座城市相遇，已是多年以后了。在桃主动向南之翔投怀送抱。南之翔已经成名，在歌厅唱歌，每晚在桃都去现场听歌献花，南之翔就是假装不认识她。几番吊足了在桃的胃口后，俩人同居。随后由于发生不愉快，在桃一夜之间，逃离该城。然而，时间不长，她还是不愿离开南之翔，又潜回来，被南之翔逮着——在桃有意为之。他们最终的分手是在在桃生日这天，原定两人一起过生日的，结果等了一天南之翔没回来，晚上快睡觉时，南之翔醉醺醺地回来了。一进屋就对在桃实施了从未有过的性暴力。狂风暴雨过后，南之翔才坦承晚上请某著名女歌星吃饭了，一晚上都不敢看女歌星的脸，更不敢吃，这时候才喊饿，让在桃给他做饭。在桃自这次打击和刺激之后，才彻底断了与南之翔的这段尘缘。所有的幻想和梦想随之破碎。在桃从此成熟了起来。在桃和南之翔的情感波折、爱恨情仇非常符合人物的性格，作者拿捏得恰到好处。

李凤群作为一个女作家，对于女性人物的情感和心理谙熟，塑造极为精妙，时时处处能够感到有神来之笔。人物交代得有条有理、干净利索，语言、人物、情感、环境紧紧扣在一起，读者的情感也随之跌宕起伏，舒气畅怀。

《大野》是一部从文本设计到人物处理都独见真章的优秀小说。

刻在骨子里的呻吟

　　张炜出版的长篇小说《艾约堡秘史》，是一部人物性格非常复杂的书，这种复杂集中展示在主人公淳于宝册身上。淳于宝册是一个成功的商人，亲手打造的狸金集团堪称商业帝国，他居住的隐秘府邸以"堡"称之，美其名曰"艾约堡"，堡名其来有自。淳于宝册早年曾受尽磨难，吃尽人间各种苦头。村子里的混混钤子对他实施残酷折磨，老贫管悄悄叮嘱他赶紧逃。他从山里来到平原地区。去青岛寻找李音老师的父亲途中，在"撒羊城"一家窑场干活，为了节省住宿费，夜宿草堆与花母牛相伴而眠，却被人怀疑他有奸牛之行为，挂牌游街示众。他多次被人暴打，喊出"递之哎哟"的声音。对于这种声音作品中有过描述："那意味着一个人最后的绝望和耻辱，是彻头彻尾的失败，是无路可投的哀求。"哎哟声像尖锐的利器刺进淳于宝册的肉体和灵魂之中。"艾约"正是"哎哟"去掉"口"字之后裸露的泥胎。

　　艾约堡里还特建了约一百平方米的牛厩，喂养了一头花斑母牛，名为"花君"。淳于宝册闲暇就去看望花斑牛，与牛默默对望着，品着酒一待就是半小时，他很迷恋那种特殊的味道。从对

荒腔乱弹

府邸起名到修建牛厩可以断定，艾约堡不仅是淳于宝册的府邸，更像是一座纪念馆，纪念他不平凡的人生。

城堡的起名一事也能反映出主人公淳于宝册的性格和作风。他是一个嫉恶如仇的人，他是一个征服欲很强的人，他又是容易被人征服的人，他很坚强，同时又很软弱，所以说他是一个非常复杂的人。

他很成功，拥有了自己的商业帝国——狸金集团。他很虚荣，手下专门雇佣一个班子为他整理平时的只言片语，有两个绰号叫小溲、昆虫的女孩拿着小本子随时随地记录他说过的话，交给秘书处的老楦子润色加工，最后经他审阅并印刷出版，以著作名世。他很专制，对部下毫无尊重可言，员工谁要犯错，重者打屁股，不管男女，一律脱了裤子，当众行罚。他喜欢给员工起绰号，对每个人都以绰号相称，什么老楦子、老肚带、蛹儿、小溲、昆虫。他在艾约堡内，行为随便，邋里邋遢，裸露的肉体裹在宽大的睡袍里，不避男女，流露出的是无尽的慵懒和傲慢。

越是狂妄自大，越透出其强烈的自卑心理，特别是在女人问题上。淳于宝册早年颠沛流离，穷困潦倒，重返出生地老榆沟后，遇到了一生的贵人——也就是大他六岁多的杏梅——后来成了他老婆，被他称为"老政委"。老政委抽烟喝酒穿长筒皮靴，有着战场上的英武之气。小六岁有余的淳于宝册被杏梅老政委征服了，从此落入这个女人彀中。老政委与当年的老首长暗通款曲，帮助淳于宝册创业发迹，生意越做越大，最终缔造了狸金集团。淳于宝册终于驱散了早年笼罩在头上的阴霾，过上了要风得风要雨得雨的富贵日子。然而，他骨子里一直对现实中的一些事情不能理解。他问蛹儿，为什么有些男人既没钱也没貌，却能得到非常美丽的女人呢？这话是指蛹儿说的。小说中这样描写蛹儿——"丰腴紧实，水润鲜滑""透出巨大无匹的风骚气"。她"远非绝色，甚至连足斤足两的美人都称不上，只不过由于一些极为特殊的元素，才在许多时候成为一个可怕的存在"。

就是这样一个女人，淳于宝册精心谋划聘到艾约堡当了总管，成为他事实上的情人。拥有了蛹儿后，淳于宝册仍在好奇地追问蛹儿："像你这样的'可怕存在'，怎么能被一个瘸子和一个瘦子弄到手，而且还心甘情愿？"男人的占有欲在淳于宝册身体现得淋漓尽致。淳于宝册让蛹儿讲跟瘸子和瘦子的情爱故事，甚至还准备把瘸子和瘦子叫到一起见面聊天，共同探讨有关"爱情"的话题。这种变态心理占据着淳于宝册的精神世界。自从女民俗学家欧驼兰闯入眼帘，他就心旌摇荡，不能释怀，并为此设了各种局，实施多种手段，发起进攻。毕竟是个成功人士，淳于宝册非常讲究策略，从不正面进攻，包括对蛹儿，采取迂回战术。为了接近欧驼兰，投其所好，专门找来民俗书籍学习。只因这个女学者心有嘉木，无所旁骛，才无功而返。

主人公淳于宝册这种情爱观，一方面来自男人的生理需求，还有一点不能不追溯，那就是老婆杏梅对他的影响。早年流浪的淳于宝册，遇到杏梅，像遇到了救命稻草，遇到了保护伞。淳于宝册是一张洁白的纸，杏梅帮他涂染上了各种色彩。情感的慰藉，物质的丰赡，从穷困潦倒中一步步走出，杏梅造就了他，也限制了他，这种限制就像长在身上的魔咒，看不见摸不着，却能时时感受到。淳于宝册飞黄腾达以后，在艾约堡里享受着皇帝一般的待遇。杏梅早已定居英国，他还时时回味着杏梅身上那股烟草味，长筒皮靴的汗臭味。他既想摆脱来自杏梅的束缚，同时又存在某种依赖。

淳于宝册不止一次地表示过，他想摆脱狸金集团，过一种自由自在的生活。他甚至厌恶周围的一切，在艾约堡里很少看到他快乐过。蛹儿入住艾约堡的前三年，亲眼见过淳于宝册犯过三次所谓的"荒凉病"，高薪聘请一位中医大夫为他治病。这都是他时刻处在一种不可自拔的矛盾当中所造成的。他常常开着帆布篷吉普车一个人说走就走了，也不带秘书，放纵在无忧无虑的天地之间。他要追求物质之外其他没有得到的东西。其实，这只是建立在雄厚的物质基础之上的一种矫饰，一种风雅。既是一种矛盾也是一种痛苦。

他羡慕矶滩角的村头吴沙原。吴沙原自有傲骨，从来不把淳于宝册这样的富豪放在眼里，包括在艾约堡吃饭时也没有丝毫的忌惮，而是从容不迫，心静如水。女民俗学家欧驼兰对淳于宝册施展的各种攻势从不接招，化有形于无形。这对淳于宝册是个极大的伤害。淳于宝册深深地陷入他所谓的爱情悖论之中，那就是前面提到的：为什么有些男人既没钱又没貌，却能拥有最美的女人？这种悖论痛苦着他，刺激着他。

一个人到底能走多远，取决于自身的修为。这种修为包括世界观、人生观和价值观等。苦难是一笔财富，淳于宝册之所以能打造出狸金集团这样的商业帝国，与他早年所经历过的苦难密不可分。人生达到一定的高度后，会发生一些变化。淳于宝册的痛苦就来源于这个当口，他彷徨了，盲目了，失去自我了。甚至要研究爱情悖论。他痛苦、焦躁、"荒凉"，应是一种人生的必然。

当初的"递之哎哟"的呻吟声，在艾约堡里仅仅成了挂在门口的招牌，没有真正起到警示作用。

　　这是一部探讨人性问题的小说，作家塑造了淳于宝册这样一个多重性格的人物，作品中的其他人物显得多少有些苍白。除了吴沙原以外，像女主角蛹儿、女民俗学家欧驼兰等像影子似的，缺乏血肉，狸金集团的那几个人物更似纸片飘忽来飘忽去。这是整部作品略显不足之处。

/ 荒腔乱弹 /

平凡生活百姓家

何顿是一位勤奋的作家，我早年读过他很多小说。刚刚读完他在病榻上写就的长达三十八万字的小说《幸福街》，感觉还是那么温暖和亲切。温暖体现在写的是普通生活，亲切体现在写的是寻常百姓。小说就像一幅《清明上河图》，展示了一个叫幸福街的地方，在上山下乡、改革开放，一直到现在长达半个多世纪的发展变迁，描写了生活在其中的各色人等不同的命运。幸福街上，生活着一批幸福或不幸福的人。他们的命运既是时代所决定的，同时又是自己所主宰的。每个人最终走出了各自不同的人生轨迹。

其实，《幸福街》描写的是黄家镇的故事，黄家镇包括迎宾路、幸福街、光裕里、由义巷、芙蓉路、下河街等街巷，幸福街是主街道。这是一座千年古镇。

小说写道："幸福街是一条居住着八十户人家的小街，一条平整的青石板路，街两旁大多是古旧的平房，房前屋后都栽着果树。橘子树、柚子树和杨梅树居多，也有枇杷树、桃树和梨树。"还有一棵几百年的大樟树，它是幸福街的象征。

幸福街，原名叫吕家巷。1951 年给街巷钉门牌时，将它改名为幸福街。幸福街 1 号，是幢平房，原来居住的人家姓吕，曾经拥有大片良田，且经营着大米厂和三家米铺，划阶级成分时，定为地主兼资本家，被改造了。房子分给了不同的人，这些人包括何家、陈家、高家，还有黄家。何家是外来户，何天民是游击队出身，任大米厂厂长，李咏梅是迎宾路小学的校长，儿子何勇。陈家男人原来是吕家的家丁兼轿夫，儿子陈兵。高家男人是吕家的管家，儿子高晓华。黄迎春和孙映山两口子是南下的河北人，黄迎春是区长，孙映山是医院院长，女儿黄琳。

幸福街8号住着周兰，周兰是小学老师，男人林志华是个理发师，女儿林阿亚。幸福街30号是栋两层楼的红砖房，居住着漂亮女人赵春花，大米厂职工，丈夫陈正石，曾是个资本家，街上的异南春饮食店，以前叫异南春茶楼就是他家的。打成"右派"后，一蹶不振，死时女儿陈漫秋才四岁。幸福街70号住着杨老师，男人是竹器厂的厂长，老革命，儿子黄国进。

住在光裕里的黄国辉，父亲杀猪的，母亲是大米厂职工。住在由义巷的张小山，父亲当过副区长，属于干部子弟。还有杨琼，跟何勇、黄国辉、林阿亚是同学。故事从他们开始的。

黄家镇，虽是一个镇子，但是一个大社会，人员众多，成分复杂，企业很多，织布厂、乐器厂、大米厂、竹器厂、陶瓷厂、糖果饼干厂等，不同的人员在不同的厂子里工作，社会风气井然有序。社会发生了翻天覆地的变化，每个家庭和人的思想也跟着发生变化。

上山下乡开始了，高晓华、黄琳去了，何勇、林阿亚也去了。热血青年们怀揣梦想，奔赴广阔天地。高晓华是一个典型代表，他意志坚定，一心要实现自己的既定目标，团结了包括黄琳在内的一批知青办小农场，还入了党。然而，命运给他开了个玩笑，追求的一切不仅是一场空，由此还得了精神分裂症，连自己的性命也搭进去了，成为一个特殊时代既悲摧又可叹的人物。黄琳与高晓华恰恰相反，她喜欢高晓华的高蹈，后来，却成了地地道道的享乐主义者，堕落为破罐子破摔的生活迷失者。

幸福街上的两大美女林阿亚、陈漫秋是作家重点塑造的艺术形象。高考恢复后，两人都考进了大学离开了幸福街，在上海和长沙生活和工作。

林阿亚，早年吃尽了生活的苦头。她的祖父曾是军阀孙传芳部队的一名连长，淞沪会战时是团长。当了逃兵后，携夫人逃到黄家镇，定居下来，生下了林志华。林志华娶了周兰，生了林阿亚。因为奶奶私藏了一把手枪，家庭遭遇了灭顶之灾。陈兵带人抄了她的家，奶奶、父亲和母亲被抓。她一个人像只小猫瑟缩在家。母亲周兰从狱中出来，又被区革委会严副主任骚扰和霸占。父亲惨死在狱中，何勇帮她去收尸。这一切遭遇其实都是严副主任为了达到长期霸占周兰的邪恶目的，故意制造的。曲折跌宕的家族史，为林阿亚的成长做了必要的铺垫。可以说，林阿亚的意志是被磨砺出来的。

陈漫秋，四岁时父亲就去世，母亲赵春花处处谨小慎微，低调做人做事，简直低到了尘埃里。自己如此，也要求女儿如此。金子总是要发光的。陈漫秋的才华慢慢被认可。上大学，当作家，实现人生理想。陈漫秋的家庭背景是资本家，父辈、祖辈早年飞黄腾达，过着荣华富贵的生活。她虽然没有赶上，但是精神中彰显着那种气质。母亲的管教是她成才的基础。

黄国进，比陈漫秋小三岁，却成了陈漫秋的丈夫。黄国进大学毕业后进学校，后来到了教育厅，最后当了市长，是幸福街走出的最高级别官员。他父亲是老革命，对他从小管教很严，何勇、黄国辉、张小山们习武练拳的时候，他在家里练毛笔字。小学时，黄国进的母亲杨老师特别欣赏陈漫秋，限于陈漫秋的出身不好，杨老师从来没有大张旗鼓地表扬过陈漫秋，总是在说完一大堆话之后，假装不经意提及一下而已，这样的行为让赵春花极为不满。想不到阴差阳错，最终两家却成了亲家。黄国进、陈漫秋夫妻二人夫唱妇随，琴瑟和鸣，日子过得顺风顺水，真真演绎了一出才子佳人的佳话，应了那句老话："女大三抱金砖。"

林阿亚、黄国进和陈漫秋上大学离开幸福街后，他（她）们渐渐地淡出了作家的视野。小说重点在幸福街。一直生活在这里的何勇、张小山、黄国辉等成了着力描述的对象。

何勇，最富有正能量的艺术形象。父亲是大米厂厂长，母亲是迎宾路小学校长，有一个很好的家庭环境。从小就有正义感，同学打架他会出头露面，朋友有事也会两肋插刀。林阿亚父亲冤死狱中，他陪林阿亚到监狱收尸。何勇和林阿亚本是天生一对，地配一双。林阿亚考上大学离开幸福街后，何勇能正确看待他和林阿亚的关系，并且对今后的发展走势有明确的认识。他曾埋怨过自己荒废了学业，没能考上大学，但是，没有埋怨林阿亚的离开。这就是何勇成熟和大度的表现。他不自暴自弃，沉着冷静。在公安战线上兢兢业业工作。抓逃犯，立大功，当所长，不膨胀，大是大非面前，坚持原则，能正确处理好公与私、重与轻的关系。面对张小山、黄国辉这样的发小，犯了法，也不讲私情，秉公执法，实属幸福街上成长起来的优秀人才。

张小山、杨琼的性格发展多少出乎意料。张小山，出身干部家庭，从小上进心很强，小学时为了当班长，发奋学习，成绩突飞猛进，也乐于助人，帮隔壁的郑婶婶挑水。改革开放以后，随着时代大潮风起云涌，勇敢地做了弄潮儿，不甘落伍，与时俱进，开歌舞厅赚了大钱。只是受到几次挫折后，性格发生了变化，人生开始了转折。这一转就永远万劫不复，实为遗憾。

杨琼的人生更是悲摧。小学当过班长，是好多同学追求的对象。命运多舛，丈夫卧病在床，儿子上学，为了生计，只得卖淫为生。不过，她有一颗善良的心，不抱怨，不逃避，勇敢面对，更是让人唏嘘不已。

黄国辉的人生走向合乎常理。家庭环境和性格铸就了其平庸一生，仅仅平庸也就罢了，一介莽夫，一身蛮力，做事不动脑子，出事是迟早的。

小说塑造了众多的人物形象，除了上述之外，还有王进、刘兴、二毛等小学另一个班的同学，也是幸福街上的主人。承包鱼塘、造假酒，啥赚钱干啥——幸福街上负面人物的代表。

小说还塑造了严副主任、刘大鼻子等靠造反起家的人物。这是时代的胎记，他们的出现是历史无法回避的必然选择。

时光倏然，幸福街上的两代人从这里出发，各行其道，最终各归其所。也许这就是人生吧。

人性是面多棱镜

一口气读完张欣的长篇小说《千万与春住》（首发于《花城》杂志 2019 年第 2 期），掩卷而思，感慨良久。写人性、写女性还是要女人写才到位，才丝丝入扣啊。

小说本身有很丰富的故事性，再加上作家叙述得回环缠绕，层层剥笋，人性的多样性、复杂性便展示在读者面前。这不是一部言情小说，是揭示人性的小说，就像一面多棱镜，不同的角度反映了不同的人性特点。

小说主要围绕两家人的关系来写，滕纳蜜和薛一峰，夏语冰和周经纬，这两个家庭都是女主人唱主角，两个女主角又是闺蜜。正由于是闺蜜，夏语冰把赴美签证办下来，要去投奔在美国的丈夫周经纬时，第一时间想到要把刚刚生下不久的孩子周鸿儒托付给滕纳蜜，先替她照看，半年之内一定接去美国。滕纳蜜也是前后脚生了孩子，同样大小，也是男孩。小说的发展，是围绕这个节点展开的。

夏语冰派人接周鸿儒去美国时，滕纳蜜动了私心，自己的条件无法跟语冰比，就把自己的孩子薛狮狮顶替周鸿儒给带到美国去了。从此，薛狮狮成了周鸿儒，周鸿儒成了薛狮狮。这不是现代版的"狸猫换太子"吗？

我读到这里时，沉思了片刻。这个故事能否成立？如果成立，那么接下来的发展都顺理成章，这就是所谓的关键节点。读完小说后，我接受了这样一个包袱的设置。看似简单的包袱，其实非常沉重，里面包含了过多的人性负担。

滕纳蜜一直嫉妒夏语冰，她们太熟了，知根知底。纳蜜打小自尊心非常强，学习永远不出前三名。父亲是有权有势的官员，只因贪污受贿，被判刑入狱，她的人生发生了重大改变，从此背上了沉重的精神负担。语冰的父亲位居军区司令员。以父辈来比，二者有云泥之别。再加上语冰天生丽质，冰洁聪明，介绍的对象是省委副书记的儿子高潮，这是多少女孩子梦寐以求的归宿啊，纳蜜就没有这样的际遇。语冰最后没有选择省委副书记的儿子结婚，而是嫁给了又帅又有才华的周经纬，而周经纬也是纳蜜暗恋的对象。无论哪个方面跟语冰相比，纳蜜都低了几个档次。这种落差自然会影响到心理，影响到行为。人性的恶或者善，有时候是随着时间、空间的变化而变化的。纳蜜把两个孩子互换的做法，也许是被偶尔出现的闪念所支配。这是一种恶，一种很少有人能够做出的看似聪明，实为荒唐之举。在那一瞬，纳蜜却做出了。

此事是纳蜜一个人所为，当初，丈夫薛一峰并不知晓。孩子两岁时，薛一峰想把真相告诉语冰，把孩子换过来。此时得知，在美国的"周鸿儒"患有轻度的自闭症，正接受治疗。薛一峰刚刚冒出的良心发现又被扼灭了。事情到此，已经成了薛一峰和滕纳蜜二人合谋了。身在美国的夏语冰和周经纬全力抚养和治疗患病的儿子。如果仅限于此，也就没有故事了，双方可以各过各的日子，相安无事。无巧不成书，纳蜜在逛百货商店时，把孩子弄丢了。人贩子趁其不备，偷走了四岁半的"薛狮狮"。纳蜜和一峰的生活平衡状态又一次被打破了。两人在苦苦挣扎之后，劳燕分飞，选择离婚，以此来掩饰内心的不安。

是福不是祸，是祸躲不过。十六年以后，突然从山东青州传来丢失孩子的消息。原本叫周鸿儒，后来改为薛狮狮，现在叫作王大壮的男孩重新进入了滕纳蜜和薛一峰的世界，也进入了夏语冰和周经纬的世界。小说递进到了另一层面的波澜壮阔之中。

被拐卖的"薛狮狮"已经长大成人，要被认领是要做亲子鉴定的，否则无法结案。那层原本就脆弱不堪的窗户纸再也无法遮挡了，必须捅破。事实上，两家人的矛盾这才掀起了层层波浪，逐渐进入高潮。

水越搅越浑，理却越辩越明。语冰年轻时曾经浪漫过，跟跳现代舞的沈随私奔去梅里雪山。周经纬怀疑过语冰，并且偷偷剪了周鸿儒的头发做亲子鉴定。后来养情人成了顺理成章的事情，语冰得知后也冷静地接受了。薛一峰离婚后处过两个女朋友，都没有结婚。纳蜜的性格发生了变化，古怪偏执，一直独身，跟校花妈妈也无法相处。他们的共同点都是疯狂地工作，以此消解心中的块垒。这些都与孩子有关系。

认领孩子的问题，双方目标一致。夏语冰显示了母性的伟大，薛一峰显示了男人的担当。给抚养王大壮的邓小芬看病，颇费周折，彰显了人性的力量。纳蜜得知孩子找到的消息时，泪流满面地说："我要给邓小芬跪下。"既是恶魔，也有自己心中的柔软，何况这只是一个普通的母亲。

小说写到这里，"周鸿儒"和"薛狮狮"必须走上前台了。

"周鸿儒"从美国回来后改名小桑君，他得知自己的真实身份后，离家出走去了日本。"薛狮狮"被拐卖后改名王大壮，得知身份后，坚持继续在养母家生活。养母邓小芬生病，语冰和薛一峰倾力相助，多少软化了他那颗坚定的心，从而看到了一线回归的希望之光。

不管两个孩子的结局如何，滕纳蜜早年的一个错误做法，改变了他们人生的走势。似乎又不能完全怪罪纳蜜，语冰为了赴美签证丢下孩子，这也是不负责任的表现。

人没有好坏之分，有的只是价值观的不同。人性的善与恶有时是共存的，善可以掩盖恶，恶也会碾压善。

张欣的这部长篇小说《千万与春住》，很好地诠释了这样的道理。小说揭示人性问题时，同样揭示了社会问题，比如拐卖儿童问题，看病难问题等。所以说，这也是一部社会小说。

阳光照射着一棵树

马上入冬了，户外的寒气一阵紧似一阵，树叶已红，翩然落地；遥想此时南半球的澳洲应该艳阳高照，蓝花楹开得漫天遍地，绚烂得如夏天一般热烈。

为什么突然想到澳大利亚？因为看了一部四十六万字的长篇小说《蓝花楹》。小说以第一人称的手法，描写了自爱尔兰移民到澳洲的梅恩家族，在那片荒芜的土地上白手起家，由小到大，富甲一方的传奇。小说通过梅恩家族的创业史，还原了布里斯班这座城市的由来，也折射出澳大利亚这个移民国家的建国之路。书的作者韦敏、韦斯理，是我熟识的一对母子。

认识韦敏多年，1986 年的冬天，我作为《语文报》记者去武汉采访了还在念高一的韦敏。那时她是我们的小作者，在语文报社举办的"中学生擂台"全国作文竞赛中三次夺魁。采访她的那篇题为《少年心事当拿云》的文章，刊发在《语文报》的头版头条。一年后，她的第一本作品集《小我十年》由四川少儿出版社出版，十六岁的她被保送上了武汉大学中文系。三十多年来我们一直保持着联系，知道她从事过财经工作，管理着庞大规模的企业；知道她断断续续地坚持写作，曾在《收获》杂志上刊发过头条长篇；知道她以独立技术移民到了澳大利亚；知道她有个天赋异禀、聪慧过人的儿子韦斯理。

韦斯理，我也见过。2008年8月，语文报社举办了建社三十周年的庆祝活动。韦敏是我代表报社邀请参加社庆的嘉宾。她带着年仅八岁的儿子韦斯理来到了太原。我第一次看到这个虎头虎脑的小男孩儿。大人聊天时，他瞪着大眼睛看着大家，安静得就像是房间里的一件有灵气的摆设。我从韦敏的微博、微信朋友圈里一直关注着韦斯理的成长与成就，看到了他十三岁获得澳大利亚奥林匹克数学竞赛第一名、十四岁得到钢琴表演的硕士文凭、十五岁准备报考牛津大学数学系……正当天才茁壮成长的时候，恶魔降临，生命止于十六岁。韦斯理短暂的人生就像流星划过长空，那一道光亮，格外耀眼。长篇小说《蓝花楹》就是流星最璀璨的划痕。

韦敏说，韦斯理是这本书的第一作者，因为从搜集资料到构思谋篇，再到动笔写作，都是韦斯理完成的。他意外去世，后续工作只能由母亲来继续。应该说，这是一部母子合作的泣血之作。想象得到，韦敏在续写时，内心怀着多么巨大的悲痛，她写出的每一个字，都能听见回响；每一个情节需要转换，每一个人物命运出现曲折时，都能听见儿子的提醒。这种跨时空的创作与交流，既是一种深沉的母爱的凝聚，也是一个全新文学世界的呈现。

澳大利亚是一个移民国家，这是众所周知的。移民来自哪里？怎样的足迹漂洋过海？这些最初的外来人口如何立足谋生？《蓝花楹》给了读者清晰的回答。澳大利亚土地辽阔，踏上这片热土的爱尔兰人，放牧耕种，有钱以后，投资土地，小说主人公梅恩一家就是这样发展起来的。他不仅买地置业，还从爱尔兰输入劳动力，经营旅馆，修建铁路，甚至被民主选举成为昆士兰州最早的政客，跻身为布里斯班第一任市长候选人。梅恩身上，有着爱尔兰人勤勉的精明，以及忠诚的信念。

小说最打动人的是梅恩猝死后，遗孀玛利扛起了家庭重担。面对丈夫留下的巨额债务和声名狼藉，这个为了逃荒才来到澳洲给人当保姆的女人，凭借智慧、勇敢、善良与爱，周转腾挪，带着庞大的家族度过了一次又一次的灭顶之灾。小说写到玛利最困难时期，带着孩子离群索居在荒野小镇上，长达七年之久。各种惊心动魄，命悬一线而又死里逃生，女人的绝望和卑屈写到了极致。也正是有这样的窘境，才会有后来的极地反击，苦尽甘来。小说的曲张伸缩把握得合情合理。

小说来源于历史的真实，作者在源于生活的基础上，高于生活，大胆地进行文学的诠释。设置了谋杀、悬疑、背叛、商战、爱情、宗教、教育等故事情节，赋予了小说活色生香的人间烟火气，使曾经的历史人物走进了文学的殿堂。

蓝花楹，是女主人公玛利最喜欢的树，每次搬家，她都会栽下一棵蓝花楹。院子里的蓝花楹成了玛利对生活寄予的永恒希望和对爱情寄托的无限期许。玛利最小的儿子简沐石，把梅恩家族富可敌国的财富全部捐献给了昆士兰大学。如今，昆士兰大学里的蓝花楹成为澳洲最著名的景观之一。人们在盛世美景中看不到梅恩家族百年的辛酸悲苦，却真实得益于他们的无私捐赠和对教育事业的倾情投入。这份大爱，就像蓝花楹一般宁静美好，经年累月。

又是澳洲蓝花楹盛开的季节，宏大叙事的《蓝花楹》也隆重地呈现于世。花瓣撒满了昆士兰，也飘进了读者的心里。

韦斯理"骑着小花车"走进了天堂，韦敏携带着《蓝花楹》回归了文学。

一腔热血写华章

我一直不明白，作为山西籍著名作家、供职于山西作协的黄风，为什么总把目光盯在遥远的祖国西南边陲，那片热带雨林的深处？他和籍满田接连推出的长篇纪实文学《滇缅之列》《大湄公河》，都是描写发生在那里的真实故事。尤其是刚刚出版的《大湄公河》，洋洋洒洒三十万言，紧紧围绕着2011年10月5日，中国十三名船员，在湄公河行船时惨遭屠杀的血案，展开的宏大叙事。读完这部作品，我终于发现了黄风的秘密，他关注的是人的生命，人性的善与恶，他的写作是围绕着这一主题展开的。

也许是一次壮游，一次邂逅，西南边陲与邻国交接的那片神秘土地进入了作者的视野，并让作者产生了浓厚的兴趣。不仅仅是热带雨林的奇异风光，瑰丽山水，更重要的是一个个特殊的生命群体吸引了他。缉毒人员，湄公河上的船员，还有那些制毒贩毒分子。尤其是"10·5"血案，震惊了世界，也触动了作家的心灵。作为一个有血性和使命感的作家，必须责无旁贷地拿起手中的笔，揭开笼罩在"世界四大毒窟"之一的金三角头顶那层神秘面纱，让世人了解一个真实的金三角，了解湄公河，了解中国船员被枪杀的前因后果。这就是作家黄风越过千山万水，把目光投向那里的真实原因。

　　《大湄公河》是一部庞杂的书，作者采用了两条线索的文本结构方式。一条线索，从地理、历史、文化等角度全方位解读大湄公河流域上下数百年，纵横几千里的时代变迁和现实状态。另一条线索，重点描写"10·5"血案，中国十三名船员在湄公河上惨遭杀害，以及以糯康为首的贩毒组织的种种暴行，深入挖掘金三角之所以成为制毒贩毒之地的前因后果。

　　湄公河是一条发源于我国唐古拉山的东北坡、贯穿六个国家的国际河流，一条河流串起了不同的地域、不同的文明。这不是一条简单的河流，尤其是与缅甸、老挝、泰国交接之地，地理环境特殊、气候条件复杂，有经纬度的天然优势。20世纪初中叶，英、法、美、日等国以武力占领这片土地，还有国民党的残余部队退守这里。一朵朵璀璨的、像"小阿妹一样纯真"的罂粟花次第绽放，彻底改变了这里的格局。肆无忌惮的鸦片种植，各种毒品的泛滥，金三角成了毒品的代名词。由此派生出来的罪恶接连不断。政治、军事、利益集团，各种博弈层出不穷。这就是湄公河的历史和现实背景。而这正是我国西南边陲所面对的恶劣环境。

　　中国船员在湄公河上讨生活，其实跟毒枭之间没有任何关系，井水不犯河水。就是因为外国警察缉毒时借用了我们的船只，就遭到了糯康的疯狂报复。由此可见，湄公河流域金三角一带简直成了贩毒集团猖獗泛滥为所欲为的天堂，老百姓的地狱。罪恶势力连无辜者都不放过，那么只有上帝出面才能摆平，这个上帝就是强大的祖国。

　　中国政府果断出手，跟缅、泰、老三国合作，有理、有力、有节，缉拿毒枭糯康犯罪团伙，出色地审理了这一案件，惩治了犯罪分子。既打击了罪恶，又安抚了十三名船员的家属，赢得了国际社会的尊重和信任。

作者运用了高超的智慧，丰富的写作手法，科学的创作思路，驾驭了这个敏感的题材。这是一部纪实性文学作品，在人物刻画上，使用了小说的笔法。首先，船员的名字全部拟用了假名；其次，充分调动文学的想象力和创造力。

"华平号"船长郝强、船员席丰盛、柳向西，"玉兴8号"船长柳志刚……一个个都是农家出身的子弟。用作者的话说："除了黄鹂，剩下的都是罗锅子上山——前（钱）紧。"从乡下来到湄公河讨生活就是为了钱。农家子弟的善良、本分，恪尽职守的工作态度，作者给予了细腻的描写和精心的刻画。写到糯康一伙儿贩毒分子时，更多写他们惨无人道、杀人如麻的一面。比如，糯康原本是要血洗"玉兴8号"船只的，结果碰巧遇到了"华平号"，捎带一块儿屠杀。团伙的另一名成员扎波，冷酷到什么程度呢？曾将树上采果子的老婆，误以为猴子一枪打死，还为自己的枪法好而暗自得意呢。事实证明一个真理：漠视生命，等于自取灭亡。

湄公河流域、金三角的神秘面纱，被作者一层层地揭开了。那片土地有那么多的故事，那么多的纠结，既有客观的一面，更多的是人为造成的。一片宁静、安谧适于人类生存的土地，因为各种复杂的历史和现实原因，成了罪恶的渊薮。好在，这里已经引起国际社会的高度关注，出现了一些向好的做法，比如选择替代品种的种植，改变百姓除了鸦片没有别的生路的现状。虽然这条路依然很曲折和漫长，就像奔腾不息的湄公河一样。

《大湄公河》无疑是一部关注生命的厚重之作，一部良心之作。告诫人们，抑恶扬善才是人间正道。

写作，是另一种呼吸

一

生命离不开阳光、水和空气，植物、生物、动物，当然包括人，无一例外。

描摹万事万物的写作也离不开这一切。写作是有生命的创造，是在有氧气的环境中穿行和游走，脱离了这些生命中必备的元素，只有死路一条。

写作可以自由想象，可以天马行空，可以思接千载，文通八荒，有一点必须坚持，那就是脚踩大地，匍匐前行，不能做拽住头发飞离地球的蠢事。

鸟儿飞得再高也是在有氧层里，飞机飞得再高也没有突破大气层，宇宙飞船进入了太空，飞船里的航天员还是靠氧气存活的。

写作是把历史和现实中的万千事物收入囊中，进行烘干和加工后的有效封存，供人翻阅和查找。写作是文学活动，要具备史学、理学、佛学、自然学、社会学等知识，更为重要的是生活阅历的积累。文学是人学，表现的是人类在不同历史时期和阶段的生存和生活状态。人是在有氧的状态中存在的，文学也要有氧，写作更需要阳光、水、空气，以及土壤、环境等的有力支撑。

　　写作的方式方法多种多样，表现形式五花八门。什么现实主义、批判现实主义、魔幻现实主义、浪漫主义、革命浪漫主义、现代主义、意识流、新写实主义……不管手段多寡，如何翻新，表现的对象和目标决定了"万变不离其宗"的真理。写作的对象和目标来源于生活，生活是丰富多彩的，需要采取更多的手段最大可能地接近真理，直抵生活的本真。写作切忌为了手段而手段，为了方法而方法，走上文字游戏的死路。这是写作之大忌。

　　写作需要借鉴和学习，兼收并蓄，海纳百川，自古以来就在提倡，是毋庸置疑的。移花接木也要各种条件匹配才能成功，否则不仅开不出新花，老树也会死掉。改革开放引进了西方的文明和文化，这是不争的事实。麦当劳、肯德基、好莱坞、格莱美、NBA（美国职业篮球赛）……丰富了我们的口味，开阔了我们的眼界。刚开始，人们会趋之若鹜，引以为荣，随着时间的沉淀，又逐渐回归。本地老餐馆依然不绝如缕，黄灿灿的小米粥、热气腾腾的白面馒头、刀削面以及土豆丝、老咸菜，这些养育了生命的物质还是饮食文化的主流。好莱坞大片过瘾，看过就过去了，没有多少回味的东西，走进剧院或是乡间场院，看梆子乱弹一起上的戏剧更有感觉。

二

　　我坚持仰望星空，脚踩大地的写作理念。一方面汲取着生活中的养分，一方面汲取着书本中的养分。吐故纳新，兼收并蓄。生活中的养分主要来自生我养我的故乡。我在那里生活了将近二十年，十九岁考上大学离开了。父母在老家时，回去得多些，父母居住小城后，回去得就少了。其实，回去次数的多少已不重要，故乡早已装在了心里，打包带走了，我走到哪里就带到了哪里。

我血脉中流淌着故乡的血，话语呈现着故乡的方言语码，语调、语音、语言结构体系都是故乡的，一直改变不了，随着年龄的增长，反倒更加浓郁。我的饮食习惯也沿袭了故乡的习惯，几十年来，做梦都是那块土地上的事，这就注定了我的文字和土地密不可分。我的笔只有游走在故乡才显得顺畅，才能一泻千里。

我的散文主要内容就是故乡。故乡的民俗风情、人物掌故、历史文化在我的笔端萦绕，挥之不去。我不是一个对故乡一味廉价的讴歌者，而是一个理性的审视者。故乡，是一个说不清道不明的生命载体，是我的根，我出发的地方。它有很多劣根性，这是当初离开的原因之一，我像很多来自乡村的人一样，当时是逃离故土的，一路狂奔，走得越远越好。江河湖海过后，尘埃落定，我用写作的方式回望故土，反思故土，重新认识故土，心底和笔端有了几分温情，也有了深刻的思考。

山洼之地，当初是如何吸引了祖先的眼光，这里的土壤为什么比别的地方肥沃，一孔孔的土窑洞居住了多少代人，为什么几个姓氏共同生活在这里，谁先来谁后到……这一切的一切都让我发生兴趣，以前不关心这些的。越沉浸其中越迷惑，也越兴趣盎然。刚开始偏重于表象和直观的东西，好就说好，不好就说不好，后来慢慢地用理性的目光洞中探幽，注重内里。

我是心中有故乡的人，故乡的肌肤和纹理能从文章中触摸到。我写了故乡的山水田园，地理地貌，民俗民情。文中散发着浓郁的乡土气息，每一篇文章都有激情涌动。这只是表象的东西，我的乡土散文真正揭示的是对故乡的悲悯和痛楚，这也是我写作故乡的主要目的和旨归。每个人都爱故乡，只是爱的表述方式不同。不一定歌颂就是爱，批判也是一种爱。我相信每个人提起故乡都会五味杂陈，不单单一种情愫在心头。我常常想，我为什么会落生在那样一个山洼，而不是大都市？为什么我的祖先会寻寻觅觅到一个穷乡僻壤讨生活？假如我生在大都市是个什么样子，生在大户人家是个什么样子……有这样的想法并不说明我对故乡，对祖先有"哀其不幸，怒其不争"的狂妄。对故土的反问，也是一种痛，这种痛激发了我的写作欲望，从痛中获得舒畅的呼吸和生命的张力。

<h2 style="text-align:center">三</h2>

写作是我的另一种呼吸。现实毕竟每时每刻包围着自己，锅碗瓢盆，柴米油盐，人情世故……已熏染成了世俗之人。世界就像一面墙，横在眼前让你去逾越，逾越不过去只能去撞，哪怕撞得头破血流。生活就像一张网，让你钻，钻不过去就网住你，死死缠住你。欢乐、痛苦、顺畅、忤逆、开心、郁闷……这些情绪的东西纠缠着你，有时候压抑到喘不过气来。幸好有写作，成了我另外一种呼吸方式。透过这个通道，我呼吸到了文学世界的负氧离子，还有丰富的氨基酸物质。

我沉浸在写作当中，可以忘我、可以忘物，物我两忘正是写作需要的境界。

我对散文的理解

散文，是门槛最低的文学形式，历史经验告诉我们：门槛越低的越难。就像照相一样，现在全民使用智能手机，每一个手机使用者都是摄影师，都自命不凡，理所当然把自己当作一等一的高手。为何会有如此认识？因为照相的普及，每个人都有照相的经历和经验。当然，这里要澄清普通照相和艺术摄影有本质的区别。又比如做菜，在中国北方地区很多饭馆都把炒土豆丝、炒白菜作为衡量厨艺的标准。这两道菜不仅出现在饭馆，也是寻常百姓家饭桌上的日常菜肴。每个人都吃它们，自然对其有自我评价。做好它们非常不易。

散文写作也是如此。每个人从小学开始，在老师的指导下，写句子、写话，写三百字的小作文，初中要求写五百字，高中生要求八百字，这是每个上过学的人都有过的经历。这些写作就是广义上的散文。写作都是从散文开始的。它的门槛非常低。所以，散文很少有大作品出现。

散文必须具备以下三个特点才能成为好散文。

一、情怀维系着散文的温度。散文写作不同于小说和诗歌，小说注重想象力、创造力，虚构广阔的艺术空间，任意挥洒才情是小说的艺术特征。诗歌注重穿透力和凝聚力，是用思维的金线串起语言的珍珠。而散文讲究情怀，没有情怀的散文味同嚼蜡，干瘪无味。情怀是什么？情怀就是人情、世情、国情，人文情怀，家国情怀是散文首要表达的东西。人情包括亲情、友情，世情包括在世间行走所产生的各种交往，国情就是在国家和民族层面，所持有的更高更广更大的态度。同时，人与自然的对话，与动物世界的交流，也是一种情怀，这种情怀不是高高在上的傲慢，是建立在平等之上的。写作时，千万要杜绝矫枉过正，不能矫情，不能为赋新诗强说愁。情怀是从心底汩汩流出的，不是强加的。作家不能把散文当作余笔和闲笔来写，要放到跟小说和诗歌一样的高度，投入真情实感。有些作家小说、散文、诗歌各种形式都涉及都有收获。有人会问他，更喜欢哪种形式呢？也就是特长是什么？他总会调侃地回答：手心手背都是肉，儿子、女儿都是自己的孩子。

二、学养滋养着散文的厚度。散文是最见真章的文学表现形式，有没有学养是决定你的写作能走多远的必要条件。那么，学养是什么？不是在文中引用了几句名人名言，不是贩卖某位大家的私货就是有学养。人有学养被称为"腹有诗书气自华"，散文的学养是一种弥漫在作品中的文化气息和气质。这是长期坚持读书研磨凝结成的一种精神特质。

三、思想支撑着散文的高度。没有独立的思想，没有自己的真知灼见，人云亦云，亦步亦趋，拾人牙慧，散文只能在文学的低端游走。思想来自作家的敏锐观察和深刻体验。

散文跟其他文体一样，同样重视技法和手段的使用。再好的材料也要量身定做，量体裁衣，这样才能鲜衣怒马，闪亮登场！

散文是非常难写的，也是最折磨作家的文学表现形式。

后　记

　　每次写完一篇文章，给报刊社寄出去后，都从座位上站起身来伸伸懒腰，长出一口气，然后把目光投向远方。这包含了至少两层意思：其一，总算完成了一件事，也可能是一件应酬之事，必须完成；更多的是发自内心想要写的东西，不吐不快。不管是哪种，总有沉甸甸的压力，唯恐写不好。终于写出来了，落纸成墨，自然会轻松和释然。其二，再也不想看它了。为什么有这种感觉呢？当初完稿时，肯定是满意的。冷静下来再回头看时，只怕发现并不如原先设想的好，所以，不敢看。说白了，还是心虚。写出一篇让自己满意，也让读者满意的文章太难太难了。这需要各种因素凑在一起，比如，写作素材的储备、精神状态的调整、思维的活跃度、灵感……总之，作者要处于一个最佳的、亢奋的状态，才有可能诞生一篇满意或者比较满意的作品。可见，写作是一件多么不容易的事。

　　这本《太阳很红，小草很青》散文集，是我公开出版的第四本散文集，精选了我近两年写的散文作品。精选不一定是精品，只能算比较满意而已。专伺散文三十多年，写得并不多，精品更少，实在汗颜。也不是不勤奋，也不是不努力，只是越写越迷茫，越困惑。现在的散文写作风格多样，五花八门。归结起来不外乎两种：趋内，向外。所谓趋内，就是往内心深处去挖掘，挖出思想、理性、玄想，上升到一个高不可攀的境界。向外，就是往生活中拓展，抵近生活的无限苍茫，写尽人生百态，市井万象，风俗人情，为历史立此存照。也有的把这两种融合在一起进行第三种形式的创作，既有思想的光芒，也有生活的色彩。

不管怎么变，无非在寻求如何抵达精神内核的路径，千万不能在探寻途中乱花迷眼，乐不思蜀，忘记了当初出发的目的。文学中，散文虽然跟小说、诗歌并称，其实地位很低。诺贝尔文学奖得主因散文创作成就获奖者寥寥，中外文学史也是以小说和诗歌为主线来书写。散文，这个最古老的文体之一，如何写，写什么，一直纠缠着作家。以故事、情节和人物为特征的小说元素，能不能被散文所用？以意象和思维见长的诗歌能否进入散文文本？如何呈现，从什么角度切入，都是散文面对的问题。不可否认，散文是一种多元的文本，自有其独特的语言体系。

我秉持着对散文的执念，以及对其理解和认识，孜孜矻矻，洞中探幽，力求写出不一样的作品。今日之我，不同于昨日之我，知今是而昨非。写到一定程度时，每每往前走一步都非常艰难。就像运动员比赛，举重运动员增加一公斤、跳远运动员增加一厘米、游泳运动员增加一秒钟，都是质的飞跃。

不敢看自己的作品，也要强迫自己不断地看。因为要出书，要校对，要面对读者。坦率地讲，这本书的质量还是有所提高。

这本散文集内容涉及山水、风物、历史、人物、书籍多个方面，无非是行万里路，读万卷书。每篇作品都有自己的思考和见解，即使这些思考和见解很浅薄、很幼稚，至少对我来说是独立的，不是人云亦云，这也是我比较自信的原因。

　　文章即是自己的脸面，也是映照灵魂的镜子，敝帚自珍。文章难免有这样那样的缺点和错误，还望方家不吝赐教，以利今后的改进和提高。

2020.1.16 于太原